中小学推荐课外读物

少年奇幻之旅

想做好孩子

[英] 伊迪丝·内斯比特 著

冯 华 沈京会 译

中国国际广播出版社

图书在版编目（CIP）数据

想做好孩子 /（英）内斯比特（Nesbit,E.）著；冯华，沈京会
译.— 北京：中国国际广播出版社，2013.5（2019.6重印）
（少年奇幻之旅系列）
ISBN 978-7-5078-3627-1

Ⅰ.①想… Ⅱ.①内…②冯…③沈… Ⅲ.①儿童文学—长篇
小说—英国—现代 Ⅳ.①I561.88

中国版本图书馆CIP数据核字（2013）第093951号

想做好孩子

著　　者	［英］伊迪丝·内斯比特
译　　者	冯　华　沈京会
翻译统筹	刘荣跃
责任编辑	张娟平　杜春梅
版式设计	国广设计室
责任校对	徐秀英
出版发行	中国国际广播出版社（83139469　83139489 [传真]）
社　　址	北京市西城区天宁寺前街2号北院A座一层
	邮编：100055
网　　址	www.chirp.com.cn
经　　销	新华书店
印　　刷	郑州市毛庄印刷厂
开　　本	640×940　1/16
字　　数	140千字
印　　张	16
版　　次	2013 年 5 月 北京第一版
印　　次	2019 年 6 月 第三次印刷
定　　价	25.00元

CRI
中国国际广播出版社
欢迎关注本社新浪官方微博
官方网站 www.chirp.cn

《哈利·波特》的灵感之源

1

可以说，中国读者对于《哈利·波特》系列魔幻小说及其作者 J. K. 罗琳真是太熟悉了。有多少孩子不知道《哈利·波特》和罗琳呢？她那一部部充满神奇的魔幻小说深深吸引着千千万万的读者，它们也因此创造了出版史上的神话与奇迹，令人惊叹。

不过，是什么孕育了《哈利·波特》这套举世闻名的畅销书的诞生？作家罗琳又是从哪获得了创作的灵感呢？对此，很多人恐怕都不是很清楚。这里不妨告诉大家，罗琳正是从她的前辈作家伊迪丝·内斯比特（眼前这套书的作者）的作品中吸取了丰富的营养，进而创作出了《哈利·波特》这样的魔幻杰作。罗琳曾说过："伊迪丝·内斯比特的作品，一直是我行文风格临摹的对象，她笔下的童话故事永远是浩瀚无垠且趣味横生的神奇世界！……她是我最欣赏的儿童文学作家。"短短两句话，包含了罗琳对内斯比特极高的评价和激赏！可以说，内斯比特的作品是《哈利·波特》的魔法启蒙经典，也是罗琳最心仪与钦佩的作家的杰作。罗琳将内斯比特的作品视为创作源泉的启发书籍，也将这些美好的品读感受分享给更多读者，足以看出，伊迪丝·内斯比特的创作是多么地引人注目，值得珍藏与欣赏。

伊迪丝·内斯比特（Edith Nesbit，1858～1924），英国著名儿童作家、诗人、小说家。曾在法国、德国等受过教育。1876 年出版第一部诗集。1899 年出版《寻宝人的故事》，一举获得成功。后创作出一系列描写儿童故事的优秀作品，深受小读者们喜爱。内斯比特是个多产的作家，由于作品拥有众多读者，她因此收入颇丰，得以支撑起一个大家庭的各种开支。这一点与《哈里·波特》的作者 J. K. 罗琳也颇为相像。

她的作品通俗易懂，故事妙趣横生，而非刻意说教，因此易于被孩子们接受，作品多通过引人的故事激励孩子们树立优良的美德。她一生共为孩子们创作了大约 40 部长篇小说和短篇小说集。她的儿童文学创作大体分两类：一类是写现实生活的家庭冒险故事的作品，代表作有《寻宝人的故事》、《闯祸的快乐少年》、《想做好孩子》和《铁路边的孩子》，这类作品中儿童性格刻画鲜明，家庭生活描写真切动人；另一类是充满神奇色彩的魔幻故事，代表作有《五个孩子和沙滩仙子》、《凤凰与魔毯》以及《四个孩子和一个护身符》等。这些故事悬念重重、曲折离奇、想象丰富却理趣结合，给孩子以如临其境、真实可信的感觉。

她的传记作家 Julia Briggs 评价她是"一流的现代儿童文学作家"。《纽约时报》著名图书评论家彼得·格拉斯曼评价她的创作时说："她以超凡的想象力将魔法世界与现实世界融为一体。"日本出版的《英美儿童文学》一书中高度评价她："内斯比特不仅是英国儿童文学史上第一个黄金时代的巨星，也是 20 世纪儿童文学的伟大源泉。""她创作出了魔幻文学中最具想象力、最惊险、最令人兴奋的探险故事，开创了魔幻文学的先河，日后的魔幻文学作品都受到其写作风格和思路的深刻影响，其中包括风靡世界的《魔戒》和《哈利·波特》。"

伊迪丝·内斯比特的作品亦为中国不少儿童文学名家、翻译家、评论家所赞赏。梅子涵说："内斯比特是英国著名的儿童作家、诗人。她不仅把现实中的孩子们带入一个幻想的世界，而且把幻想世界的事物带入孩子们的日常生活，激发孩子们想象的力量。她的幻想小说风靡全球一百多年，已经成为全世界小朋友最喜爱的经典读物。"著名儿童文学作家、翻译家任溶溶就翻译过内斯比特的一系列作品，她评价内斯比特的故事时说："她的叙述大大拉近了作品与读者的距离，让孩子们觉得，这故事是说的他们自己、他们自己身边的故事，而不再是'很久很久以前'的故事，从而使作品拥有了批判现实的力量。"著名儿童文学作家、诗人金波先生从阅读感受的角度评价说："我们从这些作品中，所得到的是心灵的滋养、感情的陶冶和智慧的启迪，可以使童年的阅读成为一生永恒的快乐。"

2

人的一生中总有许多十分有趣、令人难忘的故事，而青少年时期的生活则更有其特有的迷人处。孩子们对大千世界满怀好奇，对无数的"谜"总想探出个究竟。除了学习，"玩"恐怕是青少年生活中一个重要的方面。玩，并非没有意义，只要它是积极健康的，往往能使孩子学到不少东西。内斯比特笔下的孩子和这些孩子所经历的一系列奇遇便充分地说明了这一点。

比如《寻宝人的故事》。寻找宝藏也许是每个孩子都梦寐以求的一件充满兴奋与刺激的事。在这篇故事中，孩子们通过寻找宝藏的过程，经历了一件件不同寻常的事情。这当中他们产生了很多想法和愿望——这对于青少年而言相当自然。他们时而想当侦探抓坏人，想做诗人挣稿费，时而又想当编辑，甚至还想合伙做生意。他们还天真地发明了自己的药物。孩子们产生这样的想法，都是为了能替大人们分忧，这当中他们切身体会到了钱与生活的密切关系。孩子们这些行为的意义并不在于结果如何，而在于行为的过程。无论结果成功失败，对他们而言都是宝贵的人生经验——而这本身就是一笔可贵的财富！所以尽管他们最终并没有"找到"真正的宝藏，但收获却是巨大的——他们懂得了许多生活道理，赢得了那个印第安叔叔的喜爱，得到他送来的很多东西，彼此获得了对方的真诚与爱心——这些难道不就是可贵的宝藏吗？

再看看《中魔的城堡》。书名就预示了故事的神奇——世界本身就十分神奇。放假了，怎样度过假期才有意义呢？这恐怕是孩子们都关心的问题。故事中的三兄妹，哥哥想去探险，寻求生活之谜，妹妹则想写一本关于学校里的孩子们的书。于是我们就看到了一个个富有传奇色彩的情景：沉睡了 100 年的公主被吻醒（原来她是城堡女管家的侄女），在和他们玩游戏；在孩子们奇特的想象之下人可以隐身，随即出现了各种妙趣横生的事情，如铅笔自动写起来，物体凭空自己开始移动……这样的情景怎不令人惊叹呢？哦，可别忘了，还有那个画在纸上后就活起来的纸人！

不一一讲下去了。

内斯比特讲述的故事，很大一个特点是真实，真实的源泉便是生活本身。作者对于孩子们的心中所想和日常生活十分熟悉，把握得也十分深刻，所以能够写得真实生动，从而引起青少读者的共鸣。这便是好书。比如假扮强盗，制造危险然后去救人，做一些"坏事"，这些现象虽然不值得提倡，但它们就是生活的真实反映——生活并不总是完美无瑕的。又比如，书中提到"成人总是喜欢干涉孩子"，成人对孩子最爱说的——想想看是什么？——就是"不准"，"不许"，"不能"，等等。孩子眼中的成人与他们的交流方式难道不经常是这样的吗？所以，如果父母们读一读这些书，也会自然地观照自身在与孩子相处时的言语及行为，也能更好地了解孩子们的世界，从而改进自身可能存在的某些不足。

说到这里，我们还是打开书自己去阅读一个个充满童趣的故事吧，去发现那精彩而奇妙的书中世界吧！

主要人物

多拉：   巴斯特布尔家六个孩子中的老大。她是一
               个懂事的姐姐，注重对弟妹们的教育。

奥斯瓦尔德：   巴斯特布尔家中的长子，六个孩子中的老
               二。他是个懂礼貌的孩子，经常协调兄弟
               间的矛盾，并善于出谋划策。

迪克：   巴斯特布尔家六个孩子中的老三，有时候
               很调皮，往往好心做坏事。

爱丽斯和诺埃尔：他们是一对双胞胎。爱丽斯非常有爱心，
               诺埃尔平时喜欢写诗。

赫·沃：   巴斯特布尔家六个孩子中最小的一个孩子，
               既可爱又调皮，有时爱幻想。

丹尼：   他本来是一个非常拘谨并有些内向的小男
               孩，巴斯特布尔家的孩子们称他和戴西为
               "白鼠"，后来他变得活泼大胆。

戴西：　　　　　　　丹尼的妹妹，一个非常胆小听话的小姑娘。

阿尔伯特的叔叔：　　作家。他非常关爱孩子们，孩子们在遇到
　　　　　　　　　　困难时会与他商量，找他帮忙。

献给

我亲爱的儿子
法宾·布兰德

我们把两个方向标调换位置钉上

目　录

第一章

丛林游戏

"小孩子就好比果酱：只要是在适当的地方，就什么事也没有，可要是到处都是孩子，就没人受得了——哦，什么?"

这些讨厌的话是我们的印第安叔叔说的，让我们显得年幼无知，很是生气。但我们又不能私下里骂他几句，来找些安慰，就像我们在讨厌的大人面前说讨厌的话时那样，但印第安叔叔并不讨厌，恰恰相反，在没人招惹他的时候他很讨人喜欢。我们不能因为他说我们像果酱就认为他缺少绅士风度，因为，像爱丽斯说的那样，果酱的确很好，但前提是不能抹在家具上和类似的不适当地方。我老爸说过："也许他们最好去上寄宿学校。"这可太糟了，我们知道老爸并不赞成寄宿学校。而他却看着我们说："先生，我为他们感到羞愧!"如果你老爸都为你感到羞愧，那你就倒霉透了。我们都知道这个道理，所以心头堵得慌，像是吞下了个煮得发硬的蛋。至少奥斯瓦尔德有这种感觉。老爸曾说过，奥斯瓦尔德作为长子，是这个家的代表，所以别人当然也会有这种感觉。

接下来一小会儿谁也没说话，最后还是老爸发话了："你们可以走了，但要记住……"

后面的话我就不对你说了，把你已经知道的东西告诉你，是没有用的——可他们在学校里就是这么做的。这些话你们肯定都听了不知多少遍。这事结束时，我们就离开了。女孩子们哭了，而我们男孩子则拿出书来读，不想让人看出我们很在意这事。但其实我们内心都非常憋气，特别是奥斯瓦尔德，这位长子，全家的代表。

原本我们真不打算做什么错事，所以更是憋气。我们只不过想到，或许大人知道后会不太高兴，哪想到现在完全不是这样。而且，我们本来打算把东西玩完了，赶在有人发现前就放回原处。不过我一定是没有先见之明（"先见之明"的意思是故事还没有开头，就知道结尾了。我告诉你这个词，是因为如果在故事中碰上你不认识的单词，而人家叫你去查字典，那可是够烦人的）。

我们是巴斯特布尔一家的孩子——奥斯瓦尔德、多拉、迪克、爱丽斯、诺埃尔和赫·沃。如果你想知道为什么我们管最小的弟弟叫赫·沃，你可以在《寻宝人的故事》①里找到答案。我们就是寻宝人，我们不停地到处寻找，这是因为我们特别想得到宝贝。不过我们到最后也没找到财宝，反倒被那个善良慈祥的印第安叔叔给找到了。他帮助老爸做生意，使老爸能够把我们全都搬到位于布兰克希思的那所很大的红房子里，而不是以前我们住的莱维沙姆路，那时我们只是些穷得叮当响，但却很诚实的寻宝人。那时候，我们总是想，要是老爸生意兴隆，那么我们口袋里就不会缺零花钱，也不会穿着破衣烂衫（我自己并不在乎，不过女孩子们在乎这个），我们会过得很幸福，非常非常快乐。

当搬到布兰克希思的那座美丽的大房子时，我们以为现在一切都好了，因为这所房子里有葡萄园和菠萝园，有煤气和水，还有灌木丛、马厩，满是各种现代化设备，就像在戴尔和希尔顿的

---

① 《寻宝人的故事》是作者的又一部作品，本书的姊妹篇。

《房屋必备财产清单》中列出的那样。我读了那张清单，那些词我抄得完全正确。

这真是一幢好房子，所有的家具都结实稳当，椅子的滚轮一个也不少，桌子上没有划痕，银餐具上没有凹痕；还有一群仆人，每天都有精美的三餐——还有大把的零花钱。

但是，让人不可思议的是你很快就对这些东西习以为常，即便是对那些你曾经最最想得到的东西。比如说我们的手表，我们曾经非常想得到它，可我的表戴了一两个星期，主发条便断了。我把它拿到村里班尼特家修好之后，就对表里面的机件连看都懒得看一眼，它再也不能给我带来快乐。当然，要是有人把它从我这儿拿走，我还是会很不高兴的。对新衣服、好吃的饭菜以及应有尽有的一切也是一样。你很快就变得习惯了，它们不再使你特别高兴，尽管如果别人把它们全都拿走了，你会觉得非常沮丧。（这是一个好词，一个我从来没用过的词。）就像我说的，你会习惯于任何事情，然后你就会还想要些什么东西。老爸说这就是人们所说的财富的欺骗性，但阿尔伯特的叔叔说这正是进取精神，莱斯丽太太说有些人也把它叫做"神圣的不满足感"。一个星期天，在吃饭时，奥斯瓦尔德问他们都是怎么想的。叔叔说这是废话，说我们需要的是面包、水还有一通鞭子，不过他这是开玩笑。这是在复活节放假期间的事儿。

我们是在圣诞节的时候搬到红房子里去的。过完节后，女孩子们去上布兰克希思中学，我们男孩子则去了私学（意思是私立中学）。我们不得不在学期里埋头苦读，不过在复活节前后，我们在假期中体会到了财富的欺骗性，那时没什么节目上演，像哑剧，等等。接着到了夏季学期，我们用功地读书，从来没有那么用功。天气极热，男老师们动不动就发脾气，女孩子们则祈祷天气冷了再考试。我想不通为什么不能等天冷时再考试，不过我猜是因为老师想不出这么明智的主意。他们在女子学校里教植

3

物学。

紧接着是仲夏假期，我们又可以喘口气了——但只有几天时间。我们开始觉得好像忘了什么，却想不出究竟是什么。我们希望有事情发生——只是并不确切地知道是什么事情。因此当老爸说下面这些话时我们很高兴：

"我已经请福克斯先生让他的孩子们来这儿过上一两个星期。你们知道的，他们圣诞节时来过。你们一定要好好招待他们，保证他们过得愉快，知道吗？"

我们对他们记得很清楚——脸色粉嘟嘟、容易受惊的小家伙，像白鼠一样，瞪着亮晶晶的眼睛。他们从圣诞过后就没来过我们家，因为那个叫丹尼的男孩病了，他们一直和一个姑妈住在拉姆斯盖特。

爱丽斯和多拉原本很乐意为尊贵的客人们收拾卧室，不过一个真的很能干的女仆有时会比一个将军都更喜欢说"别动"，所以她们只好作罢。简只允许她们往客房壁炉架上的花瓶里放些鲜花，这样一来她们就必须向园丁请教摘些什么花好，因为那个时候我们的花园里还没长什么值得摘采的花。

他们的火车 12 点 27 分到，我们都去接站。后来我认为那是一大失策，因为他们的姑妈和他们是一道来的，她穿着一身黑衣服，上面装饰着珠子什么的，戴一顶紧巴巴的帽子。当我们摘下帽子时，她十分粗鲁地说了句："你们是谁？"

我们说："我们是巴斯特布尔家的孩子，来接戴西和丹尼。"

这姑妈是个很粗鲁的女人，她开口对戴西和丹尼说话时，我们真为他们难过。她说：

"就是这些孩子吗？你们记得起他们吗？"

也许我们穿得不太整齐，因为我们一直在灌木丛里玩强盗游戏，但不管怎样我们也知道回去后得洗脸然后才能吃饭。但还是——

丹尼说他记得我们。不过戴西说："当然是他们。"然后她看上去就好像是要哭出来的样子。

姑妈叫了辆出租马车，告诉车夫去什么地方，然后让戴西和丹尼上车，接着她说：

"要是你们乐意，这两个小丫头也可以跟着来，不过你们这些小小子得步行。"

然后，马车就驶走了，我们被丢在后面。最后姑妈转过头又对我们说了几句话。我们知道她要说的不外乎是梳梳你的头或者戴上手套之类的话，因此奥斯瓦尔德抢在她开口前说了声"再见"，然后就高傲地转过身去，我们其他人也照办不误。除了那个穿黑袍带珠子的严厉姑妈，没人会叫我们"小小子"。我想对她说，她就像《大卫·科波菲尔》里的默德斯通小姐，可她不会明白的。我认为她没读过什么书——除了马克姆的《历史》和曼格耐尔的《问题》①之外。

我们到家后发现，坐车的四个人都坐在我们的客厅里——我们现在不叫它婴儿室——看上去都洗得干干净净了，我们家的女孩子们正在问一些彬彬有礼的问题，其他人则回答"是"、"不是"、"我不知道"。我们男孩子什么也没说，站在窗户边往外看，直到开饭的铃声响起。我们感觉情况会很糟糕，而事实的确如此。新来者永远也当不了游侠骑士，也不会为了替红衣主教传递密信而骑马穿过法兰西中部；在紧要关头，他们永远不会想到该说些什么来让敌人迷失方向。

他们说"是的，请"，还有"不，谢谢"，文雅地吃着，在喝东西前总要擦擦嘴巴，喝完后也这样，从来不在嘴巴里塞满食物的时候说话。

吃完饭后情况越来越糟。

----

① 《历史》与《问题》均为当时风行的女学校教本。

5

我们拿出所有书，但他们说声"谢谢"，而并没有正眼瞧一下。我们拿出所有玩具，可他们也只是说一句"谢谢，这很不错"。情况变得越来越令人不快，快到喝茶时间了，大家都不说话——除了诺埃尔和赫·沃外，他们在谈论蟋蟀。

吃过茶点后，老爸进来了，他和他们以及女孩子们玩"猜字"游戏，这样稍微好点儿。然而在吃晚饭时（我永远都不会忘记这顿晚饭），奥斯瓦尔德感觉自己就像一本书里的男主角一样，"几乎再也想不出什么招来了"。我想我从来不曾高高兴兴地上床睡觉，然而这次除外。

他们上床后（多拉告诉我，戴西尽管快十岁了，还得让人帮她解开所有的带子和纽扣，还有丹尼，说要是不留一点灯光给他，他就睡不着），我们在女孩子们的卧室里开了个会。我们都坐在床上——它有四根红木柱，挂着绿色床幔，很适合做帐篷。只是女管家不许我们这么干，奥斯瓦尔德说：

"真是妙极了，是吧？"

"他们明天会好一些，"爱丽斯说，"他们只是害羞。"

迪克说害羞倒没有什么，不过没必要表现得像个大笨蛋。

"他们被吓着了，你瞧，在他们看来我们是陌生人。"多拉说。

"我们又不是野兽或印第安人，不会吃掉他们。有什么可怕的？"迪克这样说道。

诺埃尔告诉我们，他认为他们是被施了魔法的王子和公主，曾经被变成白兔，虽然他们的身体变了回来，但内心并没改变。

但是奥斯瓦尔德要他闭嘴。

"编造他们的故事没用，"他说，"问题是我们要做什么？不能让这几个爱哭的小家伙搅乱了我们的假期。"

"对，"爱丽斯说，"不过他们不可能永远都哭哭啼啼。或许他们和那个默德斯通姑妈待在一起时养成了这个习惯。她足以让任何人都哭哭啼啼。"

"怎么都好,"奥斯瓦尔德说,"但我们再也不能过今天这样的日子了。我们一定要让他们从哭哭啼啼中振作起来⋯⋯那叫什么来着?⋯⋯突然发生的东西⋯⋯是什么来着?⋯⋯有决定性的。"

"陷阱,"赫·沃说,"这是他们起床后我们要干的第一件事,晚上再来个让他伸不直腿的床。"

可是多拉连听都不要听,我承认她是正确的。

"假设,"她说,"我们能想出一个好游戏,就像我们当寻宝人时做的那样。"

我们说:"好吧,是什么游戏呢?"可她没有说话。

"应当是一个时间很长的游戏,能持续一整天,"迪克说,"而且如果他们乐意,也可以玩,如果他们不乐意——"

"要是他们不乐意,我就念书给他们听。"爱丽斯说。

但是我们都说:"不行,你不能,你开了头,就得继续下去了。"

迪克补充说:"我根本没想那么说。我要说的是他们如果不喜欢这个游戏,完全可以去做其他事。"

我们一致同意必须想出点儿什么来,但谁也想不出来,最后会议在混乱中结束,因为布莱克太太——她是管家——上楼来把灯关了。

第二天早上我们吃早饭时,两个陌生人一本正经地坐在那里,奥斯瓦尔德突然开口说:

"我有个主意:我们可以在花园里玩丛林游戏。"

其他人纷纷表示同意,我们开始讨论起来,直到早餐结束。不论我们对他们说什么,那两个小陌生人都只回答:"我不知道。"

早饭过后,奥斯瓦尔德神神秘秘地把他的弟弟妹妹们召到一边，说道：

"你们同意让我今天做首领吗？因为是我想到了这个主意的。"

他们回答说同意。

然后他说："我们要来玩《丛林之书》的游戏，我要扮演莫格里。剩下的人可以扮演自己喜欢的角色——莫格里的父母，或者随便什么野兽。"

"我想他们不知道那本书，"诺埃尔说，"他们看起来不像读过什么书，除了上课的时候。"

"那么他们可以一直扮演野兽，"奥斯瓦尔德说，"任何人都能扮演野兽。"

问题就这样解决了。

此时奥斯瓦尔德开始制订丛林计划，阿尔伯特的叔叔曾说过他很擅长做安排。日子选得非常好。我们的印第安叔叔不在家、老爸不在家、布莱克太太也不在家，还有，女仆下午休息。奥斯瓦尔德的第一个有意识的举动是摆脱那些白老鼠，我指的是小客人们。他对他们说下午有个游戏，他们喜欢什么就可以扮演什么。他给他们拿了《丛林之书》，让他们去读他要他们读的故事——所有关于莫格里的故事。他领着小客人们来到菜园里盆栽羽衣甘蓝中间的一个僻静地点，把他们留在那儿。然后他回到其他人那里，我们在雪松树下度过了一个快乐的上午，商量着布莱克太太走后我们玩些什么。她中饭一过就走了。

我们问丹尼乐意扮演什么角色，结果发现他没看过奥斯瓦尔德讲给他听的那些故事，他只看了《白海豹》与《里基-蒂基》①。

然后，我们同意先玩丛林游戏，并为自己所担任的角色打扮

---

① 《白海豹》与《里基-蒂基》均为英国作家吉卜林（1865～1936）的小说，以下的各人扮演的角色如莫格里、灰兄弟、卡阿等均为《丛林之书》中的形象。

8

起来。奥斯瓦尔德因为把客人孤零零地丢开一上午有点内疚，所以他让丹尼担任自己的助手，而丹尼真的是很有作用。他的手很巧，做的东西绝不会散架。戴西原本也要来，可她想继续看书，所以我们就由她去了，这才是对一个访问者最真诚的态度。当然，灌木林当作丛林，雪松下的草坪则要成为丛林中的空地，然后我们就开始收集东西。雪松下的草坪恰巧离窗户很远。这一天很热，太阳白晃晃的，影子是深灰色，不像在晚上那样是黑色的。

我们的想法各不相同。当然，首先我们把枕头塞进野兽的皮里，把它们摆放在草坪上，尽可能地使它们显得自然。然后我们抓住了皮切尔，把它浑身上下都涂上石笔粉，为的是让它拥有格雷兄弟的颜色。不过它抖掉了浑身的粉，这费了好一番工夫。爱丽斯说：

"噢，我知道了！"她冲到老爸的更衣室里，拿了一管杏仁剃须膏和护手霜回来，我们把它挤到皮切尔的身上，反复地擦，一直到被它的皮肤吸收，然后石板笔的粉末就牢牢粘在它身上，它还自愿到垃圾箱里滚了一圈，这使得它的颜色更加逼真。它是一条非常聪明的狗，但不久就跑了，一直快到傍晚我们才找着它。丹尼帮皮切尔化妆，帮着弄野兽皮，给皮切尔装扮完后，他说：

"请问我可以在树上放些纸做的小鸟吗？我知道怎么做。"

我们当然说"可以"，他只有红墨水儿和报纸，很快就做出很多长着红尾巴的大鸟。它们挂在灌木边上看起来相当不赖。

他在做鸟的时候突然尖声叫道："啊呀？"

我们看到一个长着巨大的角、披着一块皮毛毯的生物，就像牛或者什么牛头人身的怪物。我一点儿都不奇怪丹尼会被吓住。这是爱丽斯，真是一流水平。

到目前为止，还没发生什么无法挽回的事情。闯祸的是那个狐狸标本——我很遗憾地承认那是奥斯瓦尔德想出来的。他并不

9

为"想到"它而羞愧。想到那个真是太聪明了。不过他现在知道最好别再问也不问一声就拿走别人的狐狸或其他东西，就算你和他们住在同一幢房子里。

奥斯瓦尔德拆开大厅玻璃柜的背面，取出那只狐狸，它嘴里还咬着一只灰绿相间的鸭子。其他人看到它们放在草地上是多么活灵活现时，都撒开腿去取其他的标本。叔叔有数目惊人的一堆标本，其中多数是他亲自射杀的，不过当然这只狐狸不是。还有另一只狐狸的面罩，我们把它挂在矮树丛中，瞅着就像一只狐狸在偷窥。我们用线把鸟类标本拴着挂在树上。鸭嘴兽屁股坐在地上，水獭在冲它咆哮，看起来真不赖。迪克又有了一个主意，虽然这主意并不像标本那样后来受到很多批评，但我个人认为它是一样的糟糕，不过它也是个好主意。他拿起水龙带，把末端搭在雪松的树枝上。我们搬来清洁玻璃时用的梯子，把水龙带放在梯子上，打开了水龙头。这本来应该是个瀑布，可水顺着梯子之间往下流，弄湿了地面。因此我们就用老爸和叔叔的胶布雨衣盖住梯子，这下水就顺利而壮观地流下来了，流到我们在草丛里挖的一条小渠里，形成一条小溪——水獭和鸭嘴兽像是在它们经常出没的地方。我希望这些读起来不是太枯燥。我知道这做起来很有意思。总的来说，我不知道我们在什么时候还有过比这个更快乐的时刻。

我们把兔子从围栏里放出来，在它们身上系上粉红色的纸尾巴，用《泰晤士报》制成的号角追逐它们。它们设法跑掉了，在第二天被抓住之前，它们吃了一大片莴苣和其他蔬菜。奥斯瓦尔德对此很懊悔。他挺喜欢那个园丁的。

丹尼想给豚鼠装上纸尾巴，我们白费口舌地告诉他豚鼠身上没地方装那玩意儿。他认为我们在哄他，直到我们示范给他看他才肯信，然后他说："喔，没关系。"然后让女孩子们给了他一些她们做睡袍的蓝色碎料。"我要把它们当成腰带，系在豚鼠的细

10

腰中间。"他说，然后他就这么做了，豚鼠的背上竖着蝴蝶结。有一只豚鼠再也没见到过，还有一只乌龟，当我们把它的壳涂成朱红色后，它也不见了。它慢吞吞地爬开，从此再没回来。没准儿有人捡到它，把它当成这片寒冷地区不为人知的一个昂贵物种呢。

由于有了动物标本、长着纸尾巴的动物和瀑布，雪松下的草坪被改造成一个美丽的梦幻世界。爱丽斯说：

"我希望这老虎看起来不这么扁。"当然，就算塞了枕头，你也只能把它假想成一只正在睡觉的老虎，随时都准备向你扑来。在老虎皮里面没有骨头，只有枕头和沙发垫的情况下，要想把虎皮活灵活现地撑起来可是不容易。

"啤酒架子怎么样？"我说道。我们从地下室里拿了两个出来，用垫子和绳子把它们固定在老虎皮里。现在老虎瞅着活灵活现。啤酒架子的四条腿充当了老虎的腿。这可真是画龙点睛啊。

随后，我们男孩子们穿上游泳裤和背心，这样就可以玩瀑布而不用担心弄脏衣服。女孩子只是卷起上衣，脱了鞋和袜子。尽管奥斯瓦尔德是船长，而且早就明确表示他要扮演莫格里，赫·沃还是在自己腿上和手上涂了过锰酸钾溶液，为了让自己变成棕色，好充当莫格里。其他人对此当然不会容忍。于是奥斯瓦尔德开口说：

"好吧。没人要你把自己涂成那样。不过现在你既然做了，那么你必须去扮海狸，住在瀑布下面的水坝里，直到瀑布把你的颜色冲干净。"

他说他不想当海狸。诺埃尔说：

"别强迫他了。让他去当王宫花园里流出喷泉的青铜像吧。"

于是我们让他拿着水龙带，举过头顶。喷泉很壮观，只是他还是棕色的。所以，迪克、奥斯瓦尔德也把自己弄成棕色，用我们的手绢尽量把赫·沃擦干，因为他都开始流鼻涕了。过了好几

11

天，我们身上的棕色都没有褪尽。

奥斯瓦尔德要扮演莫格里，我们开始安排各自的角色。躺在地上的那部分水龙带是书中的岩蟒卡阿，皮切尔扮演格雷兄弟，只是我们找不到它。当我们大部分人都在说话的时候，迪克和诺埃尔在摆弄啤酒架子撑起的老虎。

这时，一件真的是不幸的事情说发生就发生了，其实那并不是我们的错，我们也不是存心要它发生的。

那个女孩戴西整个下午都沉迷于有关丛林的书籍中，现在却突然走了出来，正巧赶上迪克和诺埃尔钻进老虎皮下面，移动着虎皮来相互吓唬。当然，这是在莫格里的那本书里根本没有的，不过它们看起来很像真的老虎，我一点儿也不想责备那女孩，不过她不知道自己的轻率举动会造成多么糟糕的后果。要不是她，我们的下场原本可能会好得多。发生的事情真的很恐怖。

戴西一看见老虎就停住脚，发出一声火车汽笛般的尖叫，跌倒在地上。

"别害怕，尊贵的印第安少女，"奥斯瓦尔德喊道，吃惊地以为她或许真的知道怎么玩游戏。"鄙人会保护汝。"他向前冲去，手里拿着一把从叔叔书房里搞来的土著人用的弓箭。

尊贵的印第安少女一动也不动。

"到这儿来，"多拉说，"在这位善良的骑士为我们战斗的时候，让我们到那边的隐蔽处去躲一躲。"多拉或许记起了我们是野蛮人，可她并没有。那就是真实的多拉。戴西仍然一动不动。

这时我们真的害怕了。多拉和爱丽斯把她扶起来，她的嘴巴显出吓人的紫色，眼睛半闭，看起来非常可怕，一点儿也不像那种美丽的小姑娘在不省人事时，往往带有一种十分有趣的苍白。她面色发绿，像货摊上的廉价牡蛎。

我们做了能做的一切，虽然我们也是一片恐慌。我们按摩她的手，让水龙带里的水轻轻地、持续地喷在她毫无知觉的额头上。女孩子们松开了她的衣服，尽管那只是件直筒式的连腰身都没有的衣服。我们都在尽最大能力做我们能做的事，这时听到前门传来"咔嗒"一声。

"我希望不管是谁赶快到前门那儿去一下。"爱丽斯说，但不管是谁都没有去。石子路上有人走来了，叔叔的声音响起，用亲切热烈的口吻说道：

"这边走，这边走。像今天这样的日子，我们的那些小野人们一定在什么地方玩儿呢。"

然后，没有更进一步的警告，叔叔、另外三位先生和两位女士就突然来到现场。

我们身上没有可以称之为衣服的东西——我指的是我们这些男孩子。我们全身都湿透了。戴西昏了过去、突然发病或者死了，当时我们没人能知道到底是哪种情况。所有的动物标本都在那里直瞪着叔叔的脸。它们大多数被溅上了水，水獭和鸭嘴兽则湿透了。我们三个浑身深褐色。以前经常能够躲藏起来，但这回是不可能的了。

脑瓜快的奥斯瓦尔德一眼就看出这会对叔叔产生怎样的影响，他年轻勇敢的血液马上在血管里变冷。他的心几乎停止了跳动。

"这一切是怎么回事——呃，怎么回事?"这就是那位受到伤害的叔叔的语气。

奥斯瓦尔德放大嗓门回答说我们在玩丛林游戏，他不知道戴西出了什么事。他竭尽全力去解释，可说什么都白搭。

叔叔拿着一根马六甲白藤，我们对这突然的攻击几乎没有什么准备。奥斯瓦尔德和赫·沃挨的打最厉害。其他男孩躲在了老虎皮下面，我叔叔当然不会打女孩子。丹尼作为客人也免去一顿打。

不过接下来的三天我们只有面包和水可供食用，而且只能待在各自的房间里。我不会告诉你我们是如何试图改变这种单调的囚禁生活的。奥斯瓦尔德想到了驯养一只老鼠，可一只也找不到。要不是那条可以从我们的卧室一直爬到女孩子卧室的排水沟，我们这些可怜的俘虏恐怕早就神经错乱了。不过这件事我不准备多说，因为你可以亲自去试试，而那真的很危险。老爸回来后，我们被训斥了一顿，我们说我们非常抱歉，事实上我们的确非常抱歉，特别是对戴西，虽然她笨手笨脚的。事情的解决方法是：我们要到乡下去并且一直待下去，直到我们变成好孩子。

阿尔伯特的叔叔正在乡下写一本书，我们要到他家去。大家对此很高兴，戴西和丹尼也一样。我们爽快地接受了这个解决方法，知道这是我们应得的报应。我们为所有的事感到歉意，并且下定了决心要在将来变成好人。

我说不准我们是否坚持了这个决心。奥斯瓦尔德认为现在我们这么费力地想马上变好或许是个错误。所有事情都是一步一步来的。

附笔——戴西根本没有死。她只是昏了过去，真是个女孩子。

注意——皮切尔是在客厅的沙发上被找到的。

附录——我们在丛林游戏中做的事我连一半都还没告诉你，比如说象牙和马鬃制的沙发垫，还有叔叔捕鱼用的长筒靴。

第二章

想做好孩子

被送到乡下去学好，我们觉得这是件好事，因为我们知道被送到那里去只不过是为了让我们暂时避避风头。尽管布莱克太太说这是惩罚，我们却十分清楚这不是惩罚，我们已经受够了惩罚，因为乱拿动物标本，用它们在草地上布置丛林，还有花园水龙带。可你总不能为一次过错受两次惩罚。这是英国法律规定的，至少我这么认为。而且不管怎样也不会有人惩罚你三次，要知道我们已经尝到马六甲白藤和单独禁闭的滋味；而且叔叔已经很亲切地对我们解释说，在我们忍受了只有面包和水的日子后，他和我们之间的敌意已经彻底消除了。面包和水的待遇、当囚犯、不能在牢房里驯养老鼠，这些使我深深感到我们受的苦已经够多的了，现在可以公平开始了。

我个人认为对地方的描写通常都很乏味，不过我原先认为那是因为作者们并不把你真正想知道的东西告诉你。可是，乏味也罢，不乏味也罢，我还是要描写，因为我要是不把这个地方的样子告诉你，你就什么都不明白。

我们要去住的是一个叫莫特府的地方。那儿有一幢从撒克逊时代就盖起来的房子。它是个庄园，而不论发生什么，庄园上都会有房屋的。莫特府在古代曾被烧毁过一次或者两次，我记不清

15

是在哪个世纪了，不过人们总是能够再盖起一座新的来，克伦威尔的士兵把它捣得千疮百孔，可它很快就被修补一新。这是幢非常奇怪的房子：前门正对着餐厅，房间里有红色的窗帘和黑白相间、棋盘一样的大理石地板，还有一个秘密楼梯，只不过现在已经不再是个秘密了，只是摇摇晃晃的。房子不太大，四周环绕着一条有水的深沟，上面有一座通向前门的砖桥。沟的一边是个农场，有谷仓、烤房、马厩以及类似的东西，另一边是一直延伸到教堂墓地的花园草坪。除了一道小小的草堤外，教堂墓地和花园几乎连在一起。房子的前面另有一个花园，而那个大果园在房子的后面。

房子的主人喜欢新房子，所以他建了一座大房子，带有温室、马厩，房顶上的塔楼装有一个时钟，随后他出租了莫特府。阿尔伯特的叔叔住了进来，我老爸有时也会来，从周六住到周一。阿尔伯特的叔叔要一直和我们住在一起，因为他要写书，所以我们不得打扰他，不过他一定会照顾我们的。我希望这一切都很明白。我已经尽量长话短说了。

我们很晚才到，不过有足够的亮光让我们看见悬挂在房子顶上的大钟。敲钟的绳子从房子中间垂下来，穿过我们的卧室，通到餐厅。赫•沃在晚饭前洗手的时候看见那绳子，并动手拉了它，是迪克和我让他拉的，那钟声就庄严地回响起来。老爸吼叫着让他住手，然后我们就下去吃晚饭了。

但不久石子路上就传来了许多凌乱的脚步声，老爸出去看是怎么回事。他回来后说——"整个村子，或半个村子的人都来了，看看钟为什么响。只有在失火或者发生夜盗的时候才敲钟。你们这些孩子能不能不去多事？"

阿尔伯特的叔叔说："晚饭后就上床睡觉，就像花开了结果一样。他们今晚不会再淘气了，老兄。明天我会告诉你们几件事，是在这个庄园里要避免的事情。"

所以，晚饭后我们就直接上床了，这就是为什么我们那天晚上没有看到更多东西。

不过第二天早上，我们全都起得非常早，就像人们常说的那样，我们似乎在一个新世界中醒来，这里到处是想也想不到的奇迹。

我们抓紧时间，去了能够去的每一个地方。可即便如此，到了吃早饭的时候，才觉得看了不到一半或四分之一的地方。吃饭的那个房间与一个故事中描写得一模一样：黑色橡木台面，带有玻璃门的角柜里放着瓷器。门都锁着。有绿色的窗帘，还有早餐吃的蜂巢。吃过早饭后，老爸就回城里了，阿尔伯特的叔叔也走了，他要去拜访出版商。我们把他们送到车站，老爸给我们开列了一个长长的清单，列出我们不能做的事情，开头是"除非你很肯定地知道绳子另一端会发生什么，否则不要去拉绳子，"结尾是"看在上帝面上，在我星期六回来之前尽量别捣蛋"。在开头和结尾之间还有很多其他事情。

我们都答应不会捣蛋，然后目送他们离开，挥手告别，直到火车驶出视野。我们开始走回家。戴西很累，所以奥斯瓦尔德背她回家。到家时，她说：

"我真喜欢你，奥斯瓦尔德。"

她不是个讨厌的小家伙。奥斯瓦尔德认为对她好是自己的责任，因为她是客人。接下来我们到处闲逛。这真是个了不起的地方。你简直都不知道从哪儿开始逛。我们发现了干草仓，虽然这时大家都有点累了，但我们还是抖擞精神，用一捆捆干草搭建了个堡垒，那干草捆都是四四方方的。所有人都正玩得开心时，地板上的一扇活动门突然打开，冒出个嘴巴里嚼着根麦秆的脑袋。我们当时对乡村的事还什么都不知道，那个脑袋着实把我们吓了一跳，不过我们马上发现这个脑袋的脚站在底下饲马房的栏杆上。那脑袋说：

17

"你们不想让管家抓住你们在糟蹋干草堆吧，就这些。"他因为嘴里有麦秆而吐字不清。

想想你过去是多么无知，真是很奇异的事。我们现在几乎无法相信我们曾经真的不知道玩干草堆会把它糟蹋了，因为事后马就不乐意吃这草了。

永远记住这个。

那个脑袋又说了些话，然后就消失了。我们转动了切草机的把手，没有伤着任何人，虽然那个脑袋说我们一动它就会切掉手指头。

接下来我们坐在地板上，上面洒满了非常干净的泥土，一多半都是切下来的干草。有空间的人把自己的腿从顶门上垂下来，我们俯视着农家庭院，你身在那里时会发现它很泥泞，不过非常有趣。

这时爱丽斯说："既然我们都在这儿，而且男孩子们也累了，那就坐下来歇一会儿，我想开个会。"

我们说："什么内容？"

她说："我会告诉你们的。赫·沃，别扭来扭去的，要是麦秆搞得你腿发痒，就坐在我的外衣上。"

你瞧，他穿着短裤，所以他永远也不能像别人那样舒服。

"你们要答应不笑我。"爱丽斯说，脸变得通红，她看着多拉，她的脸也变红了。

我们答应了，然后她说：

"多拉和我商量过了，还有戴西，我们把它写了下来，这比用嘴说着要容易。我念还是你念，多拉？"

多拉说谁念都没关系，爱丽斯尽管念好了。于是爱丽斯念了起来，尽管有些结结巴巴，但我们都听清楚了。过后我把它抄了下来。以下就是她所念的内容：

"学好协会

18

我，多拉·巴斯特布尔，还有我的妹妹爱丽斯·巴斯特布尔，具有健全的理智和身体。在玩丛林游戏的那天，我们被关起来，只有面包和水。那时我们深刻反思了自己那些淘气的罪过，并且下定决心要从此学好。我们和戴西谈了这件事，她有一个想法。因此我们想创建一个学好协会。这是戴西的主意，不过我们也是这么想的。"

"你们知道，"多拉插嘴说，"人们想做好事时，总是成立一个协会。有成千上万的协会——比如说传教协会。"

"没错，"爱丽斯说，"还有防止这个防止那个的协会，还有青年互助提高协会，还有Ｓ·Ｐ·Ｇ·……"

"Ｓ·Ｐ·Ｇ·是什么?"奥斯瓦尔德问。

"当然是犹太人传播协会啦。"总是不会拼写的诺埃尔回答说。

"不，不是，不过让我说下去。"

爱丽斯继续讲下去。

"我们建议创立一个协会，选出一个主席、一个财务主管和一个秘书，还要建立一本日志，记录我们做过的事情。要是这样还不能让我们变好，那可不是我的错。"

"协会的宗旨是高尚和仁慈，伟大和无私的奉献。我们希望自己能够不那么让大人们讨厌，希望去创造真正的美德奇迹。我们希望能张开翅膀，"——这儿爱丽斯念得很快。她过后告诉我说戴西帮她写了那一段，当念到"翅膀"的时候，她认为这两个字听起来傻乎乎的——"张开翅膀，高高飞过那些有趣但你不该做的事，去为所有的人做好事，不管这事有多卑微低贱。"

丹尼仔细听着。他点了三四次头。

"只言片语的良言，"他说，"点点滴滴的善行，都会让这个地球成为像天上的雄鹰。"

这听起来不太对路，不过我们由它去了，因为鹰的确有翅膀，我们也想听女孩子们还写了些什么。不过没有下文了。

"就这些。"爱丽斯说。戴西接着说——"你们不认为这是个好主意吗?"

奥斯瓦尔德答道："那要看谁来当主席和你们说的学好是什么意思。"

奥斯瓦尔德对这个主意不太喜欢，因为他认为学好并不是适于讨论的事情，特别是当着陌生人的面，不过女孩子们和丹尼很赞成。因此，奥斯瓦尔德并没清楚地表达自己的想法，主要因为这是戴西的主意。这可是真正的讲礼貌。

"我认为这主意不错，"诺埃尔说，"要是我们把它当作一种游戏的话。让我们玩《天路历程》吧。"

我们就这个提议讨论了一会儿，可没有任何结果，因为我们都想当格雷特哈特先生，除了赫·沃以外，他想当狮子，但你不能在一个行善协会里养狮子。

迪克说要是这意味着去读那些关于死去儿童的书的话，他就不想玩了。他过后告诉我，他对这件事的感受与奥斯瓦尔德完全一样。可女孩子们都好像待在主日学校里一般，我们可不想不友好。

最后，奥斯瓦尔德说："好吧，让我们起草协会规章吧，选举出主席，起个名字。"

多拉说奥斯瓦尔德应该担任主席，他谦虚地答应了。多拉是秘书，丹尼是财务主管，如果我们有钱的话。

制订规章花了我们整整一个下午的时间。规章是以下这些内容:

规　章

1. 每个会员都要尽最大努力学好。

2. 在学好这个问题上不得有超过必要程度的说教。（这一条是奥斯瓦尔德和迪克加进去的。）

3. 我们每天都必须对一个受苦的同胞做某种善事。

4. 我们每天都要碰头，或者当我们想碰头的时候就碰。

5. 对于我们不喜欢的人，也要尽量经常地为他们做好事。

6. 未经全体其他会员同意，不得擅自退会。

7. 这个协会对除我们之外的其他人要严格保密。

8. 我们协会名称是——

此时，我们都七嘴八舌地说起来。多拉想让它叫"人道改进协会"，丹尼是"被遗弃儿童改过协会"，但是迪克说，我们以前并没那么坏。

赫·沃说："就叫它'好人协会'。"

"或者是学好协会。"戴西说。

"或者是好孩子协会。"诺埃尔说。

"这也太自负了，"奥斯瓦尔德说，"另外，我们也不太肯定自己能变成那个样儿。"

"你瞧，"爱丽斯解释道，"我们只是说如果我们能做到，我们就当好孩子。"

"那么好吧，"迪克说，站起来拍打着粘在身上的稻草末，"叫它'想做好孩子'协会吧，就这么定了。"

奥斯瓦尔德认为，迪克开始厌烦了，想让自己发点脾气。要是这样的话，他可注定要失望了。因为其他人都拍手欢呼："就是它了！"然后，女孩子们马上去把规章写下来，把赫·沃也带走了，诺埃尔去写一些诗，好记入记录本里。协会的秘书用来记下协会所干事情的本子，就叫做记录本。丹尼和他一起去，好帮帮手。他熟悉不少诗。我想他上过女子学校，那儿除了诗什么都不教。他挺回避我们的，不过他喜欢诺埃尔。我不明白这是为什么。迪克和奥斯瓦尔德在园子里走来走去，相互讨论着他们对新协会的看法。

"我说不准我们是不是应当从一开始就反对，"迪克说，"反正，我看这事儿也没什么意思。"

"它让女孩子们很高兴。"奥斯瓦尔德说，因为他是一个体贴的哥哥。

"但是我们并不打算忍受说教，什么'忠言逆耳'，什么'友爱的姐妹般的告诫'。我跟你说吧，奥斯瓦尔德，我们必须让这个协会按我们的方式行事，不然它就会让大家都很不快。"

奥斯瓦尔德对此看得很明白。

"我们得干些什么，"迪克说，"虽然这很困难。但世上肯定有些事情是有趣的，但又不是错的。"

"我想是的，"奥斯瓦尔德说，"不过，通常来讲，做个乖孩子就像做个傻瓜。不管怎样，我都不会去为病人抚平枕头，或给上年纪的穷人念书，或是做《救死扶伤的孩子们》那本书里说的破事儿。"

"我也不会，"迪克说，他像刚才那个脑袋一样嘴里嚼着一根麦秆，"可是我认为我们应该公平地玩这场游戏。咱们开始时先找些有用的事去做，比如说修理东西、打扫卫生之类的，不仅仅是为了炫耀。"

"书里的男孩子们会劈柴，还把他们的便士攒起来买茶点和宗教小册子。"

"这些讨厌的小东西！"迪克说，"我说，我们谈点别的。"奥斯瓦尔德乐意听到这话，因为他也开始感到不舒服。

吃茶点的时候我们很安静，此后奥斯瓦尔德和戴西下跳棋，其他人都在打哈欠。我不知道我们何时有过这么沉闷的傍晚。每个人都礼貌得不得了，都用了远远超过需要的"请"和"谢谢"。

下午茶过后，阿尔伯特的叔叔回来了。他很高兴，给我们讲了些故事，不过他注意到我们有一些无精打采，就问我们这些年轻的生命受到了什么打击。奥斯瓦尔德本来要回答说"这打击就是那个'想做好孩子'协会"，不过他当然没有说，阿尔伯特的叔叔也没再问，但是，女孩子们上床后，他上楼来吻了她们，并且问她们是不是有什么不称心的。她们用名誉担保说没有。

第二天早上，奥斯瓦尔德醒得很早。令人精神振奋的朝阳的光芒洒在他狭窄的白色床上，也照着他那些睡梦中的亲爱的小弟弟们身上，还有丹尼，他把枕头捂在脑袋上，打鼾声就像鸣叫的水壶。奥斯瓦尔德一时记不起来发生了什么事，后来他就想起了"想做好孩子"协会，他宁愿自己不曾记起这事。他最初感到似乎没事可做，甚至连往丹尼头上扔个枕头都感到迟疑。不过很快他就明白过来不应该这样。于是他把自己的一只靴子扔了过去，正好击中丹尼的背部，这样，这一天的开始要比他预料得更加快乐。

奥斯瓦尔德在前一天晚上没有做任何不好的事情，除了在没有人看见的时候，他用短袜擦了擦女孩子卧室里的黄铜蜡台。其实他还是不去管这事的好，因为早上仆人们又把它和别的东西一起清洁了一遍，但他的袜子过后就再也找不到了。家里有两个佣人，其中一个必须得叫她帕蒂格鲁太太，而不是简或伊莱扎之类。她负责烧饭和管理东西。

早饭过后，阿尔伯特的叔叔说：

"我现在要到书房里去了。要是在下午 1 点 30 分之前来打扰我，就有你们好瞧的。除非有人流血了，否则不准进来。要是打扰了我，那我可要杀人，或者杀小男孩。"

于是我们明白了他想安静，女孩子们认为我们应该到门外去玩，这样就不会打扰他；反正在这么个好天气里，我们原本就应当在室外玩儿的。

当我们朝外走的时候，迪克对奥斯瓦尔德说：

"喂，到这儿来一下，好吗？"

于是奥斯瓦尔德就过去了，迪克把他带到另一个客厅，关上了门。

奥斯瓦尔德说："行了，有话就说吧，什么事？"他知道这样显得没有教养，而他也不会对除了弟弟以外的任何人这样说话。

迪克说："这件事挺麻烦的。我告诉过你会有麻烦的。"

奥斯瓦尔德对他很耐心，说道："怎么回事？别太悲观。"

迪克有点慌张，然后说："唔，我照我说的做了。我周围转了转，想找些有用的事情做。你知道牛奶场的那扇打不开的窗户吗——只能开这么一点点的那个？唔，我用铁丝和鞭绳修了窗钩，现在它可以开得很大了。"

"我想他们并不想把它修好。"奥斯瓦尔德说。他知道得很清楚，大人们做事情的方式有时与我们的完全不同，你要是想玩别的花样，就会挨骂。

"我不会在意这个的，"迪克说，"因为只要他们说句话，我就可以把它很容易地再拆掉。可那些白痴去了，靠着窗户架起了一口奶锅。她们根本就没注意到我已经把窗户修好了。于是，她们刚把锅架起来，那可怜的东西就把窗户撞开，滚到壕沟里去了。她们现在气得要死。所有男人都在田里，他们连口多余的奶锅也没有。要是我是个农夫，我得说我绝不会为了一两口额外的奶锅而顾虑。有时一定会发生些意想不到的事。我说这是小气。"

迪克非常生气地说着。然而奥斯瓦尔德并非那么不高兴，首先因为这不是他的错误，其次因为他是个有远见的男孩。

"别在意，"他亲切地说，"鼓起你的信心。我们会把那口倒霉的奶锅捞出来。好啦。"他快步冲向花园里，吹出一声低沉而有所暗示的口哨，其他人十分明白有不同寻常的事情发生了。

当大家都聚在他周围时，"同胞们，"他说，"我们要有一段好时光了。"

"不是什么调皮捣蛋的事吧?"戴西问,"就像上次你们的那个好时光?"

爱丽斯说"嘘",奥斯瓦尔德装作没有听见。

"一件珍贵的宝贝,"他说,"被我们当中的一个在无意中给弄到了壕沟里。"

"那破烂儿是自己滚进去的。"迪克说。

奥斯瓦尔德挥了挥手说:"不管怎样,它现在在那儿。把它归还给它那悲痛的主人是我们的责任。喂,注意——我们要在壕沟里打捞。"

每个人听了都兴高采烈。这是我们的责任,同时也很有趣。这太不同寻常了。

于是我们出去,来到了位于壕沟另一边的果园里。灌木丛上长着醋栗和其他果实,可我们在询问是否能采摘之前一颗都没有摘。爱丽斯去问了,帕蒂格鲁太太说:"天哪!我想是可以的,反正你们都要吃的,不管允许不允许。"

她一点儿也不知道巴斯特布尔一家的高尚品质,不过她需要了解的还有很多。

果园缓缓地向壕沟里的黑水倾斜。我们坐在太阳下,商量着在壕沟里打捞,直到丹尼说:"你们怎么在壕沟里打捞?"

我们不出声了,因为,尽管我们在书里看过很多次,人们在壕沟里打捞失踪的继承人或者遗嘱,但我们还真的从未想过那到底是怎么做的。

"钩锚有用的,"丹尼说,"不过我想农场上没有这玩意儿。"

我们去问了一下,发现他们甚至从来没听说过这东西。我个人认为丹尼想说的是另一个什么词,可他却非常肯定。

于是我们就从奥斯瓦尔德的床上拿了一条床单,脱了鞋和袜子。我们尝试着看看床单是否能把壕沟沟底上的东西给捞上来,壕沟的那一端很浅。但床单总是漂浮在水面上，我们试着把床单的一头缝住，塞进些石头，床单在沟底被什么东西卡住了。我们把床单拉起来，结果它破了。很抱歉，床单被弄得一团糟，不过女孩子说，她们保证在她们卧室的盆里可以把它洗干净，而我们想，反正已经把它搞破了，就不妨继续吧。后来洗床单没能变成现实。

诺埃尔说："没人知道这个神秘的小湖里有什么宝藏。"

我们决定把那一端多拉几下，然后慢慢转到牛奶场的窗户底下，奶锅就在那儿。我们看不太清楚那个地方，因为在房子延伸到壕沟里的地方，那些石头缝里长着灌木。正对着牛奶场窗户的是谷仓，也正好直通向壕沟。这好像是威尼斯的图片，不过你反正也不能到牛奶场窗户对面去。

我们把破的地方用细绳捆好，又一次撒下了床单，奥斯瓦尔德说：

"现在，伙伴们，齐心协力，打起精神！一，二，三。"就在这个时候，多拉突然扔掉了手中的床单，伴随着一声撕心裂肺的尖叫大喊——

"啊！沟底上全是虫子，我都感到它们在动。"话音几乎未落，她就爬出了水面。

其他女孩子也连忙退后，很快松开了床单，我们还没来得及站稳身子，其中一个掉到了水里，其余的则让水一直淹到腰带。掉到水里的是赫·沃，可是多拉对此却大惊小怪，说那是我们的错。我们对她说了我们是怎么想的，结果是女孩子们带着赫·沃回家换衣服去了。他们走后，我们摘了更多的醋栗。多拉走的时候气得不得了。不过，她虽然有时脾气急躁，却并不是那种一天到晚都阴沉个脸的人。等他们都回来了，我们看到什么事都没有了，于是说道：

"现在怎么办？"

"现在，伙伴们，齐心协力，打起精神"

27

爱丽斯说："我想我们不能再捞了，有虫子。多拉发现的时候，我也感觉到了。还有，牛奶锅已经有一点儿露出了水面，我透过牛奶场的窗户看到它了。"

"我们不能用鱼钩把它捞上来吗？"诺埃尔说。可爱丽斯回答说牛奶场已经上锁了，钥匙也拿走了。于是奥斯瓦尔德说：

"我说，咱们来做个木筏。反正我们早晚都必须要做的，还不如现在就做。我看到那个角落的马厩里有一扇旧门，是没人用的。你们知道，就是那个他们在里面劈木头的马厩。"

我们把门搞到了手。

我们从未做过木筏，谁都没做过。不过做木筏的方法书上讲得很清楚，所以，我们知道该干些什么。

我们发现一些小木桶挂在菜园的围栏上，眼下似乎没人需要这些桶来做任何事情，于是我们把桶拿了过来。丹尼有一箱工具，是上次过生日时有人送给他的礼物。都是些没用的东西，不过那把手钻倒不错，于是我们就在木桶边上钻上眼，用绳子固定在那扇旧门的四个角下面。这花了我们很长时间。吃午饭时，阿尔伯特的叔叔询问了一下我们在玩什么。我们回答说是个秘密，而且不是什么错事，你明白我们是想在弥补迪克的错误前少说些话。房子正对着果园的那边没有窗户。

我们最后把木筏推下水时，下午的阳光正照耀着果园里的青草。随着最后一下猛推，它漂出了我们能够得着的范围。不过奥斯瓦尔德趟水把它拖了回来，他可不怕什么虫子。可要是他知道沟底有其他东西的话，他就会穿上靴子了。其他人也都会这么做，特别是多拉，你会看到的。

终于，勇敢的木筏破浪前进了。我们站了上去，但是不能全都上去，因为要是超过四个人上去，水就要漫到膝盖了，我们担心要是超载的话，它可能会翻沉。

戴西和丹尼不想到木筏上来，谁让他们是白鼠呢，这样也好。赫·沃因为湿透过一次，所以也不太想上来。爱丽斯答应把最好的画笔给诺埃尔，如果他同意放弃不去的话，因为我们很清楚这次航行充满了神秘的危险。不过，在牛奶场的窗户下面等待我们的真正危险却是我们连想都没想到的。

于是我们四个年龄大一些的孩子非常小心地上了木筏。即便如此，我们每动一下，水就"刷"地漫上木筏，淹没了我们的脚。不过我还得说这是个相当不错的木筏。

迪克是船长，因为这是他的冒险。果园再过去的地方，有一个蛇麻草园，我们从那里找了些蛇麻秆，用来撑木筏。我们让女孩子们站到中间，相互抓住，以保持稳定。然后我们给这勇敢的船命名，叫它"理查德"，这是迪克的名字，也是那位了不起的海军上将的名字，在丁尼生的诗歌中，他好喝酒，在"复仇之战"后死去。

此时岸上的人挥舞着潮乎乎的手绢作依依告别状，因为在穿上袜子吃中饭时我们用手绢擦干了腿和脚，那条尊贵的船缓缓而又庄严地驶离岸边，骑着波浪，仿佛浪花是它与生俱来的一部分。

我们用蛇麻秆让它前进，也用同样的方法让它保持平稳，但无法让它始终都保持足够的平稳，也不能一直让它处在风眼里，也就是说，它到处乱撞，有一次，它的一角撞到了谷仓的墙上，全体船员都不得不赶快坐下来，以免翻下小船，掉进水坟墓里去。不用说，波浪也冲上了甲板，等到我们又站起来的时候，大家都说下午茶之前必须把全身衣服都换了。

但是我们毫不畏惧地奋勇前进。最后，漂亮的小木筏进港了，就在牛奶场窗户的下面，奶锅静悄悄地侧立在那，正是因为它，我们才吃尽了苦头。

两个女孩子原本应当等待船长下命令，但她们没这样做，而是叫了一声："啊，它在这儿！"然后就伸出手去抓它。任何当过

29

海军的人都会明白，木筏当然是翻了。有一会儿工夫，感觉就像站在房顶上，接下来，船就直竖起来，把全体船员都抛进了黑水中。

我们男孩子都会游泳。奥斯瓦尔德曾经三次横渡拉迪维尔游泳池里的浅水区，迪克和他水平相当。但那时我们没想到这个，不过当然，要是水深的话，我们应该想到。

奥斯瓦尔德把眼里的泥水弄出去，一睁眼，就看到了吓人的一幕。

迪克正站着，漆黑的水没到了他的肩膀。木筏已经正了过来，正缓缓地向房子正面那座桥飘去。多拉和爱丽斯正从深水里站起来，头发粘在脸上——像拉丁文诗里的维纳斯。

传来巨大的扑通声，此外还有一个女人的声音，她从牛奶场的窗户里向外看，尖叫道——

"哎呀，这些孩子们！"

那是帕蒂格鲁太太。她马上消失了，我们很遗憾在这样处境中，她可以赶在我们之前到阿尔伯特的叔叔那里去告状。不过过后，我们不那么遗憾了。

我们还没来得及对绝望的处境说些什么，多拉就在水里摇晃了一下，突然尖叫起来："啊，我的脚！是鲨鱼！肯定是——要么就是鳄鱼！"

岸上的其他人能听到她的尖叫声，不过无法清楚地看到我们。他们并不知道发生了什么。诺埃尔过后告诉我说他绝不会在乎那只画笔。

我们当然知道那不可能是鲨鱼，不过我想到了梭子鱼，这种鱼体形大，总是发脾气。我抓住了多拉，她不停地尖叫。我把她推到砖砌的岸边，用力把她往上推，直到她能坐到上面，接着她把脚拿出水面，还在尖叫。

30

像拉丁文诗里的维纳斯

31

那的确很可怕。因为她认为是鲨鱼的那东西和她的脚一同露出了水面，那是个讨厌的旧肉罐头盒，开口好像锯齿一样，而她正好把脚插了进去。奥斯瓦尔德把它取下来，血从伤口里马上流了出来，罐头盒的边缘把脚上的好几个地方给割破了。血的颜色很浅，因为她的脚上有水。

她停止了尖叫，脸色发青，我以为她快昏过去了，就像戴西在丛林游戏那天昏过去一样。

奥斯瓦尔德用尽力气抱起她，不过这的确是他一生中最倒霉的时候。因为木筏漂走了，而且无论如何多拉也不能再趟水回去，还有我们也不知道沟的其他地方有多深。

但是帕蒂格鲁太太走了以后并非什么都没干。她其实不是个坏人。

奥斯瓦尔德想着自己是否游泳去追上木筏，把它拖回来。这时，一条小船的船头从前面房子下面的一个黑暗的拱道底下露了出来。那儿是船库，阿尔伯特的叔叔把平底船驶过来，把我们接上去了。我们回到泊船的那个黑乎乎的拱道，必须要沿着地窖的楼梯上去。多拉则要人背着。

那一天，几乎没人对我们说什么。我们被打发去睡觉——那些没有上木筏的人也一样，因为他们自己招认了，而且阿尔伯特的叔叔是非常公平的。

后天是周六。老爸把我们训了一顿——还有其他事。

最糟的是多拉不能穿鞋，于是他们请了医生，多拉不得不在床上躺了很长时间。运气真是坏透了。

当医生走后，爱丽斯对我说：

"真是太倒霉了，不过多拉倒很高兴。戴西一直在对她说我们应该如何如何去看她，把小小的欢乐和悲哀还有别的事情都告诉她，还对她说虽然她躺在病床上，但是整幢房子都感觉到了她的影响力，就像《卡蒂做什么了?》① 里说的一样。多拉说她希望她躺在床上或许对所有人来说都是一件幸事。"

奥斯瓦尔德说他希望能这样，不过他并不高兴，因为这种闲聊正是他和迪克不希望发生的。

让我们挨骂最厉害的是从园子围墙上搞来的小桶，它们原来是为了"增加甜味"而放在那里的奶油桶。

不过如同丹尼所说："在沾了沟里的泥巴之后，任何香料也不能让它们再成为装奶油的桶了。"

我承认这的确是件糟糕的事，但我们并不是为了找乐子而做的，而是因为那是我们的责任。虽然这样，老爸来的时候，我们照样得受罚。我以前就知道这种错误会发生。

---

① 《卡蒂做什么了?》其作者为英国小说家苏珊·柯立芝，作品描述了聪明的小女主人公卡蒂·卡尔和她活泼可爱的弟弟妹妹们在 19 世纪末的惊险冒险故事。

～ 第三章 ～
比尔的墓碑

　　有士兵骑着成双成对的马从路上走过。这里的"成双成对"指的是马，不是士兵，因为每个士兵骑着一匹，牵着另一匹，为的是训练它们。他们从查塔姆兵营来。尽管我们那时还没读过《今日之狮》，但我们还是在教堂墓地的墙外边排成一行，在他们经过的时候敬礼。不过从那以后我们就读了这本书。这是我所读过的《今日之狮》的作者写过的最好的一本书。其他的全是废话。不过很多人喜欢它们。在《今日之狮》里面，军官向孩子敬礼。

　　这些士兵里面只有一个中尉，而他并没向我敬礼。他冲女孩子们飞吻，他身后的士兵也纷纷飞吻。我们挥手还礼。

　　第二天，我们拼了一面英国国旗，所用材料是手帕、白老鼠（戴西）当时不想要的红法兰绒裙子以及在村子小店里买来的蓝缎带。

　　于是我们等着士兵们，三天后他们又从此经过了，像从前那样成双成对。真是一流。

　　我们挥舞着旗子大喊，冲他们欢呼了三次，奥斯瓦尔德嗓门最大。当第一士兵来到与我们平行的地方时（不是前卫，而是炮队的第一个）。他吼道："为女王和英军三声欢呼！"于是我们摇

34

着国旗怒吼。奥斯瓦尔德为了让吼声更大而站到墙上，丹尼挥着旗子，因为他是个客人，出于礼貌，我们无论干什么事都让他优先。

士兵们那天并没有欢呼，他们只是咧嘴一笑，抛个飞吻。

第二天我们尽量把自己打扮得像个士兵。赫·沃和诺埃尔有锡制的剑，我们请求阿尔伯特的叔叔允许我们佩带一些挂在餐厅墙上的真武器。

他说"可以"，要是我们过后把它们清洗干净的话。可是我们却先把它们好好清洁了一番，用的东西有布鲁克的肥皂、砖灰、醋、刀具上光剂（这是伟大不朽的威灵顿公爵在他没去征讨拿破仑的闲暇里发明的。为我们的铁腕公爵三呼），还有砂纸、皮革清洗剂和白垩粉。奥斯瓦尔德带了一柄插在鞘里的骑兵军刀。爱丽斯和白鼠在腰带上佩带了手枪，是体积庞大、陈旧的燧发枪，打火石的后面有小块的红法兰绒。丹尼有一柄海军短刀，有非常漂亮的刀片，样子很陈旧，肯定曾在特拉法尔加战役中使用过（我希望如此）。其他人带上曾在德法战争中使用过的法兰西刺刀，擦过之后闪亮闪亮的，不过刀鞘很难擦亮。每把刺刀上都有曾经挥舞着它的勇士的名字。我不知道他们现在在哪儿，说不定他们中有些人已经在战争中死去。可怜的家伙们！不过那都是很久以前的事了。

我倒想去当兵。这比去上最好的中学，然后再去上牛津大学强多了，即便上的是牛津的贝列尔学院。奥斯瓦尔德想到南非当一名司号兵，不过老爸不让他去。事实上奥斯瓦尔德连怎么吹号都还不会，尽管他能用玩具哨笛吹出步兵的"前进"、"冲锋"、"停止"命令。爱丽斯用钢琴教会了他吹这些，是从老爸堂弟的一本红皮书里看到的，他在第五兵团服过役。奥斯瓦尔德不会吹"撤退"，而且不屑于这么做。不过我想，对号兵来说，人家叫你吹什么，你就得吹什么，不论那会让一个年轻小伙子的自尊心有多难堪。

第二天，我们全副武装，穿上了所有能想到的红的白的蓝的衣服（男用睡衣适合白色，可你不试就不知道该对红短裤和蓝紧身内衣怎么办），然后我们在教堂墓地的围墙边等候着战士们。前卫（或者你给炮队的前卫所起的不论什么名字，我知道在步兵里是叫前卫）走来了，我们做好了准备。当第一队炮兵的第一个士兵走到与我们平行的地方，奥斯瓦尔德用他的玩具哨笛，先是吹出"前进"，然后是"冲锋"，接着呐喊道：

"为女王陛下和英军三呼！"这次他们带着大炮，炮队的所有士兵也欢呼起来。场面真是壮观，让人浑身颤抖。女孩子们说这让她们想哭，不过男孩子没一个会承认这点，就算那是真的。哭鼻子太幼稚了。但场面很宏伟，奥斯瓦尔德觉得这与从前做的事不一样。

然后，走在前面的一个军官突然说道："炮队！立定！"于是，所有士兵都带住了马，大炮也停了下来。接着军官说："稍息，坐下！"还有些别的什么话，中士把这些话重复了一遍，有些士兵从马上下来，点燃烟斗，有些则坐在路边的草地上，手握着马缰绳。

我们能清清楚楚地看见所有武器和装备。

然后，军官向我们走来。那天我们都站在墙上，除了多拉以外，她只能坐着，因为她的脚有伤，不过我们让她佩带着一把三刃长剑，手里还拿着一支老式大口径短枪——它有一个黄铜枪嘴，就像凯迪克①画上那样的。

军官是个很英俊的男人，像个北欧的海盗，个子很高，皮肤白皙，有长长的胡须和明亮的蓝色眼睛。他说："早上好。"

---

① 凯迪克（1846～1886），英国著名图画书作家，非常受儿童欢迎，在图画书发展史上，占有重要地位。

我们也说早上好。

接着他说："你们瞅着像一群士兵。"

我们回答说我们希望自己是。

"还挺爱国的。"他说。

爱丽斯说她也认为是如此。

接着他说他已经注意我们好几天了，他让炮队停下来，因为他认为我们也许想看看大炮。

唉！很少有大人能够像这位勇敢而高贵的军官一样看这么得远，考虑得这么周到。"噢，是的。"于是我们从墙上下来，那位善良高尚的人给我们看了操纵引信的细绳、炮闩（你把它取出来带走，大炮对敌人就成了摆设，他们拿到也白搭），他还让我们俯视观察炮口里的膛线，又干净又闪亮。他给我们看弹药箱，不过里面没有弹药。他还告诉我们如何准备大炮（这指的是把大炮与弹药车分开），准备速度能够有多快，不过他没有让士兵们做这个，因为他们在休息。共有六门大炮，每一门的军火车上都用白色字母漆着"15Pr."，那上尉告诉我们说这指十五磅。

"我本来认为大炮比十五磅要重，"多拉说，"要是牛肉的话就会这样，不过我想木头和炮要轻一点。"

军官亲切耐心地告诉她说那个"15Pr."指的是大炮能发射一颗重达十五磅的炮弹。

当我们告诉他看到士兵们常常经过有多高兴时，他说：

"你们不会有很多机会再看见我们了。我们接到命令上前线，下个星期二起航。大炮要漆成泥土的颜色，士兵们也要穿成和泥土一个色，我也是。"

士兵们看起来非常漂亮，虽然戴的不是高顶熊皮帽，而是以各种方式扣在头上的普通汤米帽。

我们为他们要走十分惋惜，不过奥斯瓦尔德，还有其他人，用羡慕的眼光看着那些人，他们马上就会被允许为女王和国家而战斗，他们也是大人，但是却没有对你的教养说三道四。

这时，爱丽斯突然悄悄地对奥斯瓦尔德说了一通话，他说：

"好吧，不过你自己告诉他吧。"

于是爱丽斯对上尉说："您下次经过的时候会停下来吗？"

他说："我恐怕不能答应。"

爱丽斯说："你或许可以答应，有个特殊的原因。"

他说："什么原因？"这是一句很自然的话，并没有因为是对小孩子说的而粗鲁。爱丽斯说：

"我们想送战士们一件纪念品，而且要写信询问老爸，他现在很有钱。这样吧，要是你们路过时我们不在墙上，就不要停下来。不过要是我们在那儿，拜托，请一定要停一停！"

军官扯着胡子，好像不知该怎么回答，不过他最后还是答应了。我们非常高兴，尽管只有爱丽斯和奥斯瓦尔德知道他们自己那年轻的脑子正在盘算着的神秘而又令人高兴的计划。

上尉和我们说了许多话。最后诺埃尔说：

"我认为你就像《金色衣领》中的戴尔米德①。不过我想看你把剑拔出来，像擦亮的银器一样在阳光下闪亮。"

上尉大笑着握住他那把好剑的剑柄。不过奥斯瓦尔德赶快说道：

"先别，我们从来没有像现在这样的机会，要是你肯表演追杀的话有多好！阿尔伯特的叔叔懂这个，不过他只在扶手椅上表演过，因为他没有马。"

那位勇敢漂亮的上尉果真表演了。我们打开大门，他骑着马冲了进来，向我们展示全部的砍、刺和防剑法，每一种都有四个动作。真是太精彩了。上午的太阳照着他亮晶晶的剑刃，他那匹

①　戴尔米德，英国爱尔兰传说中的勇士，据说其额前有一爱情印记，任何女人看到都会迷恋上他。

骏马四腿分得很开，稳稳地站在草坪上。

接着我们打开牧场的门，他又表演了一番，马似乎奔驰在血流成河的战场上，身处在祖国的凶恶敌人中间，这一幕更加绝妙。

我们大大感谢了他一番，他带着手下人走了。当然还有那些大炮。

随后我们写信给老爸，他说"好的"，我们就知道他会答应，下次士兵们经过的时候（可这次他们没有带炮，只带着沙漠里的阿拉伯俘虏），我们把纪念品准备好了，放在手推车上，然后到墙头上去了。

勇敢的上尉下令紧急立定。

然后，女孩子们很荣幸和愉快地献给每个战士一个烟斗和整整四盎司烟草。

接着我们和上尉、中士、下士握了手，女孩子们亲吻了中尉（我想不出为什么女孩子会亲每个人），我们全体还为女王欢呼。真是太棒了。我希望老爸能在这儿看看，要是从商店里订货的话，用12英镑你能够做多少事情。

我们再也没见过这些勇敢的士兵。

我告诉你们这一切是为了向你们说明我们现在对士兵是怎样得着迷，还有就是为什么我们应当去帮助和支持住在小白房子里的那个可怜寡妇，她孤零零的，情绪低落。

她的名字叫沙姆金，她的小房子就在教堂墓地那一面，与我们的房子相对。在我前面所提及的不同场合中，这位寡妇就站在她的门边看着。欢呼声过后，她就用围裙擦擦眼睛。爱丽斯注意到了这个细微而含义丰富的动作。

我们相当肯定沙姆金喜欢士兵，因此我们对她有亲近感。当我们想和她交谈时，她却不愿开口。她要我们自己玩，别打扰她。奥斯瓦尔德一贯会体贴人，而且教养好，他要其他人照她说的去做。

但我们不甘心就这么吃个闭门羹。我们进行了全面、谨慎的调查，找出了她看见士兵掉泪的原因，那是因为她只有一个孩子，是个男孩。他22岁，去年四月份去打仗了。因此她看见士兵的时候就想起了他，那就是她哭的原因。因为要是你的儿子在打仗的话，你会老以为他会被打死，我不知道这是为什么。他们当中很多人都没有死。要是我有个儿子在打仗，我绝不会认为他死了，除非我亲耳听说他死了，也许那样也不相信，如果考虑到一切的话。在找出原因后，我们开了一个会。

多拉说："我们必须得为这个士兵的寡母做点儿什么。"

我们都赞成，不过加上一句："做什么？"

爱丽斯说："那位自豪、爱国的母亲或许会认为金钱之类的礼物是一种侮辱，而且，我们恐怕连18个便士都没有。"

我们已经把所有钱都添在老爸的12英镑里买了烟草和烟斗。

于是，白鼠说："我们为她做件法兰绒裙子，然后悄悄放到她的门口，怎么样？"

但是大家说："这种天气穿法兰绒裙子？"所以，这个提议被否决了。

诺埃尔说他会写首诗给她，不过奥斯瓦尔德内心有一种深深的感觉，那就是沙姆金太太理解不了诗这东西。很多人都理解不了。

赫·沃说："为什么不等她上床后在她窗户底下唱'统治大不列颠'呢？就像圣诞节的募捐合唱队一样。"但其他人都不这样想。

丹尼认为我们应该为她在富人之间搞个募捐，但是我们又说了一遍我们知道钱对那位勇敢的骄傲的英国士兵的母亲来说不是个安慰。

"我们要做的，"爱丽斯说，"是那种会给我们带来很大麻烦，但却会对她有益的事。"

"一点儿帮助比得上一大堆诗。"丹尼说。

我自己是不会说那话的。诺埃尔看上去很沮丧。

"她做什么事的时候我们才能帮忙呢?"多拉问,"此外,她不会让我们帮忙的。"

赫·沃说:"她除了在园子里干活儿,什么都不做。至少,如果她在屋里干什么,你是看不见的,因为她关着门。"

然后,我们立刻明白了。我们商量好第二天早早起床,在绯红的黎明曙光把东方染红之前起床,到沙姆金太太的园子里。

我们起床了,真的起来了。但是,往往在你打算做什么事情之后,一夜过去,你在露水还未散尽的次日早晨醒来时,去做这件事就会显得似乎很愚蠢。我们把靴子拎在手里,蹑手蹑脚地走下楼梯。丹尼很不走运,尽管他是个最小心不过的男孩子。正是他失手掉了靴子,靴子沿着楼梯滚了下去,发出打雷一样的回声,吵醒了阿尔伯特的叔叔。不过我们对他解释说我们要去做些栽花种草的工作,他就由我们去,自己回去睡觉了。

黎明时分,人们起床之前,一切东西都那么美丽、那么不同。有人告诉我说这是因为幽灵此时的行为方式与白天人们醒着的时候不一样,不过我搞不懂。诺埃尔说那是因为仙女那时刚刚梳妆打扮好。总之,黎明给人的感觉很异样。

我们在门廊里穿上靴子,拿着我们的园艺工具向着小白屋走去。这是幢漂亮的房子,有个干草做的屋顶,就像是女子学校的素描画,你可以用一支 2B 铅笔画茅草屋顶,要是你会的话。要是你不会,就随它去。把画装裱起来放进画框里之后,它一样的漂亮。

我们看着园子,它非常整洁,只有一块地方长着茂密的野草,我看到有千里光和繁缕草,还有另一些我不知道的植物。我们开始干了起来,用上了所有工具——铁锹、叉子、锄头,还有

41

耙子——多拉坐在地上用一把泥铲在干，因为她的脚有伤。我们把长满野草的地清理得干干净净，铲除了讨厌的野草，保留了干净的褐色土壤。我们尽全力去干，感到很高兴，因为这是无私的劳动，当时没人想到把它写进《善行录》里面，我们已经商定把我们的善行和彼此间的好事都写到那个记录本里。

我们刚刚干完了活，正在观赏诚实劳动的丰硕成果，小房子的门突然打开了，士兵的寡母像旋风般冲出来，她的眼睛像是"见血封喉树"——谁看见了都得死。

"你们这些缺德、多事、讨厌的小家伙！"她说，"你们不是有足够的土地去糟蹋吗，为什么你们一定要作践我这一小块儿？"

我们中有些人很惊慌，但是没有动摇。

"我们只是给你的园子除草，"多拉说，"想干些什么事情帮帮你。"

"该死多事的小家伙，"她说。这太难听了，不过在肯特郡，人们生气的时候都会说"该死"。"你们刚才锄的，"她继续说，"是我的萝卜，还有我的卷心菜。那萝卜是我的孩子走之前种的。行了，动作麻利些，快滚，别等着我用扫帚把儿揍你们！"

她边说边拿着扫帚把儿向我们扑来，因此即便最勇敢的人也得转身而逃。奥斯瓦尔德就是那位最勇敢的人。"它们看起来太像野草了。"他说。

迪克说："这完全是一心想做好事的结果。"说这些话时，我们已经逃到了大路上。

往前走，我们谁都不出声，沉浸在沮丧的懊悔之中，这时我们遇到了邮递员。他说：

"这些是给莫特府的信。"匆匆交给我们，他有点晚了。

我们翻检这些几乎全是写给阿尔伯特的叔叔的信，发现有张明信片被塞在杂志包装纸里。爱丽斯把它抽了出来，是写给沙姆金太太的。我们很老实地只看了收信地址，尽管按老实的标准，你只要乐意，完全可以读寄到你处所来的明信片，哪怕它们不是寄给你的。

一番热烈的讨论之后，爱丽斯和奥斯瓦尔德说他们谁也不怕，两人收回脚步，爱丽斯让明信片正面朝上，那样我们只能看到地址一栏，看不到正文。

心里咚咚跳，外表上却若无其事，他们来到了白房子门前。

我们敲敲门，那门砰的一声开了。

"嗯?"沙姆金太太说，我认为她说话时的腔调是人们在书里面所说的"十分生气"。

奥斯瓦尔德说："非常抱歉毁了你的萝卜，我们会请求老爸找个其他方式补偿你的。"

她咕哝着说不想对任何人感恩。

"我们回来，"奥斯瓦尔德带着他一贯镇定的礼貌态度接着说，"是因为邮递员在给我们的信里误夹了一张明信片，它是写给你的。"

"我们没看。"爱丽斯紧接着说。我认为她不需要说那话，我们当然没看。不过或许女孩子们比我们更了解一个女人可能会认为你能够做些什么。

士兵的母亲拿起了明信片（她简直是一把抓了过去，不过综合考虑，"拿"这个字眼更好一些），她盯着地址看了很久，然后把它翻过来读后面的内容，接着深深吸了一口气，抓住了门柱。她的脸色变得非常难看，像我在名人蜡像陈列馆见到的一个已逝国王的蜡黄的脸。

爱丽斯明白过来。她抓住士兵母亲的手说：

"噢，不——不是你的儿子比尔!"

这个女人什么也没说，只是把明信片塞到爱丽斯的手里，我们都看见——是她的儿子比尔。

爱丽斯把明信片还给她，她一直拉着那女人的手，而现在她紧紧握着那只手，把它贴在了自己的脸上。可是她一句话都没说，因为她哭得很厉害。士兵的母亲重新拿起卡片，推开了爱丽斯，不过并不是恶意的，她走进房关上了门。爱丽斯和奥斯瓦尔德走在路上的时候，奥斯瓦尔德回头望望，小房子的一个窗户挂上了白窗帘，后来其他窗户也都挂上了白帘子。那小房子其实并没有帘子，全是她拼凑起来的东西，什么围裙啦，还有其他东西。

爱丽斯差不多哭了一个上午，其他姑娘也是。我们想为士兵的母亲做些什么，不过要是谁的儿子给打死了，你又有什么可做的呢。想为不幸的人做点事，但又不知道做什么，才是最头疼的事儿。

最终还是诺埃尔想出我们能做什么。

他说："我想他们不会为在战争中死去的士兵立墓碑。可是，——我是说——"

奥斯瓦尔德说："当然不会。"

诺埃尔说："我敢说你们会觉得这很愚蠢，不过我不在乎。要是我们为他立一个的话，你们难道不认为她会喜欢吗？当然不是在教堂墓地里，因为人家不允许我们那么干，而是在我们的园子里，就在和教堂墓地相连的地方如何？"

我们都认为这是个极好的主意。

这就是我们准备刻在墓碑上的话：

这儿安息着
比尔·沙姆金
他为女王陛下及祖国而战死
一个忠实的儿子
一个最亲爱的儿子

　　　　一个勇敢的士兵
　　　　安息在此

　　接着我们想起来，可怜而勇敢的比尔事实上被埋在遥远的南半球，如果他的确被埋了的话。于是我们修改为——

　　　　一个勇敢的士兵
　　　　我们在此为他哭泣

　　接着我们在马厩那儿找到一块不错的石板，从牙医①的工具箱里搞来一把锋利的凿子，然后就动手工作。
　　不过凿石头是件艰难又危险的工作。
　　奥斯瓦尔德凿到了大拇指，流了不少血，于是他不得不放手。接下来迪克尝试着干，再接着是丹尼，不过迪克砸到了手指，于是丹尼一下一下地一直凿着，到吃下午茶时，我们只凿了"H"，外加半个"E"——"E"凿得曲里拐弯儿的。奥斯瓦尔德正是在凿"H"的时候削了拇指。
　　第二天早上我们看着它，即便是我们中最不怕流血的也看得出，这是件毫无希望的差事。
　　于是丹尼说："为什么不用木头和颜料？"接着他示范给我们怎么做。我们从村里木匠那儿找了一块木板和两根木桩，把它漆成了白色，油漆干了以后，丹尼在上面写了些话。
　　他是这么写的：

　　　　为了纪念
　　　　比尔·沙姆金

---

　　① "牙医"指丹尼，英文中"牙医"和"丹尼"的发音有些相像。

　　　　为女王和国家而死

　　　　荣誉属于这个名字和所有

　　　　其他勇敢的士兵

　　我们没地方加进最初想要写的那些话，所以不得不放弃了那首诗。

　　等油漆全干了后，我们就把它固定起来。为了让木桩站牢，不得不深挖，还好有园丁帮了我们一把。

　　接着女孩子们用白色的花、玫瑰和风铃草，还有百合和石竹花，加上香豌豆和雏菊做了几个花圈，挂在柱子上。我想，要是比尔·沙姆金知道我们有多么伤心的话，他会高兴的。奥斯瓦尔德唯一希望的是，要是他在战场上倒下时（这是他最大的抱负），也有人为他而伤心，就像他为比尔伤心那样，就这些！

　　一切完毕，花圈上的花撒在了木桩之间的墓碑上。我们给沙姆金太太写了封信，信中说道：

　　亲爱的沙姆金太太——

　　　　我们对萝卜等等的事非常非常抱歉，我们谦恭地请求您的原谅。我们为您勇敢的儿子竖了一块墓碑。

　　我们署上了名字，爱丽斯把信交给了沙姆金太太。

　　士兵的母亲看了后说了些话，大致的意思是：我们应该懂得最好不要用墓碑和无聊举动拿别人的痛苦取乐。

　　爱丽斯告诉我说她忍不住哭了。

　　她说："这不是取笑！不是！亲爱的，亲爱的沙姆金太太，请跟我来看一看！你不知道我们因为比尔有多伤心！来看看吧。我们可以从教堂墓地走过去，其他人都进到房子里去了，为的是给你一片清静，来吧。"

46

沙姆金太太来了。她读了我们写的那些话，爱丽斯把那首我们没地方写的诗告诉了她。她靠在坟墓边的墙上（我指的是墓碑），爱丽斯抱着她，彼此悲痛地哭起来。可怜士兵的母亲非常满意，她在萝卜一事上原谅了我们，而且从此以后我们成了朋友，但是她最喜欢爱丽斯。不知怎的，许多人都喜欢她。

　　从那以后，我们常常在比尔的墓碑上放新鲜的花朵，我确信他母亲很高兴，不过她让我们把墓碑从教堂墓地的边上搬走，移到园子角落里的一棵金链花下，那样人们就不会从教堂里望见它，但人们却可以从路上看到它，尽管我想她以为人们看不见。她每天都来看看新花圈。当白色的花用光后，我们就放上了彩色的花，她也同样喜欢。

　　墓碑竖起来后大约两星期，女孩子们正在放鲜花圈，一个穿着红外套的士兵从路上走来，他停下来看着我们。他走路时挂着一根拐杖，挎着个蓝棉布包，一条胳膊悬在吊带上。

　　他又打量了一遍，然后走近一些，靠在墙上，这样他就可以看清写在白漆上的黑字了。

　　突然，他咧开嘴大笑起来说：

　　"噢，有人在咒我呢！"

　　他用一种类似耳语的声音读了一遍，当读到末尾写着的"所有其他勇敢的士兵"时，他说：

　　"噢，真的是！"我猜他的意思是真的是有人在咒他。奥斯瓦尔德认为这是那个士兵的厚脸皮表现，于是他说：

　　"我敢说没有谁咒你，像你想的那样①。可这和你有什么关系，嗯，汤米②?"

----

①　Bless 一词在英语中兼有祝福和诅咒的意思。
②　汤米，对英国士兵的通称，类似于我国的"大兵"。

47

奥斯瓦尔德当然是从吉卜林的作品中知道人们对步兵是那样称呼的。士兵说：

"你才是汤米，年轻人。那人就是我！"他指着墓碑。

我们像脚底生了根那样一动不动。爱丽斯最先开口说话了。

"那么你是比尔了，你没死，"她说，"噢，比尔，我太高兴了！让我去告诉你的母亲。"

她拔腿就跑，我们也跑起来。比尔因为腿的缘故不得不慢慢走，不过，我对你说，他已经在尽可能地快走了。

我们一起捶着士兵母亲的门，喊道——

"出来！出来啊！"

她打开门，我们刚要说话，但她却猛地把我们推开，眨眼间就沿着园子的小路狂奔而去。我从来没见过有成年妇人跑得那么快，因为她看到比尔走来了。

她在大门口迎到了他，冲到他怀里抱住了他，然后哭得比她当初以为他死了还要厉害。

我们全都跟他握了手，告诉他我们有多高兴。

士兵的母亲一直用双手紧紧抱着他，我忍不住去看她的脸，粉红的双颊上像是染了蜡，眼睛如蜡烛般闪闪发光。我们都说了自己有多么高兴，她说：

"感谢上帝的仁慈。"然后把她的儿子比尔领进小房子关上了门。

我们回家用砍木头的斧子把墓碑砍掉，并用它生了一堆旺旺的篝火，一直欢呼到几乎说不出话来。

那张明信片是个误会，他只是失踪了。我们送给其他士兵的纪念品中还剩下一个烟斗和整整一磅烟草，便把这些东西送给了比尔。老爸准备等他伤好后让他做助理园丁。他终生都将有点瘸，所以再也不能打仗了。

我非常高兴有些士兵的母亲能重新得到儿子。

但如果他们必须要死，那也是光荣的死。我希望我的儿子能够这样。

为女王陛下三呼，为送子打仗的母亲三呼，为那些为英格兰战斗并牺牲的母亲的儿子三呼。万岁，万岁，万岁！

第四章

神秘之塔

　　对于多拉来说脚受伤是很倒霉的事情，不过我们轮流陪着她，她对脚伤也表现得很得体。戴西陪她时间最多。我并非不喜欢戴西，不过我希望她学过怎样去玩。因为多拉天生就是那个脾气，有时我觉得戴西使多拉的脾气变得更糟了。

　　有一天，我把这个告诉了阿尔伯特的叔叔，当时其他人到教堂里去了，我因为耳朵疼没去。他说那有几分是读了不好的书造成的——她读了《救死扶伤的孩子们》、《安娜·罗丝》或是《滑铁卢的孤儿》，还有《勤快者的现成工作》、《埃尔希》或者《像一根小蜡烛》，甚至还有一本关于什么《小小的罪过》的令人讨厌的蓝皮小书①。这次谈话过后，奥斯瓦尔德很注意让她有很多合适的书读，有天早上她为了读完《基督山伯爵》② 而起得很早，这使奥斯瓦尔德很惊奇，也很高兴。奥斯瓦尔德觉得，他给戴西看一些不全是教人学好的书，是对正在受罪中的同伴真正的帮忙。

　　在多拉卧床几天后，爱丽斯召开了"想做好孩子"会议，奥

---

　　① 　以上图书均为当时流行的儿童宗教读物。
　　② 　《基督山伯爵》是法国作家大仲马的名著。

斯瓦尔德和迪克皱着眉头来参加。爱丽斯拿着记录本，那是个练习本，里面没写什么东西。她从底下开始记。我自己讨厌那么做，因为和从正确的方向相比，上方的地方太小。

多拉坐在沙发上，被抬到了草坪上，我们坐在草地上。天气又干又热，我们喝着冰冻果子露。爱丽斯读道：

"'想做好孩子'协会

我们做的并不多。迪克修了一扇窗户，我们从沟里捞出了一口牛奶锅，它是从迪克修好的窗户掉下去的。多拉、奥斯瓦尔德、迪克和我在沟里翻了船。这不是什么善行。多拉的脚受伤了。我们希望下次能做得好一些。"

接下来是诺埃尔的诗：

> 我们是"想做好孩子"协会
> 我们还未学好，但是我们要努力，
> 假如我们努力了，假如我们没成功，
> 那一定意味着我们真的很坏。

这听上去比诺埃尔平时写的诗有水平，奥斯瓦尔德是这么说的，诺埃尔解释说是丹尼帮了他。

"他似乎知道诗句的恰当长度，我想这是因为在学校里学了很多东西。"诺埃尔说。

然后，奥斯瓦尔德提议说应该让每个人都可以往记录本里写东西，要是他们发现其他人做了好事的话，但是不能是那些属于集体行动的事情。不许写自己，或者其他人告诉他们的事，只能写自己发现的事。

简短的讨论之后，其他人赞成提议。奥斯瓦尔德感到他将来会成为一名优秀的外交高手，携带信函，以智谋战胜对方，在他年轻的生命中他并非第一次有这种感觉。眼下，他使得记录本不会变成像《救死扶伤的孩子们》的读者们所期望的那样。

"还有，要是有人把做过的好事告诉其他人，那么在那一天的其余时间里，我们大家谁都不准理他。"

丹尼评论说："我们要在暗地里做好事，要因为被发现而脸红。"

在那以后，有相当一段时间记录本里什么也没写。我四处寻找着，其他人也是如此，可我从未撞见任何人在做特别之事。不过，从那以后，倒是有几个人把他们做的事情告诉了我，但我十分惊讶，竟没人注意到。

我想我以前说过，讲故事的时候不能什么都说出来，那样做是很愚蠢的。因为那些普通的游戏读起来很乏味。唯一的其他事情就是吃饭，不过详细叙述你所吃的东西是很贪婪的，而且一点儿也不像个英雄。英雄总是满足于一块鹿肉饼和一鹿角杯的白葡萄酒，不管怎么说，饭菜仍然非常诱人，有些东西在家是吃不到的——塞了奶油和葡萄干的斋饼、夹香肠的小面包和菲德饼、葡萄干饼和苹果卷饼、蜂蜜和奶油葡萄酒，还有鲜牛奶，随便你喝多少，不时还有奶油、奶酪一直摆在桌上，供喝茶时吃的。老爸告诉帕蒂格鲁太太弄顿她喜欢的饭菜，于是她就准备了这些新奇而诱人的食物。

在一个关于想做好孩子的故事里，去讲述我们当中只有部分人淘气的那些时候，是不合适的，因此我将略过那次发生的事，当时诺埃尔从厨房的烟囱里向上爬，结果掉了下来，连带着三块砖、一个老八哥窝和约一吨的煤灰。那个大烟囱在夏天从来不用，人们在洗衣房里做饭。我也不想过多讲述赫·沃到牛奶场里干了什么。我不知道他的动机，但帕蒂格鲁太太说她知道。她把他锁到了里头，还说要是他想吃奶油的话，现在可以吃个够了，在茶点时间之前她是不会放他出来的。那只猫也因为它自己的一些理由钻进了牛奶场。赫·沃对自己到牛奶场去干的事情感到厌烦了，他把所有牛奶倒进了牛奶桶里，想教猫在里面游泳。他准是拼命要那猫去学，而猫根本就没要学的意思，于是，赫·沃的手有好几个星期都挂着疤。我不想说赫·沃的事，因为他太小了，不管做什么事，总要挨骂。不过我只想顺便提提，我们被警告不要吃园子里的青梅。不论赫·沃干了些什么，那都是诺埃尔的错——因为诺埃尔告诉赫·沃说，要是不咬到核的话青梅还会再长出来，就好比伤口不会致命，除非你刺穿心脏，于是他们两个在每个够得着的青梅上都咬了一口。当然这些青梅并没再长出来。

奥斯瓦尔德没干此类事，他比弟弟们要成熟一些。他那时做的唯一一件事是给帕蒂格鲁太太设了个陷阱，在她把赫·沃锁在了牛奶场里之后。不幸的是，那天她穿着一身最好的衣服正要出门，而陷阱的一部分是一罐水。奥斯瓦尔德并不是有意作恶，这只是一个不太严重、考虑不周的行为，过后他有充分的理由为此感到抱歉。而且就算没有那些原因，他现在也很后悔，因为他知道捉弄一个女人是没有绅士风度的。

我记得很小的时候妈妈就告诉多拉和我，对仆人应当非常和气且有礼貌，因为他们必须努力工作，而且不像我们有这么多的快乐时光。我在莫特府时比在布兰克希思的家更想念母亲，特别是在花园时。她很喜爱花，常常向我们描述她以前住过的大花园。我至今都记得多拉和我帮她播种，但现在祝愿是没有用的。不过她会喜欢这个花园的。

女孩子和白鼠们没有做什么特别淘气的事，不过她们常常借帕蒂格鲁太太的针，这让她很不高兴。借针和偷针没什么两样。不过我不多说了。

我告诉你这些事仅仅是为了说明那些日子我没有讲给你听的事。总的说来，我们过得好极了。

我们散步走了很远的那次是打枕头仗那天的事，不是去朝圣——那是另一件事了。我们本来没想打枕头仗。早饭过后搞这种活动是不常见的，但奥斯瓦尔德上楼从他的伊顿校服口袋里拿刀子去割一些铁丝，用来做捕兔的罗网。这是一把很好的刀子，带有一把锉刀、螺丝锥和其他东西。他并没马上下来，非要给迪克做个"苹果馅饼床①"，因此耽搁了。迪克跟在他后面上楼，来看他在忙什么，当看个清楚后，就拿个枕头冲着奥斯瓦尔德猛扔过去，于是战斗开始了。

其他人远远地听到战斗喧闹声，赶紧来到战场，除了多拉以外，她因为脚伤在卧床，戴西也没来，因为当我们都聚在一起的时候，她还是有点害怕我们。她认为我们很粗鲁，这就是只有一个兄弟的原因。

嗯，战斗非常精彩。爱丽斯做我的后盾，诺埃尔和赫·沃则支持迪克，丹尼举着一个还是两个枕头，但是他扔不准，所以我不知道他到底站在哪一边。

正当战斗进行到白热化时，帕蒂格鲁太太进来夺走了枕头，而且摇晃那些身材矮小的她晃得动的战士。她可真够粗野的，还用了一些我认为不适合她用的语言。她说"讨厌"、"讨你厌的"，后面这种骂法我以前从没听到过。她说：

"有你们这些小孩在，日子就别想太平。讨厌的小鬼！楼下那位可怜的、亲爱的、耐心的绅士头痛，还要写东西，而你们却像小公牛一样在他头顶上狂蹦乱跳。我奇怪怎么连你这样了不起的姑娘也这么不明白事理。"

她这句话是冲爱丽斯说的，爱丽斯轻声地回答：

"非常抱歉，我们忘了头痛的事。别生气，帕蒂格鲁太太，我们不是故意的。"

------

① 苹果馅饼床，英国寄宿学校里的恶作剧，一种把被单叠得使人睡进去伸不直腿的卧铺。

战斗非常精彩

"你们从来都想不到，"她说，她的口吻虽然不满，但已不再那么激烈，"我不知道你们到底为什么不能离开一天。"

我们一起说："可是我们可以离开吗？"

她说："你们当然可以。现在穿上靴子出去好好走一走，走远一些。这样吧——我给你们带上一顿便餐，你们可以在喝茶的时候吃一个鸡蛋，补上错过的中饭。现在不要在楼梯和走廊上走得咯咯响，那才是好孩子。就这一次，看看你们能不能保持安静，给这位好绅士一个抄写的机会。"

她走了，她的大叫大嚷可不如她的饭菜那么好吃。对于写书，她一点儿也不懂。她认为阿尔伯特的叔叔在从印刷好的书里抄东西，而其实他是在写新书。我不知道她认为印好的书最初是怎么造出来的，许多仆人都像她这样。

她给我们的便餐是放在篮子里的，还有 6 便士，用来买牛奶。她说任何农场都会卖给我们的，只是最有可能的是脱脂乳。我们礼貌地谢过她，她催促我们出了前门，好像我们是在三色堇苗圃上的小鸡。

（直到后来我才知道，我没关农场的门，母鸡钻进了花园里，这些长着羽毛的两足动物对堇菜类的植物表示了极大的偏爱，这些植物遭到了毁灭性的破坏。这是园丁告诉我的。为了确保他没说错，过后我在园艺书里查了查。在乡下你的确可以学到很多东西。）

我们穿过花园，一直来到教堂，接着我们在门廊里休息了一会儿，正好看看篮子里装着什么"小吃"。原来是夹香肠的小面包和夹葡萄干的心形小软饼，还有一个放在圆罐头里的斋饼，一些煮得很老的鸡蛋，还有一些苹果。我们吃光了苹果，这样就不用再拿着它们了。教堂墓地上有长在坟上的野生百里香的香味。这是我们在来乡下前所不知道的。

教堂塔楼的门半开着，我们全都上去了。在我们上次进去之前，门一直都锁着的。

我们看到了敲钟人的阁楼，一条条钟绳垂着，带着长长的毛皮做的把手，像红色或蓝白色的大毛毛虫，不过我们没有拉它们。接着我们爬到了那些钟所在的位置，钟很大很脏，位于又大又脏的横梁间；有四扇窗户没玻璃，只有像活动百叶窗似的窗板，不过它们拉不上去。窗台上有一堆堆的稻草和棍子，我们认为那是猫头鹰的窝，但没看见一只猫头鹰。

接着，塔楼的楼梯变得非常狭窄、非常黑暗，我们继续向上走，来到一个门前，猛地打开了它，好像脸被打了一下，阳光来得这么突然。到了塔楼顶，这里很平坦，有人在这里刻上了自己的名字，一个角落里有一个炮塔，四周环绕着一道起伏的矮墙，像城堡上的城垛。向下望去，教堂的屋顶、加了铅皮的房顶、教堂墓地、还有我们的花园、莫特府、农场、沙姆金太太的屋子，看起来非常小。其他农场看起来就像从盒子里拿出来的玩具，我们看到了玉米田和草地、牧场。牧场和草地不一样，不管你怎么想。还看到了树和篱笆的顶部，像美国地图，一座座村庄，还有一座似乎很近的塔，孤零零地站在一座小山顶上，爱丽斯指着它说：

"那是什么？"

"那不是教堂，"诺埃尔说，"因为那儿没有教堂墓地。也许它是座神秘的塔，遮盖着通往一个装有财宝的地下室的入口。"

迪克说："地下室就太没劲了！"还说，"更有可能是个自来水厂。"

爱丽斯认为那或许是个荒废的城堡，那些倒塌的墙的剩余部分被生长多年的常春藤覆盖着。

奥斯瓦尔德拿不定主意它到底是什么，于是他说："我们去看看！反正我们也要去个什么地方，还不如就去那里吧。"

于是我们从教堂塔楼上下来，拍拍身上灰尘，出发了。

我们知道了到哪儿去找那神秘塔，从路上可以很清楚地看到它，因为它就在一座小山顶上。我们开始走了，但塔似乎并没有离我们更近一点儿。天气很热。

我们在一块草地上坐下来，吃起"便餐"来。那里的沟里有条小河，我们用手捧着小河里的清水喝，因为那块地方没有能买到牛奶的农场，去找一个农场也太辛苦了。此外，我们想还不如省下这 6 便士。

然后我们又出发了，那塔看上去仍然那么远。丹尼拖拖拉拉地走，尽管他有一根其他人没有的手杖，他说：

"希望会有一辆大车过来，我们可以搭个便车。"

他以前曾在乡下待过，对搭便车知道得当然最清楚。他不完全是那种我们当初以为的白鼠。当然，如果你住在莱维沙姆或布兰克希思的家，你学会的是些别的事情。要是你在莱维沙姆请求搭便车，回答你的只有嘲笑。我们坐在一堆石头上，决定请求搭下一辆马车的便车，不管它去哪儿。等车的时候，奥斯瓦尔德发现车前草的种子可以吃。

听到车轮的声音传来，我们都高兴地说这车正是驶往神秘塔的。一个男人赶着那辆车，准备带一只猪回家。丹尼说：

"我说，你可以让我们搭个便车吗？"

那个要去拉猪的男人说：

"什么？所有这些小家伙？"但他冲爱丽斯眨了眨眼，我们明白他的意思是帮助我们走路。于是我们爬了上去，他抽了马一鞭子，问我们要到哪儿。他是个很和善的老人，有一张胡桃壳似的脸和玩具木偶一样的白头发和白胡子。

"我们想到那座塔那儿去，"爱丽斯说，"它是不是个废墟？"

"它不是废墟，"那个男人说，"不必担心那个！那个建塔的人每年都留下一大笔钱用来修整它！这些钱原本可以用来养活诚实的人。"

我们问它是不是个教堂。

"教堂?"他说,"不是。照我看,它更像块墓碑。人们都说那个建造它的人受了诅咒,使他在陆地或海洋里都不得安生。所以,他就被埋在了那塔的半腰上,如果你们能把那算做埋葬的话。"

"你能上去吗?"奥斯瓦尔德问。

"哎呀,真是的!当然。他们说,从塔顶上看风景很不错。我自己从来没上去过,尽管我在看得见它的地方住了六十三年,从男孩长成男人。"

爱丽斯问是不是必须得经过埋掉的死人才能到塔顶,会不会看见棺材。

"不,不,"那男人说,"那都藏在一片石板下,石板上还有字。用不着害怕,小姐,一路往上都有阳光照着。不过天黑以后我可不去那儿,它的门总是开着的,不论白天还是晚上,人们说流浪汉偶尔会在那儿过夜。任何人只要乐意都可以睡在那儿,但我绝不会。"

我们认为那也不会是我们,不过更想去了,特别是当这个男人说:

"我母亲家的舅老爷,是建造那块石板的泥瓦匠之一。在那以前,它是块厚玻璃,你们可以看见那个死人躺在里面,这是他在遗嘱中交代的。他躺在玻璃棺材里穿着他最好的衣服——蓝色的银缎,带着他的假发,身边放着他的剑,都是他以前常带着的东西,就像他活着的时候一样。我舅舅说他的头发从假发下面长出来,胡子一直长到脚尖。舅舅常常坚持说那个死人看起来并不比你我更像死人,只是有点儿像昏迷或是睡着了,我想他们是这样说的,在等着他某天醒过来,但医生说不是。那只是在埋掉他之前对他做了些处理,就像《圣经》里的法老王在被埋葬之前一样。"

爱丽斯冲奥斯瓦尔德耳语说，我们喝下午茶要迟到了，现在直接回去不是更好，但是他说：

"要是你害怕就直说，你可以不必参加——不过我要去。"

那个要去拉猪的男人让我们在离塔很近的一个大门前下了车，至少它看上去很近，但在我们又开始走路，才发现它其实离塔并不近。我们谢过了他，他说：

"不用客气。"然后就驱车离开了。

穿过树林时我们非常安静。我们听到的故事让我们更加急切地想看见那塔，除了爱丽斯，她一直不停地说着下午茶，虽然本质上她并不是个贪吃的人。其他人没一个支持她的，不过奥斯瓦尔德认为我们最好在天黑前回家。

我们穿过林间小路往上爬，看见一个赤着一双脏脚的可怜的徒步旅行者坐在河岸上。

他拦住我们说他是个水手，问我们讨点小钱好让他回到船上去。

我自己不太喜欢他的长相，可爱丽斯说："噢，这个可怜人，咱们帮帮他吧，奥斯瓦尔德。"于是我们召开一个紧急会议，决定把买牛奶的 6 便士给他。奥斯瓦尔德把钱放在钱包里了，不得不把钱包里的东西都倒在手上，去找那 6 便士，因为他的钱不止那些。过后诺埃尔说他看到那个旅行者的眼睛贪婪地盯着闪亮的硬币，看着奥斯瓦尔德把它们放回钱包。奥斯瓦尔德必须得承认他是有意让那个人看到他有更多的钱，这样那人就不会由于接受6 便士那么大数目的钱而不好意思了。

那个人感谢了我们的好心肠，我们继续前进。

太阳明晃晃地照着，我们走到神秘塔跟前，它看起来根本不像坟墓。塔的底层建立在一个拱形结构上，全打开着，底下长着蕨类植物。中间有一架环形的石头楼梯直通上去。当我们上去时，爱丽斯开始采摘蕨类植物，不过当我们大声告诉她这里和那位猪倌说的一样，一路往上都有阳光时，她说：

"好吧，我不是害怕，只是担心回家太晚。"然后就跟了上来。或许这不是男子汉的大实话，但你从一个女孩子身上能指望的也只有这些了。

楼梯的小塔楼上有窟窿，阳光能照射进来。塔顶有道厚门，带有铁门闩。我们拔出门闩，奥斯瓦尔德非常缓慢地小心推开了门，不是害怕，而是出于谨慎。

这当然是因为一只迷路的狗或是猫可能碰巧被关在这儿，要是它朝我们跳出来的话，会吓爱丽斯一大跳。

门打开了，我们并没看到什么狗啊猫的，那是一个有八面墙的房子，丹尼说这就是那种被称作"八角形"的形状，因为是一个叫"八角"的人发明的。里面有八扇巨大的拱形窗户，没有玻璃，只有石头框架，像教堂里的一样。房间光线很足，你可以透过窗户看到蓝天，不过看不到其他东西，因为窗户太高了。塔里很亮，于是我们认为那个猪倌是在逗我们玩儿。在其中一扇窗户底下有个门，我们走进去，里面有一条小走廊，接着是一座弯曲的楼梯，像教堂的一样，但由于窗户的缘故而很明亮。我们往上爬了一段路，来到一个像楼梯平台的地方，那儿有一块嵌在墙里的石头——被打磨过的——丹尼说那是阿伯丁石墨，上面刻着金字。写的是：

这里安放着理查德·拉瓦纳的遗体
生于 1720 年，死于 1779 年

还有一首诗：

我在此安息，
在大地和天空之间，

61

想一想我吧，亲爱的过路人，

还有看到我墓碑的人儿，

请好心地为我祈祷一声吧。

"太可怕了！"爱丽斯说，"我们回家吧。"

"还不如到塔顶去，"迪克说，"以后也好说我们来过。"

爱丽斯不想临阵脱逃，于是也同意了，不过看得出她并不喜欢这样做。

到了塔顶，感觉就像在教堂塔楼顶上一样，只是形状是八角的，不是四方的。

爱丽斯顺利上来了，因为在下午四点钟，阳光照在身上，你是不会对鬼魂之类的东西考虑太多的。你可以从树木之间看到红色的农场屋顶，一条条安全的白色大路上，赶车的人们就像黑蚂蚁在爬。

这令人非常快乐，不过我们该回家了，因为下午茶是在五点，我们不能指望来回都有便车搭。

于是我们开始下去。迪克打头，然后是奥斯瓦尔德，接着是爱丽斯。赫·沃刚刚在最高一级楼阶上绊了一跤，是爱丽斯的后背拯救了他，不过爱丽斯差点把奥斯瓦尔德和迪克给撞翻。就在这时，所有人的心跳都停止了，然后就七上八下地猛跳起来，就像传教杂志的道德文章里写的一样。

因为在我们下面的塔里，那个埋着死后胡子还长到脚尖的人的地方，传来了响声，很大的响声，就像是门被砰的一声关上，上了门闩。我们相互冲撞着爬回到塔顶的明朗阳光里，爱丽斯的一只手被门边和赫·沃的一只靴子给夹了，弄得又青又紫，还有个地方流了血，但她直到很久后才注意到。

我们互相望望，奥斯瓦尔德用坚定的声音说（起码我希望它是坚定的）：

62

"怎么回事?"

"他已经醒来了,"爱丽斯说,"噢,我知道他醒了。当然,他醒来后,要从一扇门出去。他会上这儿来的。"

迪克开口了,他的声音一点也不坚定(我当时注意到了):"就算他活着,也没关系。"

"除非他又活过来,变成一个胡说八道的疯子。"诺埃尔说,我们都站着,眼睛盯着塔楼门口,屏住呼吸听着。

但没有再传来声音。

于是,奥斯瓦尔德说:"也许那只是风吹门的声音。我要下去看看,你来吗,迪克?"没人把这写进《善行录》里,不过大家都承认他的行为勇敢又高尚。

迪克只说了句——

"风不会上门闩的。"

"是老天上的门闩。"丹尼望着天空自言自语。他的老爸是个助理编辑。他脸色变得通红,一直紧握着爱丽斯的手。突然,他笔直地站起来,说道:

"我不害怕,我要去看看。"

这事后来被收入《善行录》里,结果是奥斯瓦尔德、迪克还有丹尼一起去了。丹尼走在最前面,因为他说他宁愿如此,奥斯瓦尔德明白这一点,就随他去了。要是奥斯瓦尔德冲在前面的话,那就会像兰斯洛特爵士拒绝让一个年轻骑士出头一样。不过,奥斯瓦尔德很注意地让自己走在第二位。其他人永远都不明白。你无法期望女孩子会明白,不过我的确认为老爸能明白,即便奥斯瓦尔德不告诉他。

我们都走得很慢。

在楼梯回转的地方,我们停住了脚。因为那儿的门被牢牢地锁上,不管我们怎样拼命地一起推也推不开。

只是到现在我们才觉得理查德·拉瓦纳先生还在安静地好好

63

躺着，是另外有人把门给插上的，或是出于恶作剧，或者可能是不知道上面还有人。于是我们冲上塔顶，奥斯瓦尔德对其他人说了几句很仓促但很恰当的话，于是我们都俯在城垛之间大声呼喊道："嗨！有人吗？"

这时，塔下面的拱形底下现出了一个人影，就是那个曾经接受了我们 6 便士的水手。他向上看着对我们说话，声音不大，但足以让我们听清每一个字。他说："把那个扔下来。"

奥斯瓦尔德说："扔什么？"

他说："那个祸根①。"

奥斯瓦尔德说："为什么？"

他说："因为要是你不扔，我就上来强迫你扔，而且马上上来，我告诉你。"

迪克说："是你把门闩上的吗？"

那个男人说："是我干的，小公鸡。"

爱丽斯说（奥斯瓦尔德宁愿她不曾开口，因为他觉得这人看起来不友好）："噢，一定要来把我们放出去啊！求你了。"

当她说话时，奥斯瓦尔德突然醒悟到他不想让这人上来。于是他急忙冲下楼梯，因为他觉得曾看到门顶上有个什么东西，真的有两个门闩，他把它们插到了插孔里。这个英勇的举动并没有被收入《善行录》里，因为当爱丽斯想写进去时，其他人却说奥斯瓦尔德当时想到它并不是善行，而只是机智。我有时想，在危急的时刻，机智和善良一样好。可奥斯瓦尔德不屑于为此争辩。

当他回来时，那个男人仍站着朝上看。爱丽斯说：

"噢，奥斯瓦尔德，他说要是我们不把所有钱给他就不让我们出去，那样我们就得在这儿待好多好多天了，晚上也要待在这儿。没人知道我们在哪儿，也就没人来找我们了。噢，把钱都给

---

① "祸根"这里指钱包。

他吧。”

她以为英王查理的那颗从没尝过失败滋味儿的狮心，会在她哥哥的胸膛里狂跳，但奥斯瓦尔德保持着平静，他说：

“好吧，”他让其他人把口袋都翻出来。丹尼有一个损坏了的先令，两面都有人像，还有三个半便士。赫·沃有一个半便士。诺埃尔有一个法国便士，这只有在火车站的巧克力机上才能用。迪克有十便士外加半个便士，奥斯瓦尔德有两个先令，那是他攒下来要买枪的。奥斯瓦尔德把所有钱财都包在手绢里，从城垛上望下去，他说道：

“你真是个忘恩负义的畜生。我们自愿给了你6便士。”

那男人看上去的确有些羞愧，但他咕哝着说自己总得活下去。奥斯瓦尔德接着说：

“给你。接着！”他把装着钱的手绢扔下去。

那个男人没接住，笨手笨脚的白痴！不过他捡起手绢，打开来，一看到里面的东西便破口大骂。这个无赖！

“瞧着，”他叫唤道，“这行不通，小子。我要的是那些金币，我看见你钱包里有！快把它们扔下来。”

奥斯瓦尔德哈哈大笑，他说：

“我会在任何地方认出你，而且你会为此被关进大牢。金币在这儿。”他气得要死，把整个钱包都掼了下去。那些并不是真的金币，只是些看起来一面像金币的筹码。奥斯瓦尔德常常把它们放在钱包里，以便看上去挺有钱的样子。他现在不这么做了。

这男人看清钱包里的东西，就在塔下消失了，奥斯瓦尔德很高兴他闩上了门，希望内门闩像另一侧的门闩一样牢固。

它们的确很牢固。

我们听到那个男人对门又踢又打，而且我毫不难为情地说我们大家相互靠得紧紧的。然而我得自豪地说没有人尖叫或哭泣。

时间漫长极了，像过了几年，门的撞击声停止了。不久，我们看到那个畜生消失在树林里。这时，爱丽斯真的哭了，而我并没责备她。奥斯瓦尔德说：

"哭是没用的。就算他打开了门，也可能在埋伏着呢。我们必须守在这里，直到有人来。"

爱丽斯开口了，她声音哽咽，因为她还没哭完：

"我们来挥舞旗子吧。"

再幸运不过的是她穿着礼拜日的白裙子，虽然今天是星期一。她从打褶处把它撕开，系到丹尼的拐杖上，轮流挥着它。我们刚才还嘲笑他带了一根拐杖，可现在十分后悔。

那个用来烤斋饼的锡盘被手绢擦得很亮，放到了太阳底下，那样阳光可以照在上面，把我们的困境通知给远处的某个农场。

这或许是我们经历过的冒险中最可怕的一次了，即便爱丽斯现在已不再去想理查德·拉瓦纳，而只考虑那个埋伏起来的人。

我们都深深地感觉到了这绝望处境，丹尼表现得一点儿也不像一只白鼠。轮到其他人挥旗子时，他就坐在塔檐上握着爱丽斯和诺埃尔的手，念诗给他们，一篇接着一篇的长诗。奇怪的是，那些诗对他们似乎有安慰作用。不过它们绝对安慰不了我。

他把《波罗的海之战》和《格雷的挽歌》从头背到尾，我认为他可能念错了几个地方，还有《复仇》，麦考利①关于克鲁西姆的波尔杉纳以及九位天神的诗。当轮到他挥旗时，他表现得像个大丈夫。

我以后要尽量不再叫他白鼠。他那天是个好汉，不是老鼠。

天上的太阳已经很低了，我们厌烦了挥旗，而且很饿。这时，我们看见下面的路上来了一辆马车。我们像疯子一样挥着旗，大声呼喊，丹尼像火车汽笛一样尖叫，在此之前我们没人知

---

① 麦考利（1800～1859），英国历史学家，以下克鲁西姆的波尔杉纳及九位天神均出自《贺雷修斯》一诗。

道他能做这样的事。

马车停下来。我们立刻看到树丛里一个长着白胡子的身影，是那个拉猪的人。

我们把这件可怕的事情大声讲给他听。当他终于相信了时（他一开始认为我们在开玩笑），于是上来把我们放了出去。

他拉到了猪，幸运的是它个头很小，而且我们也并不挑剔。丹尼和爱丽斯同拉猪人坐在车前面，我们其余几个和猪待在一起，那人赶车把我们一直送到家。你也许会想我们一路都在说这件事。我们没有。我们睡着了，和猪一起。不久，拉猪人停下来，让我们给爱丽斯和丹尼腾些地方。马车上面有个帐子。我这辈子都没有这么困，不过，现在离睡觉时间也不远了。

一般来说，在经历令人兴奋的事情之后，你都会受罚，但这次不会，因为我们只是出去散步，完全是按照吩咐去做的。

不过，还是有了一条新规定：不许在公路以外的地方散步，而且随时都要带着猎鹿犬皮切尔或夫人，或牛头犬玛莎。我们一般都讨厌规定，但并不介意这一条。

老爸送给丹尼一个金质文具盒，因为他是最先下到塔底的。奥斯瓦尔德并不妒忌丹尼，尽管有人认为他最低也配得上一个银的。但奥斯瓦尔德是不会为鸡毛蒜皮的小事情而嫉妒的。

第五章

天降洪水

这个故事讲的是我们这辈子影响深远、最严重的一件淘气事。我们并非有意那么干。然而我们的确干了。就是最有道德感的人也会发生这些事情。

有关这次鲁莽而不幸的故事与奥斯瓦尔德的一件私事有紧密关系。奥斯瓦尔德不太想让人们记得他的故事，不过他希望能说出真相，或许如老爸所说，揭丑是一种有益的处罚。

事情是这样的。

在爱丽斯和诺埃尔生日那天，我们到河边举行了个野餐。此前我们并不知道有一条河离我们这么近。事后，老爸说他倒希望我们能够继续不知道这条河。也许就在我们也这么希望的时候，不幸就降临了。不过，停止无用的后悔吧。

过生日可是大好事。叔叔送了一盒玩具和糖，这些东西像是从另一个更美好的世界来的幻梦。此外，爱丽斯还得到一把小刀，一把能折叠的剪刀，一块丝绸手帕，一本书——《黄金岁月》①。抛开书中夹杂着成人废话的那些地方不谈，那可真是本一流的好书。还有一个带有粉红长毛绒衬里的工具包，一个靴子

① 《黄金岁月》是英国作家肯尼思·格雷安（1859～1932）的作品。

袋，头脑正常的人是不会去用这东西的，因为上面布满了毛织的花。她还得到一盒巧克力和一个音乐盒，能演奏《一文不名的人》和其他两首曲子，还有两双去教堂戴的羔皮手套，一盒粉色的写字纸，上面写着烫金的"爱丽斯"，一个染成红色的鸡蛋，其中一侧用墨水写着"爱·巴斯特布尔"。这些是奥斯瓦尔德、多拉、迪克、阿尔伯特的叔叔、戴西、福克斯（我们的强盗）①、诺埃尔、赫·沃、老爸和丹尼送的礼物。帕蒂格鲁太太送了那只鸡蛋，作为一个好心肠管家的友谊象征。

我不打算跟你讲河边野餐的事，因为哪怕是最快乐的时光，写出来一读就很无趣了。我只要说明它棒极了。那一天虽然过得很快乐，却平安无事。唯一令人兴奋、值得写下来的事就是在一个水闸里有一条蛇，一条毒蛇。它在水闸门的一个温暖、充满阳光的角落里睡觉。当闸门合上时，它掉到了水里。

爱丽斯和多拉发出可怕的尖叫。戴西也尖叫了，不过声音小一点。

我们的船在水闸里的时候，那条蛇一直在四处游。它一边游，一边把头探出水面，非常像《丛林之书》中的卡阿——于是我们明白吉卜林是个真正的作家而不是无赖。我们小心地把手老老实实地放在船里。一条蛇的眼睛足以让最勇敢的人都感到恐惧。

等到水闸的水满了，老爸用船钩打死了毒蛇。我为它难过，它的确是条毒蛇，不过它是我们在动物园以外看到的第一条蛇，而且它的确游得相当娴熟。

那蛇刚被打死，赫·沃就伸手去抓它的尸体，紧接着，我们就见到小弟的身体在船舷边扭来扭去。这令人兴奋的景象并不长久。他掉到了水里，老爸把他捞了上来。他遇到水总是倒霉。

---

① 福克斯，在上部《寻宝人的故事》中，孩子们误把他当成强盗。

因为是生日，所以没怎么批评他。赫·沃裹着所有人的外套，一点儿也没感冒。

这个光辉的生日以一个冰淇淋、杜松子酒和举杯祝大家健康而结束，然后我们想怎么玩就怎么玩，下午打了棒球。那真是一个值得永远记住的日子。

对野餐我本来是应当什么都不说的，但除了一件事外，那是件能引起严重后果的小事情——是那根能导致许多事件的最强大的杠杆。你瞧，我们对那条河再也不感到陌生了。

我们一有机会就到那儿。只是一定得带着狗，还得保证大人不在的时候不游泳，不过在回水区里划船是允许的。我不再多说了。

我并没把诺埃尔的生日礼物全列出来，那是因为我想给小读者们一点儿想象的空间（最优秀的作者总是这么做的）。要是你拿着陆海军商店的那本很大的红色商品目录，列出大约十五种你最喜欢的东西，价值从 2 先令到 25 先令不等，你就能很清楚地了解诺埃尔的生日礼物了。而且，如果在你的下个生日前，有人问你最需要什么东西，这还可以帮你拿定主意。

诺埃尔的生日礼物中有一只板球，而且是只顶呱呱的好球，他根本不会投球。于是在生日过后几天，奥斯瓦尔德提出用一只他在市场上赢来的椰子、两支铅笔（新的）、还有一个崭新的笔记本来交换。奥斯瓦尔德认为（他现在还这么认为）这是公平交易，当时诺埃尔也这么想的，于是他同意了，而且很高兴，直到女孩子们说它不公平，说奥斯瓦尔德占了便宜。然后，那小乞丐诺埃尔就想把球要回来，奥斯瓦尔德却很强硬，虽然他并不生气。

"你同意成交的，还为此握了手。"他说道，而且是很亲切、镇定地说的。

诺埃尔说他不管，他想把板球要回来，女孩子们说这真是件

70

丢脸的事情。

要是她们没那么说，奥斯瓦尔德或许会同意把那该死的球还给诺埃尔，但现在，他当然不会给了。他说：

"噢，不错，那当然，可你过会儿就还会想要那椰子和其他东西的。"

"不，我不会。"诺埃尔说。事后才知道，他和赫·沃已经把椰子吃了，这让事情变得更糟，也使他们变得更糟，这就是书里所说的因果报应。

多拉说："我认为这不公平的。"连爱丽斯都说："让他拿回去，奥斯瓦尔德。"

我希望对爱丽斯公平一点儿。她那时不知道椰子已经被偷偷地吃完了。

我们在花园里。一个英雄在面对周围反对力量的全力反对时，所产生的那些感受，奥斯瓦尔德现在都体会到了。他知道自己并非不公平，他也不想就因为诺埃尔吃了椰子，然后想把球要回去而被人唠叨。尽管奥斯瓦尔德那会儿还不知道椰子被吃掉的事情，但从内心他仍然感到不公平。

后来，诺埃尔说，他本打算给奥斯瓦尔德一些其他东西作为补偿，但他当时一点儿也没提这个。

"给我，我说！"诺埃尔说。

奥斯瓦尔德说："不！"

于是诺埃尔开始骂奥斯瓦尔德，奥斯瓦尔德没有回嘴，只是保持着愉快的微笑，带着故意装出来的满不在乎的样子，把球漫不经心地扔出去，再接住。

后来发生的事之所以发生，要怪玛莎。它是只牛头犬，身体非常粗壮，又重。它当时刚好被放了出来，此刻正用它那笨拙的方式蹦跳着走过来，跳到奥斯瓦尔德的身上——他受到所有哑巴动物的爱戴。（你瞧它们多聪明。）玛莎撞飞了奥斯瓦尔德手里的

71

球，球落到草地上，诺埃尔扑了上去，就像一只戴头罩的猎鹰扑向猎物。奥斯瓦尔德不屑于否认他不能忍受这个，接下来，这两个人就在草地上翻滚起来，很快，诺埃尔就被打败了。他是活该，他早到自己拿主意的年龄了。

随后，奥斯瓦尔德拿着球慢慢地走了，其他人把诺埃尔拉起来，抚慰着失败者，不过迪克不支持任何一方。

奥斯瓦尔德上楼回到房间，躺在床上，郁闷地想着不公平的待遇。

不久，他觉得他要去看看其他人在干什么，而又不让他们知道他很在乎。于是他走进卧室，朝窗外望去，看见他们在玩"国王和王后"的游戏——诺埃尔戴着最大的纸王冠，手里拿着最长的王杖。

奥斯瓦尔德走开了，没说一句话，因为这一幕太令人不快了。

他那厌烦的双眼突然落到一样他们从没见过的东西上，那是卧室天花板上的一扇活门。

奥斯瓦尔德一点儿也没迟疑。他把板球塞进口袋，爬到架子上，拔掉活门的门闩，把它推开爬了上去。尽管上面一片漆黑，散发出蜘蛛的味道，奥斯瓦尔德还是毫无畏惧地关上了活门，然后划亮了一根火柴。他总是随身带着火柴，是个有很多办法的男孩。然后，他看见自己处在一个奇妙而神秘的地方，在房子的天花板和房顶之间。房顶上是桁条和砖瓦建成的，到处都有细细的光线透进来。天花板的侧端和顶端，是用粗糙的石膏和桁条搭建的。要是你在桁条上走就不会有事，但要是在灰泥上走，你的脚就会把它踩穿。奥斯瓦尔德后来发现了这一点，不过某种微妙的本能告诉这个年轻的探险家哪里该下脚，哪里不该下脚。这太了不起了。他对其他人仍然很生气，但很高兴发现了这个他们完全不知道的秘密。

他沿着一条漆黑狭窄的过道行走，时不时有交叉的桁条挡他的路，他必须得从下面钻过去。最后，有扇小门隐约出现在他面前，上下都有光从缝隙中透出来。他抽出了生锈的门闩，打开了门。这扇门直通向平台，是两个陡峭的红色房顶中间的一块平地，前后还有一道两英尺高的护墙，这样就没人能看见你。就算是努力去做，也没人能发明出比这更好的藏身之地了。

奥斯瓦尔德整个下午都待在那儿。他口袋里碰巧带着《珀西奇闻》①中关于律师的一卷，还有几个苹果。他一边看书，一边拨弄那只板球，不久，它滚走了，他想过会儿就把它捡回来。

吃茶的铃声响起，他忘了那只球，匆匆地下去了，因为苹果并不能使肚子免遭饥饿的痛苦。

诺埃尔在楼梯口遇到了他，脸红着说道：

"关于那只球，其实不太公平，因为赫·沃和我把椰子吃了，你可以留着那球。"

"我才不想要你那只破球，"奥斯瓦尔德说，"只是我讨厌不公平。可我这会儿不知道它在哪儿，等我找到它，你就可以拿它去玩了，玩个够。"

"那你不生气了？"

奥斯瓦尔德说"不生气了"，他们一起去吃茶点，于是就没事儿了。茶点是葡萄干馅饼。

第二天，我们恰巧想一大早就到河边去。我不知道为什么，这就叫命运或命中注定。我们顺路到"玫瑰和皇冠"店里去买了点杜松子酒。老板娘是我们的朋友，她让我们在里面的客厅而不是在外面的酒吧间（女孩子在那儿喝不太好）里喝。

我们发现她在做馅饼和果冻，忙得不可开交，她的两个妹妹在手忙脚乱地准备大火腿、成对的小鸡、成打的冷牛肉拌莴苣、

---

① 《珀西奇闻》，19 世纪英国舒托·珀西和鲁滨·珀西兄弟两个合著的一部书。

腌鲑鱼和陶瓷、陶制的盘子和玻璃杯子。

"这是为钓鱼比赛准备的。"她说。

我们问:"那是怎么回事?"

"啊,"她一边说,一边像一台精妙的机器那样切着黄瓜,"就是许多钓鱼者会在某个特定的日子到这儿来,然后在河的某个地方钓鱼,钓得最多的人会得奖。他们正在斯托纳姆水闸上方的拦水坝里钓鱼,一会儿都要到这儿吃饭,所以我才这么忙。"

我们说:"我们帮不上忙吗?"

可是她说:"噢,不,谢谢你们,不用了。我忙得都不知道该怎么办好了,快跑吧,像鹿那样跑吧。"

于是我们就像那胆怯而优雅的动物①一样跑开了。

用不着我说,聪明的读者也能猜到我们马上就到斯托纳姆水闸上方的拦水坝去看垂钓比赛了。垂钓和钓鱼是一件事。

我不准备对你解释水闸是什么。要是你从没见过水闸,那么就算我用最简单的话写上好几页,你也不会明白。要是你见过,我什么也不说你也能明白。要是你事先不知道,这比欧几里得几何学还要难。不过你可以找一个大人拿着书或者其他木头做的砖②来解释给你听。

我要告诉你什么是拦水坝,因为这好懂。它是一条河从一个水闸到另一个水闸之间的那段。在有些河里,"拦水坝"也叫"河段",不过拦水坝更恰当一点。

我们沿着拖船的小径走,柳树、白杨、桤树、接骨木、橡树和其他树在小径投下片片绿阴。河岸长着各种各样的花草——菁草、绣线菊、柳叶菜、珍珠菜和垫子草。奥斯瓦尔德是在野餐那天学会了所有这些树和植物的名字的。其他人已经都不记得了,

---

① "胆怯而优雅的动物"指羚羊一类轻巧、敏捷的动物。

② "木头做的砖"指大部头的书,用厚厚的纸做成,而纸和木头有关系。

不过奥斯瓦尔德还记得。他是个具有超常记忆的男孩子。

阴凉的河岸上到处都坐着钓鱼者，置身于我刚才所提到的草和各种不同的花之间。有些人带着狗，有些人带着阳伞，还有些人只带着妻子和家人。

我们原本是应当愿意去和他们攀谈，问问他们觉得自己的运气如何，那儿有什么样的鱼，它们是否好吃，等等，但是我们不愿意。

丹尼从前见过人钓鱼，知道他们喜欢别人和他们说话，尽管他像个同辈人那样和他们搭了话，却没问那些我们想知道的事情。他只是问了问他们钓到没有和用的什么饵。

他们很礼貌地回答了他的话，我很庆幸自己不是钓鱼的人。

那是一种静止不动的娱乐活动，而常常钓不上什么鱼。

戴西和多拉留在家里：多拉的脚快好了，但她们似乎真的喜欢坐着不动，我想多拉喜欢有个可供支使的小丫头，爱丽斯绝对受不了这个。我们走到了斯托纳姆水闸，丹尼说他要回家去取他的钓鱼竿，赫·沃和他一块儿去了。这样我们就只剩四个人——奥斯瓦尔德、爱丽斯、迪克和诺埃尔。我们继续沿着拖船小径走。

位于两个拦水坝之间的水闸合上了（这听起来似乎和门上锁一样，其实完全是两码事）。在那个有人钓鱼的水坝里，水满了，漫过了花草的根部，但下游的水坝几乎是空的。

"你可以看到这条可怜的河的骨头了。"诺埃尔说。

的确如此。

石头、泥浆和干涸的支流，到处都有没底儿的旧水壶或者铁桶，那是一些驳船船员丢弃的。

由于常在河边走动，我们认识驳船船员中的许多人，他们是大驳船的船长和船员，那些驳船是用行走缓慢的马拖向河的上游或下游的。马不游泳，它们沿着拖船小径走，身上系着绳子，绳子另一端连在驳船上，驳船就这样被拖着走。我们认识的船员都很友好，心情不错的时候常常让我们审遍整个驳船。他们根本不是那种欺负人的、没胆量的人形恶魔，在书里面，却被描述成牛津的年轻英雄单枪匹马和一群这样的恶魔战斗。

河的骨头露出来了，那气味并不好闻，但是我们继续走下去，因为奥斯瓦尔德想到法丁村为他正在做的一只捕鸟的网搞些鞋线蜡。

可是就在法丁水闸的上方，在河道又窄又直的地方，我们看到一幅悲惨的景象——一只巨大的驳船陷在泥浆里，因为那儿没有足够的水托起它。

甲板上一个人也没有，不过根据挂在外面晾晒的一件红色法兰绒背心，我们知道这船是我们的一个朋友的。

于是爱丽斯说："他们去找那个负责放水的人了，好往水坝灌水。我敢说他们找不到他，他去吃饭了。要是他们回来看到驳船浮在水上，一定会大大吃一惊！咱们来放水吧。我们已经好久没做什么值得写进《善行录》里的善事了。"

我们给讨厌的"想做好孩子"协会的记录本取了那个名字。这样，如果你愿意，就可以想到这记录本，而无须记起那个协会。我一直努力把它们两个全忘掉。

奥斯瓦尔德说："怎么放呢？你不知道怎么放水啊。就算你知道，我们也没有撬棍。"

我忍不住要告诉你们，水闸是用撬棍打开的。你不停地推啊推，直到一个东西升起来，让水流过去。它就像鸡窝大门上的一个小拉门。

"我知道撬棍在哪里，"爱丽斯说，"迪克和我昨天到那儿去了，那时你们在闹……"她要说的是"闹别扭"，我知道，不过她及时想起应当讲礼貌，所以奥斯瓦尔德也不怨她。她继续说："昨天，你们在楼上的时候，我们看见管水员打开船闸和水闸。

76

非常简单，是吧，迪克？"

"就像飞个吻那么容易，"迪克说，"还有，他还用另一个东西来打开水闸，我知道他把那东西放哪儿了。我同意去放水。"

"咱们干吧，要是能干的话，"诺埃尔说，"船员们会为他们的无名恩人祝福的。他们或许会为我们写首歌，冬天的晚上，唱着它在船舱取暖火盆前互相传递着酒碗。"

诺埃尔非常想干，但我认为这不全是为了行善，而是因为他想看看水闸是怎么打开的。不过我也有可能冤枉了这孩子。

我们坐着，对着驳船又看了一会儿，随后奥斯瓦尔德说，好吧，他不反对回到船闸那儿看撬棍在不在。你瞧，这事并不是奥斯瓦尔德提议的，当爱丽斯提议的时候，他甚至都不太感兴趣。

我们来到斯托纳姆船闸，迪克把两个沉重的撬棍从一个倒下的树后面的接骨木丛里拖了出来，开始拼命地转动船闸的水闸，此时，奥斯瓦尔德觉得站在旁边看不是大丈夫的行为，于是他也接着去转。

虽然很费力气，但我们还是打开了水闸，而且也没把撬棍掉到船闸里，我听说那些年纪更大也更蠢的人就这么干过。

水从水闸中涌出来，汹涌湍急，就像刚才被刀切断了一样，在水流落在下方水面的地方，白色的泡沫扩散开来，就像一张移动的毯子。在解决了船闸后，我们又解决了堰堤——那是些轮子和链子，水倾泻而下，漫过石头，形成一个壮观的瀑布，冲刷着堰池。

这一泡沫飞溅的瀑布景象足以报答我们的辛苦劳作，就算不去想船员们对我们抱有的难以表达的感激之情，因为当他们回来时，他们会发现船不再陷在泥里，而是扑进了小河的怀抱。

打开所有水闸后，我们又注视了一会儿大自然的美丽，然后就回家了，因为我们认为不能等着让人家来感谢我们的仁慈和无私举动，这才是真正的高贵和善良，再说，这时已经接近晚饭时

77

间，奥斯瓦尔德觉得快要下雨了。

在回家的路上，我们都同意不要告诉其他人，因为那样像是在吹嘘我们的善举。

"人们会知道一切的，"诺埃尔说，"当他们听到那些感激的船员为我们祝福时，而且无名助人者的故事会在村子的每个火炉边流传，那样，我们就能把它写进《善行录》里。"

于是我们回了家。丹尼和赫·沃改变了主意，在那壕沟里钓鱼，结果什么也没捉到。

奥斯瓦尔德对天气说得很准，至少我听说是如此。他认为会下雨，果真就下了，是在我们吃饭的时候下的，很大的雷雨，瓢泼一样，这是我们到莫特府之后的第一场雨。

我们像往常一样上床睡觉，丝毫没料到在短暂的欢乐之后，一场祸事就要降临。我记得迪克和奥斯瓦尔德进行了一场摔跤比赛，奥斯瓦尔德赢了。

半夜里，奥斯瓦尔德被放在他脸上的一只手给弄醒了，那是一只又湿又冷的手。奥斯瓦尔德猛地一拳打出去，不过，一个沙哑、沉重的声音低声说道——

"别像头小蠢驴！有火柴吗？我的床上全是水，是从天花板上流下来的。"

奥斯瓦尔德首先想到的是，或许由于打开水闸，我们把连着莫特府房顶的什么秘密通道给淹了，等完全清醒后，他明白那是不可能的，因为河的地势很低。

他有火柴。我前面说过，他是个办法很多的男孩。他擦着一根，点燃了蜡烛，于是迪克（的确是迪克）和奥斯瓦尔德一齐盯着眼前这惊人的景象。

我们卧室的地板到处是一块块的水迹。迪克的床站在水塘里，水从天花板的十几个不同的地方不断地流下。天花板上有很大一块湿迹，变成了蓝色，而不像干的地方那样白，水从天花板的不同部位流下。

只一会儿工夫，奥斯瓦尔德的大丈夫气概就没了。

"天哪！"他用一种悲伤的语气说道，继续思索了片刻。

"我们到底该怎么办？"迪克说。

其实有一小会儿奥斯瓦尔德也不知道怎么办，然而必须采取措施。这是件恐怖的事，一个实实在在的意外打击。阿尔伯特的叔叔那天到伦敦去了，要到第二天才回来。

第一件事就是把没有察觉的其他人从沉睡中唤醒，因为尽管他们还不知道，但水正在往他们床上滴。诺埃尔的床上蓄了很大一汪水，就在他曲起的膝盖后面。赫·沃的一只靴子里装满了水，当奥斯瓦尔德不小心把它踢翻的时候，水冲了出来。

我们弄醒了他们，虽然这是件吃力的事，但我们没有退缩。

然后我们说："起来，发洪水了！醒醒，要不就淹死在床上了！奥斯瓦尔德的表两点半了。"

他们缓慢、呆呆地醒来，赫·沃是最慢、最呆的那个。

水越来越快地从天花板上流下来。

我们互相望望，脸都变白了。诺埃尔说：

"是不是最好叫帕蒂格鲁太太来？"

但显然，奥斯瓦尔德不同意这么做。他无法摆脱这种感觉，即这都是我们的错，因为我们乱鼓捣那河水，尽管理智告诉他，不可能是这么回事。

我们全心全意地投入到面前的工作中。把浴缸放到水势最大和最湿的地方，把盆盆罐罐放到水小一点的地方，把床移到房间里干爽的那一头。我们的房间是一个长长的阁楼，横跨整座房子。

但是水不断流出，越来越多。我们的睡衣全湿透了，于是我们换了衬衣和灯笼裤，但继续光着脚。地板上总是有半英寸深的水，不管我们弄走多少。

盆里的水一注满我们就倒到窗外，我们用一只壶不停地舀出浴缸里的水，抱怨着这活儿有多艰苦。尽管如此，但这仍然让人兴奋得不得了。不过，在奥斯瓦尔德无畏的心中，他开始明白必须得叫帕蒂格鲁太太来。

一股新瀑布从炉排和壁炉架中间冲了出来，形成毁灭性的洪流。奥斯瓦尔德有一肚子的鬼机灵。我想我以前说过这个，这完全正确，而且没准儿这次比上次说的时候还要正确。

他从贮藏室拿了块木板，一端放在壁炉和壁炉架间的裂缝上，另一端靠在一张椅背上，随后我们用睡衣塞住裂缝的其余部分，顺着木板铺了条毛巾，然后看到一大股水流从木板的末端倾泻下来，一直流进我们已经放在那儿的浴缸里，就像尼亚加拉大瀑布，只不过形状没有那么圆。从烟囱里流下来的第一批水非常脏。风在外面呼啸。诺埃尔说："如果是水管破了，而不是下雨，可以少交好多自来水费。"也许在此之后，丹尼就会开始作他那没完没了的诗，这是件自然而然的事情。他停止了舀水，说道：

> "暴雨的声音迅速变大，
> 水鼠在尖叫，
> 在上苍的咆哮中，每张脸
> 在讲话时都变得黑了。"

我们的脸是黑的，手也是，但我们一点儿也没在意。我们只是告诉他别废话，快点舀水。他照做了，大家都在做。

但越来越多的水倾泻而下。你无法相信，一个屋顶上能流这么多水下来。

最后，大家一致认为必须不顾一切风险去叫醒帕蒂格鲁太太。我们过去把爱丽斯叫醒，让她去完成这项倒霉的差事。

当她和帕蒂格鲁太太（戴着一顶睡帽，穿着件红法兰绒裙子）回来时，我们大气也不敢出。

但帕蒂格鲁太太甚至连"你们迄今为止到底都干了些什么?"都没说——像奥斯瓦尔德所担心的那样。

她只是坐到我的床上说:

"噢，天哪! 噢，天哪! 噢，天哪!"反复说了好多次。

然后，丹尼说:"我以前曾经看到一个小屋的屋顶有窟窿，那男的告诉我说那是雨水从茅草屋顶上流出来时形成的。他说要是水都积在天花板的话，就会把天花板压垮，但要是你弄了窟窿的话，水就会从窟窿里流出来，你可以在窟窿下面放上桶去接水。"

于是我们用拨火棍在天花板上捅了九个洞，把桶、浴缸和浴盆放在下面，现在地板上没有那么多水了。但我们必须得像黑鬼那样不断工作，帕蒂格鲁太太和爱丽斯也是如此。

大约早上 5 点的时候，雨停了。7 点左右，水流进来的速度没有那么快了，很快它就只是缓慢地滴答着。我们的任务完成了。

这是我唯一一次整夜不睡的经历，我希望它发生的次数能够更多一些。我们没回去睡觉，而是穿上衣服下楼了。不过下午我们去睡了一觉，虽然很不想去睡。

吃早饭之前，奥斯瓦尔德上了房顶，他去瞧瞧是否能找到雨进来的洞。他没找到任何洞，却发现板球堵在了一根排水管顶端，过后他才知道那排水管在房子的墙壁里向下延伸，通往下面的壕沟里。现在看来这似乎是个愚蠢的逃避方法，不过当时却让他躲了过去。

吃过早饭后，人们上到屋顶，去看是什么造成了洪水，他们说昨天晚上铅皮屋顶上一定积了足足半英尺的水，因为水必须要达到足够高度，才能漫过屋顶的边缘。当然，在水漫过屋檐后，就没有东西阻挡它流到屋顶底下并渗透天花板。矮墙和屋顶使水不能按自然方式顺着房子的墙壁泻下去。他们说一定有什么东西堵住了向下延伸进房子里的水管，但不管是什么东西，水已经把它冲走了，因为他们把铁丝伸进去找，而管子里面什么都没有。

当人家告诉我们这个情况时，奥斯瓦尔德颤抖的手指正摸着口袋里那只湿淋淋的板球。他知道，但他不能说。他听到他们说不知道造成堵塞的是什么东西，而那东西其实一直在他口袋里，但他一个字儿也没说。

我并不想为他辩护，但成为引起洪水的原因可真是件糟糕的事情，而且帕蒂格鲁太太又很严厉、急躁。然而这个绝不是他沉默的借口，奥斯瓦尔德对此也很清楚。

那天晚上吃茶时，阿尔伯特的叔叔也很沉默，最后，他用充满睿智的眼光扫了我们一眼，开口道："昨天发生了一件奇怪的事。你们知道有一个钓鱼比赛。拦水坝里被有意放满了水，有些喜欢恶作剧的多事的人把水闸打开了，把水都放了出来。钓鱼人的假日被破坏了。不，不是那场雨破坏的，爱丽斯，钓鱼的人喜欢下雨。'玫瑰与皇冠'宴会的饭菜浪费了一半儿，因为钓鱼的人气坏了，许多人就坐下一班火车回城了。而最糟糕的是一条驳船待在拦水坝下方的泥里，被水浮起来，卡在河里头，最后水把它弄了个底儿朝天，它所有的货都倒在河底。那些货是煤。"

在他说话时，我们四个人不知道该把不安的目光投向哪里。有的尝试用面包加黄油去掩饰，但似乎又干得难以下咽，那些尝试用喝茶去掩饰的人被呛得喷了出来，很后悔不该喝茶。等他讲完了，爱丽斯说："是我们干的。"

她和其余的人带着最深的感触讲了事情的经过。

奥斯瓦尔德没说太多。他在口袋里把那阻塞水管的东西转来转去，带着全部的情感期盼自己要是像个男子汉那样坦白承认就好了，那是在吃茶前，阿尔伯特的叔叔要他告诉他那天晚上发生了什么事情。

当他们讲完后，阿尔伯特的叔叔更加明白和确切地告诉我们四个，我们都干了什么，破坏了多少快乐，浪费了老爸多少钱，因为他必须支付把煤从河底捞上来的费用，要是能捞上来的话。要是不能，他就得赔那些煤的钱。我们明白了一切。

当他说完后，爱丽斯趴在盘子上放声大哭。她说："没有用！从我们住在这儿以后，我们就试着去学好。你不知道我们有多努力，但这一点儿用也没有！我相信我们是整个世界上最坏的孩子，我宁愿我们都死掉！"

说这话可真是件可怕的事，其他人都颇感震惊。但奥斯瓦尔德忍不住去瞅阿尔伯特的叔叔，想看看他的反应如何。

他非常严肃地说："亲爱的孩子，你们应该后悔，我希望你们为做过的事后悔，而且你们会为此受到惩罚。"（我们受到了惩罚：零用钱被停发，被禁止再靠近那条河，外加一长串的惩罚项目。）"但是，"他继续说道，"你们一定不能放弃做好孩子的努力。你们的确淘气烦人，你们自己也知道。"

大约在这时，爱丽斯、迪克和诺埃尔开始哭起来。

"但你们绝对不是世界上最坏的孩子。"

接着他站起来，正了正衣领，把手放到了口袋里。

"你们现在很不开心，"他说，"这是你们应得的。不过我要告诉你们一件事。"

然后他说了一件事，至少奥斯瓦尔德永远都不会忘记（不过他是不配听那件事的，因为他口袋里还装着那造成水管堵塞的东西，至今没有承认）。

他说："我认识你们四年了——你们和我一样都知道，有多少次我看到你们陷入麻烦，然后又脱身出来，但我从没见过你们中的任何人撒过谎，从来也没见过你们中哪个做过卑鄙或者不光彩的事。你们做了错事时总是很难过，这一点应当继续坚持。总有一天，你们会用其他方式来学会做好孩子的。"

他把手从口袋里拿了出来，脸色看上去有些变化，于是四个罪人中有三个明白他不再严厉了，他们向他的怀里扑去。当然，多拉、丹尼、戴西和赫·沃没有卷入这件事，我想他们在谢天谢地呢。

奥斯瓦尔德没有拥抱阿尔伯特的叔叔。他站在那儿，打定了主意要去当兵。他最后捏了捏那只湿乎乎的球，把手从口袋里拿出来，在从军之前说了几句话。他说："其他人或许配得上你所说的话。我希望他们配得上，我肯定他们配得上，但我不配，因为是我的这只破板球堵住了水管，造成了卧室半夜发大水。今天一大早我就知道了，但没有坦白。"

奥斯瓦尔德非常羞愧地站在那儿，隔着口袋，他能感觉到那只可恶的板球沉重冰冷地靠着他的大腿。

阿尔伯特的叔叔说——他的声音让奥斯瓦尔德浑身热了起来，但并非没有羞愧——他说……

我不会告诉你他说了些什么。那只是奥斯瓦尔德的事，和别人无关，只是我承认它让奥斯瓦尔德不像从前那样迫切地想当兵了。

而承认这件事情是我做过的最困难的事。他们真的把它写到《善行录》里了，尽管它不属于仁慈或慷慨的事，而且对任何人或任何事都没有带来什么好处，除了奥斯瓦尔德的内心感觉之外。我得说我认为他们还是不提这件事的好，奥斯瓦尔德宁愿忘掉它，特别是当迪克把它写进去还加上了这样的话：

"奥斯瓦尔德用行为骗了人，他知道，这和说谎骗人一样坏，但他在不需要坦白的时候坦白了，这样就赦免了他的罪过。我们认为他那样做是条彻头彻尾的好汉。"

爱丽斯后来把这个勾掉了，用更讨人喜欢的语言记录下了这次事故。不过迪克用的是老爸的墨水儿，而她用的帕蒂格鲁太太的墨水，所以任何人都可以看到删除的笔迹下面他写的话。

其他人对奥斯瓦尔德都非常友好，为的是表明他们同意阿尔伯特的叔叔的观点，认为我和其他人一样配得上任何表扬。

多拉说那完全是因为我和诺埃尔为那只破球的争吵引起的，但爱丽斯温柔而坚定地让她闭嘴。

我把球给了诺埃尔。它曾经湿透过，不过全干了，但在经过了它干的那些事和我干的那些事之后，它对我来说再也不是原来那只球了。

我希望你能尽量赞成阿尔伯特的叔叔的意见，不要因为这个故事而鄙视奥斯瓦尔德，或许你自己有时也做过和这一样糟糕的事。要是你做过，你就会知道"坦白承认"能怎样抚慰极为气愤的心情和减轻悔恨的苦痛。

要是你从来没干过淘气的事，我想那只是因为你根本就没去想干任何事。

第六章
马戏团

　　大约就在这个时候，我们当中那些建立"想做好孩子"协会的人开始烦恼了。

　　他们说我们有一个多星期没做任何真正高尚的事了，也就是说，干的都是不值一提的事，现在该重新开始了。于是奥斯瓦尔德说：

　　"好吧，但任何事情都有个了结。我们每人来想一个真正高尚而无私的行动，其他人要努力帮他实现，就像我们当寻宝人时做的那样。然后，每个人都实现了自己的目标后，我们就把每件事都写进《善行录》里，而且还要在底下画两条红线，跟老爸在账本末尾做的一样。那样一来，要是有人想做好孩子的话，他们凭自己就可以学好。"

　　那些协会的缔造者并不欢迎这个明智的主意，但迪克和奥斯瓦尔德很坚定。

　　于是他们不得不同意。当奥斯瓦尔德坚定不移时，反对和顽固的人就得让路。

　　多拉说："把村里所有学龄儿童叫过来，让他们在小牧场上喝茶、做游戏，这会是一个高尚的举动。他们会认为我们是非常仁慈、善良的。"

但迪克向她指出，这不是我们的善举，而是老爸的，因为他得为茶付账，而且他已经为我们送给士兵们的纪念品付了账，还不得不为那艘运煤的驳船掏一大笔钱。要是总有别人为你掏腰包的话，即便那人是你自己的老爸，什么高尚慷慨的行为都是白费。然后，另外三个人同时有了主意，并开始说明是些什么主意。

我们都待在饭厅里，或许我们有点吵。不管怎样，奥斯瓦尔德并没责怪阿尔伯特的叔叔打开了门说道："我想我不应该要求彻底的安静，那太过分了。不过你们最好不要吹口哨或跺脚，尖叫或吼叫，干些什么都好，可以改变一下你们又单调又长的谈话。"

奥斯瓦尔德友好地说："我们真的很抱歉，您在忙吗？"

"忙？"阿尔伯特的叔叔说，"我的女主人公正在犹豫要不要采取一个行动，这行动无论是好还是坏，都必将影响她今后的整个生涯。你不会想让她在听不清自己在想什么的吵闹声中去作出决定吧？"

我们说："不，我们不想。"

接着他说："在这个阳光明媚的仲夏，要是有任何室外活动能让你们喜欢的话……"于是我们都出去了。

然后，戴西对多拉悄悄说了些什么，她们两个总是抱团。戴西远不像她刚来时那么像一只白鼠了，但她似乎仍然害怕在人前说话，这对她来说是极大的折磨。多拉说："戴西的主意是一个能让我们玩一天的游戏。她认为，在他让自己女主人公作出正确决定的时候不妨碍他，是个高尚的举动，适合写到《善行录》里。而在这同时，我们还不如玩个什么游戏。"

我们都问："好，但是玩什么呢？"

一阵沉默。

"大声说出来，戴西，我的孩子。"奥斯瓦尔德说，"不要害怕将那颗忠实的心中最深处的想法表露出来。"

戴西咯咯笑了。我们自家的女孩子从来不咯咯地笑,她们要么放声大笑,要么保持沉默。她们亲爱的兄弟们教会她们这个,于是戴西说:"我们是不是能玩个什么游戏,免得碍事。我读过一个动物竞赛的故事,每个人都有一只动物,它们必须按照自己喜欢的样子去跑,第一个到达终点的可以得奖。参加的有一只乌龟,一只兔子,一只孔雀,还有羊,狗和一只小猫。"

这个建议使我们凉了半截,如阿尔伯的叔叔所说,因为我们知道不会有什么值得去赢的奖。尽管你可能愿意去干任何事情而不求报酬,但是,如果有奖品,那就一定得有奖品,就是这么回事。

因此,这个主意并没得到实施。迪克打个呵欠说:"咱们去谷仓里做个堡垒吧。"

于是我们去了,用的是稻草。弄乱稻草不像弄乱干草那样使稻草受到伤害。

谷仓的楼下部分——我指的是梯子以下——也很好玩,特别对皮切尔来说。那儿有你所希望看到的最精彩的捕鼠活动。玛莎也尝试去抓,但它总忍不住亲切地在老鼠身边跑,似乎同它并驾拉车。这是这只高贵的牛头犬温柔慈爱天性的流露。我们很喜欢那天的捕鼠活动,但是,像通常一样,它以女孩子们为那些可怜的耗子哭泣而告终。女孩子们控制不了自己,我们不应该为这个生她们的气,她们有她们的天性,牛头犬也一样。正是这一点使她们在为病人弄平枕头啦,照顾受伤的英雄啦等方面相当有用。

然而,堡垒、皮切尔、女孩子们的哭泣还有拍她们的后背去安抚她们等等愉快地消磨掉了午饭之前的时间。午饭有带洋葱沙司的烤羊肉,还有果酱布丁卷。

阿尔伯特的叔叔说我们消失得很彻底,也就是说,我们没有打扰他。

于是我们决定下午还这样，因为他告诉我们他的女主人公远没脱离险境。

开始时还很容易。果酱布丁给人一种安宁的感觉。对于永远都不再玩四处跑动的游戏，刚开始你并不在乎。但不一会儿，那种迟钝的感觉开始消退。奥斯瓦尔德是第一个从迟钝状态恢复过来的人。

他一直趴在果园里，但现在他翻了个身，躺在地上，高高地踢着双腿说：

"喂，听着，我们来干点什么吧？"

戴西看上去在想着什么。她在嚼草上柔软的黄色部分，但我能看出她仍然在想着动物赛跑的事。于是我对她解释说要是没有乌龟和孔雀的话，那是很无聊的，她也明白了，虽然不情愿。

赫·沃说道："只要有动物，不管干啥都好玩，只要它们愿意！咱们搞个马戏团吧！"

随着这句话，关于布丁的最后一丝遐想从奥斯瓦尔德的记忆里消逝，他伸了个懒腰，坐起来说：

"同意赫·沃的想法。来吧！"

其他人也扔掉了沉重的记忆，坐起来说"来！"

在我们的生命中，还从来没有这么大一群动物可供我们指挥的。在农场上众多鲜活的动物面前，我们上次玩过的那个令人遗憾的丛林游戏中的动物都变得没有意义了，比如兔子、豚鼠，甚至所有那些色彩鲜艳、长着玻璃眼睛的填充起来的动物。

（我希望你不会认为我用的词开始变得很长，我知道它们是些正确的词儿。阿尔伯特的叔叔也说过，人们的写作方式常常要受到所读作品的影响。我正在读《布拉热洛纳子爵》[①]。几乎我所有的新词都是从那里面来的。）

---

① 《布拉热洛纳子爵》是法国作家大仲马的小说。

89

"马戏团最糟糕的事情，"多拉说，"就是你得训练动物。如果负责表演的动物没学过表演，那马戏团就会有点傻乎乎的。我们用一个星期的时间来教它们，然后再组建马戏团。"

有些人不知道时间的价值。有些人不明白，当你想做一件你的确想做的事情时，你不会等到一个星期以后去做，而多拉就是这些人中的一个。

奥斯瓦尔德说首要的事就是集合所有的表演动物。

"然后或许，"他说，"我们会发现它们的潜在天才，而这天才迄今尚未被它们粗心的主人发现。"

因此丹尼拿了一支铅笔，列了一张所需动物的清单，清单如下：

我们即将成立的马戏团必备动物清单

一头用来斗牛的公牛；一匹用于同上用途的马（要是可能的话）；一只用来表演惊险的阿尔卑斯山绝技的山羊；一头表演跷跷板的驴；两头白猪（一头用来"识字"，另一头和小丑一起表演）；尽可能多的火鸡，因为它们能弄出很大的声响，听起来就像观众在鼓掌；几只狗，用来打杂；一头大黑猪，用来担任整个队伍中的大象；小牛（若干），用来担任骆驼，需站在木桶上。

戴西本应担任团长，因为这有一半是她的主意，但她让给了奥斯瓦尔德，因为她天性谦虚。奥斯瓦尔德说："第一件事是把所有动物集中起来。果园旁边的小牧场是最好的场所，因为那儿四周都是树篱。把表演者集中到那儿以后，我们要排个节目单，然后为各自的角色化妆。遗憾的是，除了火鸡，没有其他观众。"

我们按照丹尼的清单依次去带动物。排在第一位的是公牛。

这是头黑牛，它并没和其他长角的伙伴一块儿住在牛棚里，而是在两块地开外的地方有个单间。奥斯瓦尔德和爱丽斯去牵它。两人拿了根牵牛的缰绳，还有一根鞭子，不是为了伤害牛，只是想提醒它注意。

我俩不在的时候，其他人应试着去搞一匹马。

奥斯瓦尔德和平常一样净是鬼点子。

"我敢说，"他说，"一开始公牛会羞羞答答的，一定得被棍敲着才肯上场表演。"

"但棍子会弄疼它的。"爱丽斯说。

"不会，"奥斯瓦尔德说，"它的皮又结实又厚。"

"那它为什么要听话呢，"爱丽斯说，"要是弄不疼的话？"

"受过良好教养的牛听话是因为它们明白应当如此，"奥斯瓦尔德说，"我认为我应该骑在牛背上，"这勇敢的男孩继续说道，"在斗牛表演中，勇猛的骑手出现在牛背上，分享它的悲欢。这会是很新奇的事情。"

"你不能骑公牛，"爱丽斯说，"起码，要是它们的背像母牛一样锋利就不能。"

但奥斯瓦尔德认为他能。公牛住在一幢由木头和多刺的荆豆条搭成的房子里，它还有个院子。要爬到它的房顶上可不轻松。

我们到那儿的时候，它一半身子在房子里面，还有一半在院子里，正在用尾巴扑打着烦人的苍蝇。这一天很热。

"你瞧，"爱丽斯说，"它不需要棒子。它会很高兴出来散散步的，它会把脑袋放到我的手上，就像一只温顺的小鹿，然后一路眷恋地跟在我后面。"

奥斯瓦尔德对它喊道："公牛！公牛！公牛！公牛！"因为我们不知道这动物的真名字。那头公牛不加理睬，奥斯瓦尔德捡了块石头扔过去，不是生气，而只想唤起它的注意。但这并未引起公牛一丁点儿的注意。因此奥斯瓦尔德俯在公牛院子的铁门上，用鞭子轻打着牛。这时，公牛的确注意了。当鞭子打在身上的时候，它吃了一惊，接着突然掉过头来，发出像受了伤的百兽之王那样的怒吼，然后低低地俯下头，直冲着我们站着的铁门跑来。

爱丽斯和奥斯瓦尔德机械般地转过身，不想再惹那牛了。两人用最快的速度跨越田地，以免让其他人多等。

当他们跑过田地的时候，奥斯瓦尔德有个梦幻般的想象：那头公牛已经用力大无比的一顶，把铁门连根拔起，现在正飞奔着穿过田地朝他和爱丽斯追来，角上还挂着顶破的门。我俩飞快地爬上墙向后望去，那头公牛还待在大门的里面。

奥斯瓦尔德说："我认为我们没有公牛也行，它似乎并不想来。我们一定要对哑巴动物仁慈一点。"

爱丽斯又哭又笑地说：

"啊，奥斯瓦尔德，你怎么能这么说！"但我们真的没有用公牛，而且我们并没告诉其他人我们是如何匆忙地逃回来的。我们只是说："那公牛似乎并不想来。"

其他人也没闲着。他们把老克拉瓦那匹拉车的马弄来了，但它除了吃草之外什么都不愿意做，于是我们决定在斗牛中不用它，而是把它当作大象。大象是个非常安静的角色，而且它块头不小，完全可以当作一头小象。然而那头黑猪得会认字，另外两头可以充当其他角色。他们还找到了山羊；它被拴在一棵小树上。

驴在那儿，丹尼用缰绳牵着它。狗也在那儿，当然，它们一直就在那儿。

这样，我们现在只需要找些用来发出鼓掌声的火鸡还有小牛和猪了。

小牛不费力气就找到了，因为它们待在自己的屋子里，共有五头。猪也在自己窝里。我们经过长时间耐心的努力，才把它们弄出窝，然后说服它们到牧场去——那儿正是马戏团的所在地。

我们是通过假装把它们往相反的方向驱赶才把它们引来的。猪只知道两个方向：一个是你想让它去的方向，另一个是相反方向。但火鸡知道成百上千个方向，而且全试了个遍。它们吵闹得太凶了，我们不得不放弃了从它们嘴里听喝彩的打算，因此我们扔下它们走了。

"别介意，"赫·沃说，"它们过后会很后悔的，这些讨厌的没有责任感的东西，因为现在它们看不到马戏表演了。我希望其他动物会告诉它们这个。"

当火鸡与我们为难的时候，迪克找到了三只绵羊，它们似乎希望加入到这欢乐的群体中来，于是我们让它们加入了。

接下来我们关上了小牧场的门，让不会说话的马戏表演者们在我们化妆的时候互相交朋友。

奥斯瓦尔德和赫·沃要扮小丑。这很容易，只需穿上阿尔伯特的叔叔的睡衣，再往脸和头发上扑些面粉，加上用来制作砖地板用的红色。

爱丽斯穿了件非常短的粉红和白色相间的裙子，头发和衣服上装饰了玫瑰。她的衣服是粉红印花布和白色的平纹细布，是从化妆台拿来的，用大头钉别在一起，用一条小浴巾系在腰里。她要当勇敢的女骑手，还要在没有鞍子的情况下进行大胆表演，她要骑着一头猪或是一只绵羊，无论哪一种都是最新鲜刺激和激动人心的。多拉的装扮是为了表演高等马术，这意味着要有一身女骑装和一顶高帽子。她戴了迪克在伊顿中学读书时戴的大礼帽，穿了帕蒂格鲁太太的裙子。戴西和爱丽斯穿的一样，事先也没有打招呼，就把平纹桌布从帕蒂格鲁太太的梳妆台上拿走了。我们没有一个人会建议这样做，其实我们正在想着把它放回去，可此时，丹尼和诺埃尔突然停下装扮，向着窗外凝视，他们想扮成劫路的强盗，戴着牛皮纸绑腿、奄拉着的帽子以及土耳其浴巾做的斗篷。

"哎呀！"迪克叫道，"快来，奥斯瓦尔德！"接着他像羚羊似的从屋里冲出去。

奥斯瓦尔德和其他人跟着他，匆忙地看了一眼窗外。诺埃尔戴着牛皮纸绑腿、披着土耳其浴巾，充当斗篷。赫·沃一直等着多拉把他扮成另一个小丑。他只穿着衬衫、灯笼裤和吊带，就那个样子出来了——事实上我们也都差不多。这并不奇怪，因为在就要举行马戏表演的牧场里面，发生了惊心动魄的血腥事件——狗在追咬着羊群。我们眼下在乡下住的时间足够长了，知道那些狗的不合礼仪的举动中蕴含的凶猛本性。

我们都冲到了牧场里，呼喊着皮切尔、玛莎和夫人，皮切尔几乎马上就过来了。它是只驯养得很好的狗——是奥斯瓦尔德调教的。玛莎似乎并没听见。它聋得要命，不过它倒没什么关系，因为绵羊们可以很容易地摆脱它。它没有速度，也喘不过气来。不过夫人是条猎鹿犬，惯于追踪森林里行动敏捷头上长角的一族——牡鹿，它能够跑得飞快。此刻处在牧场的一个远远的地方，紧追着前面的一只全速奔跑的肥羊。我敢说，要是真有什么人的眼睛会吓得从脑袋上跳出来，像惊险故事里面说的那样，那我们就是。

有一会儿，我们吓得说不出话来。我们预期着看到夫人扑倒它的猎物，我们知道一只绵羊要花好多钱，更不要说对它的个人感情了。

于是我们开始尽全力奔跑。当你碰巧穿着一身属于成人的睡衣时，像我那样，你很难跑得像一支离弦的箭。但尽管如此，我还是超过了迪克。迪克过后说那是因为他的牛皮纸绑腿开了，绊住了他。爱丽斯排第三。她抓着梳妆台棉布，跑得非常快。但在我们到达那要命的地点之前，一切对于那只绵羊来说都快完结了。我们听到扑通一声，夫人停下来，掉转身子。它一定是听到了我们奔跑时对它发出的叫喊。接着，它向我们跑来，高兴地连蹦带跳，但我们说"趴下!""坏狗!"然后继续跑。

我们来到那条构成牧场北面边界的小溪边，看到那只绵羊在水里扑腾着。水不太深，我认为按小溪的深度来说，那只羊原本可以自己站起来，一点事都没有的，要是它想这样的话，可它不肯试。

河岸很陡峭。爱丽斯和我下去，站到河里，接着迪克也下来了，我们三个抓住绵羊的肩部向上拉，直到它能够躺在我和爱丽斯的身上，而我们坐在河岸上。我们拉它的时候，它不停地踢。最后它又踢了一脚，然后被拉上来了。我跟你说吧，那只水淋淋、沉甸甸、气喘吁吁、驴一样笨的绵羊像宠物狗一样坐在我们腿上。迪克在下面用肩膀顶住它的后背，不断向上抬，以免它再掉到水里，而其他人把羊倌找来了。

羊倌来了，用你能够想到的所有骂人话把我们臭骂一顿，然后他说：

"幸运的是主人没有来，否则他会好好骂你们的。"

他把绵羊弄了出来，带着它和其他羊还有那几头小牛走了。他似乎并不在乎其他的表演动物。

爱丽斯、奥斯瓦尔德和迪克眼下差不多已经凑齐了一个马戏团，于是我们坐在太阳底下一边晒干自己，一边写下马戏节目单。节目如下：

节　目

1. 绵羊从高高悬崖上的惊人一跳。真实的水，真实的悬崖，英勇的营救。奥斯瓦尔德·巴斯特布尔、爱丽斯·巴斯特布尔和迪克·巴斯特布尔表演。（虽然这个已经表演完而且是突然发生的，但我们认为还是最好把它加进去。）

2. 优雅的女骑手在训练有素的猪伊莱扎身上表演的无鞍

骑行。爱丽斯·巴斯特布尔表演。

3. 滑稽小丑的幕间节目，介绍经过训练的狗皮切尔和一头白猪。赫·沃·巴斯特布尔和奥斯瓦尔德·巴斯特布尔表演。

4. 跷跷板。经过训练的驴。（赫·沃说我们只有一头驴，于是迪克说赫·沃可以当另一头。当一切都平静下来后，我们继续表演第五个节目。）

5. 迪克·巴斯特布尔优美的马术表演。高等马术，在克拉瓦背上，这是一头来自委内瑞拉草原的无可匹敌的训练有素的大象。

6. 惊险的阿尔卑斯山绝技。安第斯山攀爬表演，表演者比利，著名的杂技山羊。（我们认为可以用篱笆和其他东西弄一个安第斯山出来，要不是老出事儿我们就搞成了。这是没有料到的。这是老爸告诉我的一句俗语。）

7. 那头黑色但却有学问的猪。（"我敢说它有点儿学问，"爱丽斯说，"要是我们能弄清是什么学问就好了。"我们的确不久就弄了个一清二楚。）

我们想不出其他节目了，而且衣服也快干了——除了迪克的牛皮纸绑腿，它掉进小溪中汩汩的流水里了。

我们回到表演席上——那是给绵羊们放盐的一个铁饲料槽，开始给动物打扮。

在给士兵烟草的时候，我们用戴西的法兰绒裙子等东西做了一面英国国旗，我们刚把它绑在那头有学问的黑猪腰间，就听到从房子的后面传来尖叫，突然间，我们看到那只杂技山羊比利已经从我们系它的树上挣开了。（它把能够着的树皮全都啃光了，但我们没注意到，直到第二天被一个大人领去现场。）

牧场的大门开着。有座桥横跨壕沟通向房子的后门，而通向这座桥的大门也开着。我们急忙向尖叫的方向冲去，在声音的指引下来到厨房。我们一边走，脑袋里老是充满忧郁念头的诺埃尔一边说他不知道帕蒂格鲁太太是不是正在被抢，或者只是被谋杀了。

在厨房里，我们看到的情景像诺埃尔以往猜测的那样，又错了。两种猜测都不对。帕蒂格鲁太太一边像汽笛那样尖叫，一边挥舞着扫帚站在前面。在远处，一个女仆正嘶哑单调地尖叫，努力把自己塞到一个用来晒衣服的架子里去。

杂技山羊比利利用一张椅子爬上了碗柜，在表演它的高山绝技。它为自己找到了安第斯山，就在我们盯着它的时候，它转过身来猛一抬头，似乎要向我们表示它平静外表下的某种神秘的意图。接着，它巧妙地把角放在倒数第二排那一摞盘子的最后一只后面，把它朝着墙顶过去。一只只盘子噼里啪啦地砸在安第斯山底部的有盖汤碗和蔬菜碟子上。

陶器雪崩般地掉下来，在爆裂时发出杂乱声响，几乎淹没了帕蒂格鲁太太的尖叫声。

奥斯瓦尔德虽然感到了强烈的恐惧和有礼貌的遗憾，但仍然保持着最无畏的冷静。

帕蒂格鲁太太用拖把不停地怯生生地但却很生气地戳着山羊，奥斯瓦尔德也顾不上这些了，他冲向前去，对他忠诚的追随者喊道："准备抓住它！"

迪克和他想到一块儿去了，在奥斯瓦尔德实施他盘算了很久的计划时，迪克已经抓住了山羊的腿，把它绊倒在地。山羊摔倒时又砸翻了一排盘子，然后马上在汤碗和调料盒等令人沮丧的废墟中把身子站正，然后又摔倒了，这次倒向了迪克。他们两个一块儿重重地砸在了地板上。忠诚的追随者们被迪克和哥哥的勇敢惊给呆了，以至于他们并没有准备好抓住任何东西。

山羊没有受伤，但迪克扭伤了一个拇指，头上有个大包，像一块黑色的大理石门把手。他不得不躺到床上去。

我得隐瞒一下帕蒂格鲁太太的话，还有阿尔伯特的叔叔的话，他被她的尖叫声引到了这满地狼藉的现场。我们没说什么，有时候争辩是不明智的。不过，已经发生的事情当中几乎没有什么真正是我们的错。

等他们说够了并允许我们离开时，我们都出去了。然后，爱丽斯心烦意乱地说：

"咱们放弃马戏团吧，把玩具放回盒里。不，我不是这个意思，我是说把动物放到它们原来的地方，放弃整个事情。我想念书给迪克听。"她努力想使语调保持坚定，却并不成功。

奥斯瓦尔德有一股子精神，是任何挫折都不能磨灭的，他讨厌被打败，但他向爱丽斯让步了，因为其他人也这么说，我们出去集合表演队伍，把它们分别送回适当的地方。

哎呀！我们来得太迟了。刚才由于我们急于想知道帕蒂格鲁太太是否成了盗贼的不幸受害者，便又把两个大门全敞开了。那匹老马——我指的是从委内瑞拉来的训练过的大象——倒是还在那儿。在第一场表演（就是勇敢绵羊的那一跳，照节目单上所说的）后被我们揍了一顿并拴起来的那几只狗和两头白猪也在那儿，但驴不见了。我们听到它的蹄声在路上变得越来越弱，朝着"玫瑰和皇冠"小店的方向而去。在绕过门柱的地方，我们看见红、白、蓝和黑色一闪，不用说，这是那头猪朝着完全相反的方向跑了。为什么它们就不能朝同一个地方跑呢？但那是不可能的，丹尼后来说，一个是猪，而另一个是驴。

戴西和赫·沃开始追驴，我们其他人一起去追猪，我也不知道这是为什么。它安静地在路上小跑着，在白色路面的衬托下显得很黑，在绑着国旗的地方，尾巴随着它的小跑跳动着。一开始我们以为追上它很容易，但这是错误的。

我们跑快的时候它也跑快，我们停下时它也停下，而且打量着我们，还点着头。（我敢说你不会相信，但你完全可以相信。这千真万确，关于山羊的一切也是真的。我可以用我神圣的名誉担保。）我告诉你这头猪就像点着头在说："噢，不错。你们以为会抓到我，但抓不到！"接着，我们刚一动，它又跑了。那头猪领着我们跑啊跑，跑过了好远好远的陌生乡间。有件事要提，它一直没离开大路。当我们遇到人时（这不太经常发生），我们大声呼喊请求他们帮忙，但他们只挥挥胳膊哈哈大笑。一个骑在自行车上的小伙子差点儿从车上栽下来，他从车上下来，把车靠在一个大门上，然后坐在树篱里笑了个痛快。你记得爱丽斯仍然打扮得像快乐的女骑手，穿着粉红和洁白的桌布，带着玫瑰花环，那些花现在都耷拉着，而且她没穿长袜，只穿着白色的运动鞋，因为她认为在优雅的无鞍表演中，运动鞋比靴子更容易让人在猪背上保持平衡。

奥斯瓦尔德被红颜料、面粉和睡衣装扮成一个小丑。穿着别人的睡衣想跑快是不可能的。于是奥斯瓦尔德就把睡衣脱下，穿上他自己的棕色诺福克灯笼裤。为了便于携带，他把睡衣系在脖子上，他不敢把它留在哪个沟里，像爱丽斯建议的那样，因为他不了解路上的情况，担心路上有很多贼，要是那是他自己的睡衣的话就不一样了。（我明年冬天就提出要睡衣，它在很多方面都有用。）

诺埃尔扮成了一个拦路强盗，腿上绑着牛皮纸绑腿、身披着浴巾、头戴着报纸做的三角帽。我不明白他是怎么让它不掉下来的，猪身上则缠绕着我们国家的无畏的国旗。不管怎样，我认为，要是我看到一帮年轻的旅行者处在由一头猪引起的困境中，我一定会帮忙的，而不是在树篱中傻笑，不论这些旅行者和那头猪穿成什么样儿。

真是激烈，谁要是不曾有机会穿着完全为另一个角色准备的衣服去追一头猪，谁就不会相信那种激烈程度。面粉从奥斯瓦尔德的头发上跌落到眼睛里和嘴里。他的额头被弄得湿漉漉的，村里铁匠的脸上也是被这种东西①弄湿的。不单单是他洁白的额头，它顺着他的脸流下来，把红色冲成一条条的纹路。他擦擦眼睛，结果变得更糟。爱丽斯不得不两手抓着女骑手的裙子跑，而我认为那牛皮纸绑腿从一开始就没让诺埃尔好受过。多拉把裙子提在胳膊上，把礼帽拿在手里。就算我们对自己说这简直就是在猎捕野猪也没用②——我们早顾不上这个了。

最后，我们遇到了一个怜悯我们的人，他是个好心肠的人。我认为或许他自己也有头猪，或者可能他也有自己的孩子。向他的名字致敬！

他站在路中间，挥着胳膊。那头猪右转弯穿过一扇门，跑进一个私人花园，慢慢沿着车道跑。我们跟在后面。我们还能做什么呢？我倒想知道。

那头有学问的黑猪似乎认识路。它先是转向右边，然后转向左边，来到一块草坪上。

"现在，一起上！"奥斯瓦尔德喊道，竭尽全力声音嘶哑地发出命令，"围住它！切断它的后路！"

我们几乎要围住它了。它轻快地跑开，朝房子跑去。

"现在我们堵住它了！"点子多的奥斯瓦尔德喊道，这时，猪跳上了红房子墙边的一个黄色紫罗兰花圃。

即使到那时，一切还原本都会好的，可是丹尼最后退缩了，不敢像个男子汉那样与猪面对面。他让猪逃过去，接下来，随着一声尖叫："那儿！"猪冲进了一个落地窗里。追捕者并没停步，根本没时间去讲究小礼仪。很快，猪就成了俘虏。爱丽斯和奥斯瓦尔德在桌子下面用胳膊搂住那猪，桌上原本放着茶杯，现在

---

① "这种东西"指的是汗水。
② 在本书的姊妹篇《寻宝人的故事》中有把果冻当野猪的情节。

却是一片狼藉。在捕猎者和他们的猎物周围，站着惊呆了的人——他们是为穷人做衣服的一个教区协会的会员，那头猪把我们领到了他们中间。我们把猎物赶得躲到他们的桌子下面时，他们正在读教会公报之类的东西。甚至在猪跨进门内时，我还听到什么"黑人兄弟们已准备丰收"之类的话。女士们都在给穷苦的黑人缝法兰绒衣服，而助理牧师为她们朗读。你认为他们是因为看到猪和我们才尖叫？你说对了。

总之，我不能说那个教会的人表现得很糟糕。奥斯瓦尔德解释说这全是那头猪惹的祸，并相当得体地请求原谅女士们所受的惊吓。爱丽斯表达了我们有多抱歉，但这次真的不是我们的错。那个助理牧师看起来有些讨厌，但由于有女士们在场，他克制住了自己的脾气。

解释完后，我们说："我们可以走了吗？"助理牧师说："越快越好。"但房子的女主人问了我们的姓名和住址，说她会写封信给我们的老爸。（她这样做了，我们也听说了。）他们没有做任何事情来惩罚我们，奥斯瓦尔德一度认为那牧师会主张惩罚我们的。他们让我们走了。

于是我们走了，走之前还讨了一根绳子，好去牵猪。

"万一它又跑回到你们漂亮的房间里，"爱丽斯说，"那就会是个大大的遗憾了，不是吗？"

一个穿着浆过的围裙的小姑娘被派去找绳子。当猪同意让我们把绳子系在脖子上后，我们马上就走了。客厅里的那一幕时间并不长。猪慢悠悠地走着。

"像弯弯曲曲的小溪。"丹尼说。就在大门旁边，灌木沙沙响着分开了，那个小姑娘走了出来，围裙里装满了蛋糕。

"喂，"她说，"跑了这么远的路，你们一定饿了。我想，你们吃了这么多苦头后，他们或许应该给你们一些茶点的。"我们得体地感谢了她，接受了蛋糕。

"我希望我能在马戏团表演，"她说，"给我讲讲。"

我们边吃蛋糕，边讲给她听。我们吃完后，她说也许听听比亲自去做好，特别是山羊和迪克的那部分。

"不过我真的希望婶婶给了你们茶喝。"她说。

我们告诉她不要太苛责她的婶婶，因为你必须替大人着想。分手时，她说她永远也不会忘掉我们。奥斯瓦尔德把他口袋上的纽扣钩和组合螺丝刀作为礼物送给了她。

迪克对付那山羊（这是真的，不是开玩笑）是那天唯一写进《善行录》里面的事，是在我们去追猪的时候他自己写进去的。

爱丽斯和我抓到猪的经过从未被写进去。我们不屑于把自己的好行为写进去，但我想迪克在我们不在的时候觉得无聊，而且你必须可怜那些感到无聊的人，而不是责备他们。

我不会去费力气告诉你们，我们是怎么把猪弄回家的，或者是怎样把驴抓住的（那跟猪相比没有什么乐趣）。至于人们对黑猪的勇敢追捕者们都说了什么和做了什么，我一个字都不会告诉你。我已经把一切有意思的部分告诉了你们，别再想知道其他的。它最好被掩埋起来。

第七章

当河狸或年轻的探险者（北极或其他）

你在书上读到过伦敦的乐趣，还读到过生活在乡村的人是如何向往城里的时尚潮流，因为他们的乡村太乏味了。对此，我完全反对，在伦敦或者就算在莱维沙姆，没有任何事情发生，除非你要它发生。或者，即使发生，也不会发生在你身上，你也不认识那些遇到这些事情的人。但在乡村，最有趣的事情大量发生，而且发生在你身上的机会和任何其他人的一样多，常常是完全无须你做任何事情去推动。

乡村里自然而健康的谋生方式也比城里愉快得多。春种秋收，和动物打交道，这种运动远胜于贩鱼、烤面包或是卖油等等之类的事情，当然也有例外，那就是管道工和煤气工的工作，这类工作在城里和乡下没什么差别，有趣极了，像个工程师一样。

我还想起来，当老爸的生意陷入困境的时候，那个来我们位于莱维沙姆的旧房子家里切断煤气的人是多么好。他是个真正的绅士，给了奥斯瓦尔德和迪克一根两码又四分之一长的好铅管，还有一个只少个垫圈的铜制水龙头，外加满满一把的螺丝钉，任凭我们使用。我记得，有天晚上伊莱扎未经允许就私自出门，我们用螺丝钉把后门给钉上了，结果大吵了一场。我们并不想让她陷入困境。我们只是认为，要是她早上下来拿牛奶时发现门钉上

103

了，那一定会很好玩儿。但我不应再说莱维沙姆的事了，那只是快乐的记忆，和当河狸或任何探险工作并无关系。

我认为多拉和戴西是那种会规规矩矩地长大、没准儿会嫁给传教士的姑娘。我很高兴奥斯瓦尔德的命运目前看来似乎会不同。

我们进行了两次探险，去发现尼罗河（或是北极）的发源地，由于戴西和多拉总是在一起，做些无聊又值得称许的事情，比如像缝缝补补啦，帮人做饭啦，把给病号吃的佳肴送给穷人和愤世嫉俗的人啦，等等。所以她们两次都没有参加，虽然多拉的脚现在已经完全好了，可以去北极或赤道。对于第一次，她们说她们不在乎，因为她们想使自己保持干净。而这又是她们两个的一个奇怪之处。她们说她们那次比我们过得更快乐。（只是有一个牧师和他的妻子来拜访，喝茶的时候有热蛋糕。）至于第二次，她们说很庆幸没参加。没准儿她们说得对，但让我继续说下去，我希望你们会喜欢。我准备用不同的方式来描写它，像在女子学校里当作奖品发给你的那种书一样，我指的当然是"年轻女士学校"，不是文法学校。文法学校的愚蠢程度远远赶不上其他类型的学校。我这样写道：

"'哎呀，天哪！'一个 12 岁的苗条少女叹息道，摘下她雅致的帽子，用纤细的手指轻轻掠了一下金黄的卷发，'多么沮丧啊——不是吗？——看到身强力壮的小伙子和年轻的女士在懒惰和浮华中耗费掉宝贵的夏日。'"

"这位姑娘冲着那群坐在毛榉树的浓密树阴下、吃着黑醋栗的小伙子和女孩子们不满地皱起眉头，然而却带着诚挚的亲切。"

"'亲爱的兄弟姐妹们，'红着脸的姑娘继续说，'我们能不能在这最后的时刻利用我们被浪费掉的生命，去寻找一些能提高自己又令人愉快的工作？'"

"'我不太明白你的意思，亲爱的妹妹，'答话的是她那个最聪明的哥哥，在他的额头上——"

这没用，我无法像那些书那样写。我纳闷儿这些书的作者怎么坚持下来的。

真正发生的是，我们都在果园里从一片卷心菜叶子上拿黑醋栗吃，爱丽斯说：

"我说，听着，咱们来干点儿什么吧。白白浪费这样的一天简直太傻了。现在才刚刚十一点。走吧！"

奥斯瓦尔德说："去哪儿？"

这就是故事的开头。

环绕着我们房子的壕沟是由许多水流汇集而成的，其中之一是一条敞开的溢流管，来自果园另一侧流淌的大河。

当爱丽斯说：

"为什么不去探寻尼罗河的源头呢？"她所指的就是这条河。

当然，奥斯瓦尔德清楚地知道，真实存在的埃及尼罗河源头早已找到，不再潜藏在那个它很久以来一直潜藏着不受打扰的神秘地方，但他不打算这样说。知道什么时候不该说真是了不起的事。

"为什么不把它当作南极探险呢？"迪克说，"那样我们就可以带着冰斧，靠鲸油等东西为生。此外，这也更好听。"

"投票！投票！"奥斯瓦尔德喊道，于是我们就投票。奥斯瓦尔德、爱丽斯、诺埃尔和丹尼投票赞成有朱鹭和鳄鱼的河。迪克、赫·沃和其他姑娘投票赞成四季冰封和有大量鲸油的地方。

于是，爱丽斯说："我们可以边走边决定。总之，咱们开始吧。"

现在要解决供给品的问题。每个人都想带些不同寻常的东西，而且都认为其他人带的东西没什么用处。大人们的探险有时也发生这种问题。于是，能应付最棘手的突发事件的奥斯瓦尔德说道：

"每个人带上自己喜欢的东西，我们的秘密存放点就是马厩角落里的那个小屋，它的门曾被我们拆下来做过木筏。由队长决定谁带什么。"

我们就这么办了。你或许认为收拾好探险装备只需一会儿工夫，但其实不是，特别是当你弄不清你的探险队伍是要到非洲中部，还是仅仅到冰山和北极熊的世界去的时候。

迪克希望带上砍木头的斧子、碎煤锤、一条毛毯和一件橡皮布雨衣。

赫·沃带了一大捆柴，以防我们不得不生火，还带了一双旧溜冰鞋，那是他碰巧在贮藏室里看到的，以防备着冒险时遇上冰天雪地。

诺埃尔偷了一打火柴、一把锹、一把泥铲，还搞到了一罐腌洋葱，我不知道他是用什么方法搞到的。

丹尼带了根手杖，我们没办法不让他拿着手杖走路，一本在厌烦了当探险者时可以去看的书，一张捕蝴蝶的网，一个带软木塞的匣子，一只羽毛球（如果我们碰巧想在探险休息时玩羽毛球游戏的话），还有两块毛巾和一把伞，以备野营之需（或者如果河水大到能够游泳，或是如果我们掉进去的话）。

爱丽斯为诺埃尔带了条羊毛围巾，以防我们玩得太晚，一把剪子、针和棉线、两根蜡烛，以便在遇到洞穴时使用。

她还考虑周到地带着餐厅里小桌子上的台布，那样我们就能把所有东西打成一个包轮流背着。

奥斯瓦尔德把全部精力都用在食物上，其他人也没忽略这个。

所有的探险储备品都放在了这块桌布上，系上了四个角。然而，即使是奥斯瓦尔德强有力的臂膀也无法把它从地面上拎起来，于是我们决定不带它，只带些精选的食物。剩下的我们藏在干草里，因为生活中会有起有落，而食物在任何时候都是食物，其他的各种储备也一样。我们不得不留下腌洋葱。

接着，多拉和戴西像平常一样勾肩搭背地来了，像杂货店年历上的画，说她们不参加。

像我说过的那样，这是酷热的一天，探险者们对应该带什么食品产生了异议，赫·沃丢了一根吊袜带，而且不让爱丽斯用手绢代替，虽然温柔的姐姐很乐意去做，因此，在明媚的阳光下进行的这次探险从一开始就令人沮丧。探险的目的是寻找河的源头，那里是克利奥帕特拉在莎翁剧作里航行的地方（或是南森先生在那本巨著里描写的冰天雪地的平原）。

但平静的大自然所呈现的安宁很快让其他人不那么生气了，奥斯瓦尔德其实并未生气，只不过是不想做其他人想做的任何事情。我们沿着河流走了一段，看到一只水鼠，冲它扔了一两块石头，并没击中。此时彼此间的融洽关系已经恢复。

你会明白，我们并不是那种在河附近住了很久却从没测过水深的人。实际上，这就是我们玩马戏团那天绵羊勇敢地跳了进去的那条河。当然，我们也经常在里面水浅的地方戏水，但现在，我们的心思全放在了探险上，至少也是应当放在那上面。但当我们到达河水从一座放羊木桥底下流过的地方时，迪克叫道："露营！露营！"我们立刻全都高兴地坐了下来，一点儿也不像真正的探险者，他们不知道休息，不管白天还是黑夜，直到他们到达目的地（不论它是北极，还是旧式地图上中间标着"撒哈拉大沙漠"的地方）。

各位队员搞到的食品很好吃，数量也很多，有蛋糕、老鸡蛋、香肠卷、醋栗、柠檬奶酪饼、葡萄干，还有凉爽的苹果布丁，全都非常美味，但奥斯瓦尔德还是忍不住感到，尼罗河的源头（或者北极）还很远，或许等你到达的时候就没多少存货了。

因此，当吃的东西被扫光，丹尼躺在那里踢着河岸说了以下这番话时，奥斯瓦尔德并没有感到不快。丹尼说：

“我相信这是黏土。你用黏土做过大盘子和碗，并把它们在太阳下晒干吗？在一本叫《不公平的比赛》的书里，有人这么干过，我相信他们同时还做了海龟，牡蛎，还有其他东西。”

　　他拿起一块黏土，开始在手里团来团去。马上，笼罩着探险者们的沉闷消散了，我们都跑到桥的阴影下，摆弄起泥巴来。

　　“这很好玩！”爱丽斯说，“我们可以把大盘子给那些住在小屋里的穷人。那才是真正的善行。”

　　用黏土做出盘子，比你读到和又想象到的要难。你刚把它弄出个模样来，它就散了，除非你弄得很厚，但那样的话，你刚把边缘卷起来，它就裂了。可我们并不怕麻烦。我们脱了鞋和袜子。当脚浸在凉爽的水里时，你就不可能再继续心情不好了。不管有多脏，在黏土滑溜溜脏兮兮之中都有某种东西能抚慰最糟糕的心情。

　　然而过了一会儿，我们就放弃了做大盘子的念头，尝试着做些小东西。我们做了一些浅盘子，是些看上去有花盆那么大的碟子。爱丽斯做了一只碗，她握起拳头，让诺埃尔把黏土糊在外面。随后他们用湿手指把里外弄平整，一只碗就做好了，至少他们说那是只碗。我们做了一大堆东西，把它们放在太阳下晒干。不过，觉得不把事情做彻底有些可惜，于是我们燃起一堆篝火，当火势减弱时，把坛坛罐罐放到红色小火花之中的柔软、白色、热乎乎的余灰上，然后把灰踢到它们上面，在上面加了更多燃料。火势十分壮观。

　　然后，似乎快要到吃茶的时间了，我们决定第二天回来拿我们的坛坛罐罐。

　　我们穿过田地回家的时候，迪克向后看了一眼，说：“篝火现在燃得很旺。”

　　我们看了看，的确如此，巨大的火苗在夜空下腾空而起。而我们离开时，那篝火只不过是在闷烧。

"一定是黏土烧着了，"赫·沃说，"或许是那种能够燃烧的黏土。我听说过火泥，还有另一种是可以吃的。"

"啊，闭嘴!"迪克带着不安的蔑视说。

我们一起转身回去。大家都有了感觉，那种感觉意味着某种不幸的事情正在发生，而且那是你的过错造成的。

"或许，"爱丽斯说，"一个穿着棉布衣服的美丽的年轻女士正路过，一个火星溅到了她身上，现在她正在火苗的包围下痛苦地打滚。"

我们现在看不到火了，因为树林的一角遮住了视线，但我们希望爱丽斯说的不对。

但是，当我们望得见制陶现场时，看到它和爱丽斯那疯狂的想象一样糟糕，因为通向桥的木篱笆已经着火，正熊熊燃烧。

奥斯瓦尔德开始跑起来，其他人也开始跑。他一边跑一边对自己说："现在不是考虑衣服的时候。奥斯瓦尔德，勇敢些!"

他的确很勇敢。

到达火灾的地点后，他看出，无论怎样飞快不断地用盛满水的帽子或草帽去浇水，也永远不会把桥上的火扑灭。在经历了过去发生的那些事情后，他很清楚地知道这样一次事故会招来什么样的责骂。

于是他说："迪克，到河里把你和我的上衣浸湿，用来扑火。爱丽斯，站到一边去，要不然你们这些傻姑娘的衣服一定会着火。"

迪克和奥斯瓦尔德扯掉身上的上衣，还有丹尼，但我们不会让他和赫·沃弄湿他们的衣服。接着，勇敢的奥斯瓦尔德小心谨慎地冲到燃烧着的栏杆跟前，把他的湿衣服盖在栏杆的末端上，就像把亚麻子药膏盖到一个痛苦的支气管病人的咽喉上。燃烧的树木嗞嗞叫着，冒起烟来，奥斯瓦尔德后退几步，差点儿让烟给呛得窒息。但他马上抓住另一件湿上衣，把它盖在另一个地方，这办法还真管用，他就知道它会管用的。但这是个费时的工作，眼睛被烟熏得睁不开，迫使这年轻的英雄让迪克和丹尼轮流上场，而这两人从一开始就争着要上。最后，一切都安全了，凶恶的火焰被征服了。我们用泥土把该死的篝火盖住，避免让它再次成为灾难，随后爱丽斯说：

"现在我们必须去坦白这事。"

"当然。"奥斯瓦尔德简短地说了句，他一直就打算坦白。

因此我们立刻就到那个拥有莫特府农场的农夫那儿去，因为要是你有那种消息要报告的话，等得越久会让事情变得越糟。当我们告诉他后，他说：

"你们这些小——"除了这些之外，我不想说他还说了什么，因为我确信他下个星期日去教堂的时候一定会为此后悔的，如果他不在此之前就后悔的话。

我们根本没在意他说的话，只是不断说着我们有多抱歉。他也没有像男子汉那样接受我们的道歉，但只是像个女人那样说着"他敢说"之类的话。接着他过去看他的桥，而我们回家去喝我们的茶。上衣再也恢复不到以前的样子了。

真正伟大的探险家绝不会因一个农夫的"敢说的话"而气馁，更不会因为他骂的那些本不该骂的话而气馁。阿尔伯特的叔叔不在，于是我们没有受到双重责骂。第二天，我们又出发去寻找有瀑布的河的源头（或者有冰山的地区）。

我们出发了，吃力地带着戴西和多拉做的一个大蛋糕，还有六瓶杜松子酒。我认为真正的探险家大半会把杜松子酒放到一些较轻的容器里，而不是石头般的瓶子里，或许把它放在木桶里，这样会轻一些。你也可以让女孩子们扛在背上，像《军旅女儿》电影里演的那样。

我们经过了凶恶火灾的发生地点，一想到火我们就口干舌燥，于是大家决定把杜松子酒喝光，把瓶子放在一个隐蔽的地方。接着我们继续前进，决心在当天到达我们的目的地，不管它是热带还是极地。

丹尼和赫·沃想停下来，试着在小河像一片小海洋一样泛滥开来的地方搞个时髦的温泉浴场，但诺埃尔说"不"。我们可不喜欢时髦。

"至少你应该喜欢，"丹尼说，"柯林斯先生写了一首《时尚的颂歌》，他是个伟大的诗人。"

"诗人弥尔顿写了一本关于撒旦的长篇，"诺埃尔说，"但我不一定非得喜欢他。"我认为诺埃尔回答得很巧妙。

"人们连自己写出来的东西都不一定必须喜欢，更不用说是读到的东西了，"爱丽斯说，"瞧瞧'你最终要毁灭，残忍的国王！'吧，还有所有关于战争、暴君和被屠杀的圣人的那些诗，还有那首你自己写的关于黑甲虫的诗，诺埃尔。"

那时我们已经走过了池塘，被耽搁的危险过去了。不过，当我们沿着河岸走的时候，其他人没完没了地继续讨论着诗。小河的这个地方又宽又浅，你都能看见河底的石头和沙砾，成千上万条小鱼，还有一种水蜘蛛在水面上散步。丹尼说水对于它们来说一定是冰，能在上面走路，也表明我们正在接近北极。但奥斯瓦尔德看到林边的一只翠鸟，就说它是只朱鹭，于是大家扯平了。

当奥斯瓦尔德听到的诗快让他受不了时，他说："咱们来当河狸，建个坝吧。"大家都很热，于是高兴地同意了。我们把衣服尽可能地挽起，腿在水里看上去是绿色的，从水里出来后是粉红的。

建个大坝有趣极了，尽管费劲，就像介绍河狸的书里特别向你介绍的那样。

迪克说，要是我们是河狸，那儿就一定是加拿大，因此我们是在去极地的路上。但奥斯瓦尔德指指自己很热的前额，于是迪克承认这对于极地来说太热了。他带了冰斧（它有时也叫砍木机），总是准备好担任指挥。也有能力担任指挥的奥斯瓦尔德让他和丹尼从岸上砍草皮下来，而我们往河里堆石头。这儿有黏土，否则想造大坝当然没门儿，哪怕是最训练有素的河狸。

我们堆起了一道石垒，开始把草皮盖在上面。石垒几乎横跨整个河流，只留了大约两英尺的地方供水通过；然后是更多的石头，再使劲儿把大块大块的黏土往下踩。辛勤的河狸在这道石垒上花了好几个小时，只留了一个小时吃蛋糕。最后，大坝达到了与河岸平齐的高度。接着，河狸们集起了一大堆黏土，他们中的四个抬起了它，扔进了水流通过的缺口，溅起了很大的水花，但一只货真价实的河狸绝不会在乎被弄湿的，就像奥斯瓦尔德当时对爱丽斯说的那样。然后，在扔进更多的黏土后，工程结束了。我们一定用了好几吨黏土，因为大坝上方的河岸上留下一个很长的大洞，我们的土正是从那儿弄来的。

河狸的任务完成后，我们继续前进，迪克很热，于是就把上衣脱掉，不再谈冰山的事情。

我无法对你讲述小河的全部转弯。它穿过田地、树林和牧场，最后，河岸变得更陡，更高了，头顶的树木暗暗地拱起了它们神秘的枝条，我们感觉就像神话里面寻找财富的王子。

这时我们看到了一个东西，它完全值得我们从老远的地方一路走来。小河突然消失在一个黑暗的石头拱门下面，而且，无论你怎样站在水里把头弯到膝盖之间，你也看不到那一头有任何光亮。

在这里，小河比我们当河狸的地方小了很多。

亲爱的读者，你们马上就猜得到说话的是谁，他说："爱丽斯，你带了根蜡烛。咱们去探险吧。"这个英勇的建议遭到冷遇。其他人说他们对那个不太感兴趣，而且，到了该喝茶时怎么办呢？

我常常在想，人们企图用喝茶来掩饰自己胆怯的这种做法令人讨厌。

奥斯瓦尔德没有理会。他摆出威严的样子，一点儿也不像生气，这是他很擅长表演的，仅仅说道："好吧，我要去。你们要是害怕，最好赶快回家，让保姆哄你们睡觉。"那样一来，他们就同意去了。奥斯瓦尔德拿着蜡烛走在最前面。这可并不舒服，阴暗的地下通道的设计师没想过竟会有人这么大胆，敢领着一群河狸到它漆黑的幽深处来，不然他就会把通道修得高一些，使人能够站起腰来。事实上，我们几乎弯成了直角，要是时间长的话这是很难受的。

但是领路人毫不畏惧地往前走，一点都不理睬忠实地跟在后面的人所发出的抱怨，也不理睬他们对自己的后背所说的那些话。

不过那可真是一条很长的隧道，连奥斯瓦尔德都没有任何遗憾地说："我看到阳光了。"跟在后面的其他人一面噼里啪啦地踩着水，一面尽情欢呼。地道的底部跟上面一样，是石头砌成的，因此走起来很容易。我认为如果是尖利的石头或是沙砾的话，追随者们早都向后转了。

现在，隧道尽头的那点阳光变得越来越大，不一会儿，勇敢的领路人发现他自己在阳光下直眨巴眼，手里拿着的那根蜡烛看上去挺可笑的。他出来了，其他人也出来了，他们伸直了背，"哎呀"这个词不止从一张嘴里蹦出来。这真是一次艰难的冒险。紧靠着隧道口的地方生长着灌木丛，因此我们看不到多少景色。在舒展了背之后，我们往上游走去。没人说自己已经受够了，尽管不只一颗年轻的心都是这么想的。

再次受到太阳的照耀真好，我以前从不知道地下有这么冷。小河现在变得越来越细了。

迪克说："这不是我们要走的路。我想地道里应该有通向北极的转弯，只是我们没看到。那儿真冷。"

可是小河在这里拐了个弯，使我们离开了灌木丛，奥斯瓦尔德说：

"这儿有最大量的陌生的野生热带植物，这些花朵从来不在寒冷的地方开放。"

这一点不假。我们到了一个像沼泽一样的湿湿的地方，跟我想象的一样，一片丛林，小河从这儿流过，这里到处都是奇异的植物和花。水流非常细，走在里面又烫又软。灯芯草、芦笛和小柳树全都和不同种类的草纠缠在一起，水坑到处都是。我们没看见野兽，但是有各种各样的野生苍蝇和甲虫，多得让人受不了，还有蜻蜓和蚊子。女孩子们采了许多花，其中有些名称我是知道的，但我不想告诉你，因为这并非在上课。因此我只提提绣线菊、西洋蓍草、千屈菜、垫子草和柳兰，有的大一些，有的小一些。

此时大家都想回家了。这儿比在田野里热得多，热得想扯掉所有衣服，光着身子玩耍，而不是穿着靴子来维持体面。

但我们不得不忍受靴子，因为荆棘太多。

奥斯瓦尔德对其他人说，要是我们从原路回家是多么乏味单调，他指着远处的电报线说：

"那儿一定有条路，咱们朝那儿走。"这说起来是件稀松平常的事，他并不为争功。于是我们在泥泞中往前走，荆棘刮擦着腿，靴子里都是水，爱丽斯的蓝棉布外衣布满了相当难缝补的十字交叉的口子。

我们不再沿着小河走。它现在只是一条小细流，所以我们知道，我们已经找到了它的源头。我们越来越热，恼人的露水滴像珠子一样布满我们的额头，沿着鼻子滚下来，从下巴滚落下去。苍蝇"嗡嗡"叫，蚊子叮咬，迪克被一棵大树绊了一跤，倒在荆棘丛里，奥斯瓦尔德勇敢地想鼓起他的勇气，他这样说道：

"你瞧，这就是我们发现的尼罗河的源头。北极现在还有什

114

么价值呢?"

爱丽斯说:"啊,可是想想冰吧!我认为奥斯瓦尔德倒宁愿这是极地,不管怎样……"

奥斯瓦尔德自认是领路人,特别是当实施他自己的主意时,但他知道领路人除了领路外还有其他责任,其中之一就是援助虚弱或受伤的探险队员,无论在极地还是在赤道。

所以,其他人就走到了奥斯瓦尔德前面一点,而奥斯瓦尔德要伸手帮助蹒跚的丹尼通过难走的地方。丹尼的脚让他痛苦,因为在当河狸的时候,他的长袜从口袋里掉了出来,没有袜子的靴子绝不舒适。他的脚常常不走运。

不久,我们来到了一个池塘,丹尼说:

"咱们玩水吧。"

奥斯瓦尔德乐意丹尼能想出主意。他知道这对那男孩有益无害,一般情况下他会支持他,但此时天色已晚,其他人又走在前面,于是他说:

"噢,少废话!快走!"

一般情况下丹尼会服从的,但再温顺的人也会闹别扭,如果他们热得难受,如果他们的脚在折磨着他们的话。"我不管,我就要!"他说。

奥斯瓦尔德没在意这次造反,也没说谁是头儿。他只是说:"好吧,别玩儿太久,"因为他是个好心肠的男孩,而且能够容忍别人。于是,丹尼脱下靴子,走到水坑里,"噢,妙极了!"他说,"你应该下来。"

"它看上去泥巴太多了。"宽容的头儿说。

"有点儿泥,"丹尼说,"但泥和水一样凉爽,这么软,它从你的脚趾间挤上来,和靴子的感觉完全不一样。"

于是他扑腾着水花,不断邀请奥斯瓦尔德一起下来。

但某种看不见的感应阻止了奥斯瓦尔德下去,也许是因为他的鞋带全打了死结。

　　奥斯瓦尔德有理由感谢这看不见的感应，或是鞋带，或是其他什么东西。

　　丹尼走到了水坑的中央，他溅得水花四起，把衣服弄得湿淋淋的，你会认为他处在最令人羡慕的幸福状态中。可是，唉，有句话叫做乐极生悲。当他正说着："你真傻，奥斯瓦尔德。你真不如……"这时，他发出一声吓死人的尖叫，开始乱踢起来。

　　"怎么回事？"有所准备的奥斯瓦尔德喊道。根据丹尼尖叫的方式判断，他担心发生最坏的事情，不过他也知道在这个安静的丛林地带，那不会是旧的肉罐头盒，就像那个在壕沟里的罐头盒一样，它被当成是咬了多拉的"鲨鱼"。

　　"我不知道，它在咬我。啊，它在腿上到处咬！啊，我怎么办？啊，好疼啊！哎哟！哎哟！哎哟！"丹尼一面尖叫，一面说道，他扑腾着朝岸边走来。奥斯瓦尔德下到水里，抓住了他帮他爬出来。奥斯瓦尔德穿着靴子这没错，但我相信，就算是没穿靴子，他也不会害怕水里的未知危险，我敢肯定他不会。

　　丹尼手忙脚乱地爬上来并被拖到岸边，我们惊恐又惊奇地看到，他的腿上布满了黑色的、鼻涕虫一样的东西。丹尼的脸都变绿了，连奥斯瓦尔德都感到有点不舒服，因为他立刻明白那黑色可怕的东西是什么了。他在一本叫《有吸引力的故事》的书里看到过，书里有一个叫西奥多西娅的姑娘，她能在钢琴上弹最美妙的高音二重奏，但另一个姑娘了解很多有关蚂蟥的知识，而这知识要有用得多，也宝贵得多。奥斯瓦尔德试着把蚂蟥扯下来，但它们不肯下来，丹尼号啕大哭，因此他不得不停止。他想起了那本《有吸引力的故事》书里，是如何让蚂蟥开始咬人的（女孩子用的是奶油）但他记不起来如何让它们停下来，而且它们根本不需要别人去演示如何开始咬人。

奥斯瓦尔德下到水里，帮他爬出来

117

"啊，我怎么办？怎么办哪？啊，疼死我了！哎哟，哎哟！"丹尼说道。

奥斯瓦尔德说："勇敢些！振作起来！要是你不让我把它们弄掉，只好带着它们走回家吧！"

这个念头让不幸的小伙子眼泪纷纷落下。但奥斯瓦尔德用臂膀扶住他，替他拎着靴子，而他也同意要振作起来，于是这两个人挣扎着去追其他人。其他人听到了丹尼的惨叫，正在往回走。除了喘气的时候，他一刻也没停止过嚎叫。没人责备他，除非他们自己的右腿上也有十一只蚂蟥，左腿上有六只蚂蟥，总数是十七只，迪克马上说。

结果，幸亏他不停嚎叫，因为在有电报线的路上，有个男人对他的嚎叫发生了兴趣，他就奋力穿过沼泽向我们走来。看见丹尼的腿，他说道："我猜得果然不错。"他抱起丹尼，把他夹在一只胳膊下，丹尼仍然像刚才那样不断叫着"哎哟！"和"痛死啦！"

我们的救星原来是个优秀的大个子青年人，正当好年华，职业是农场的劳工，穿着灯芯绒裤子，他把可怜的受害者带到了他和老母亲住的一幢村舍里。然后，奥斯瓦尔德发现他所忘记了的关于蚂蟥的事情是盐。年轻人的母亲在蚂蟥上撒了盐，它们蠕动着掉落到砖地上，发出恶心的像鼻涕虫一样的啪嗒声。

然后，在丹尼的腿被绷带包扎好后，穿灯芯绒的年轻人把他背回了家，他看起来就像"受伤的战士胜利归来"。

从大路上走并不远，不过沿着年轻探险家们来时走的路却要走很远。

他是个好青年。我很高兴他在做出善行的同时得到了阿尔伯特的叔叔给的两个半克朗。但我不能肯定爱丽斯是否应当把他加入到《善行录》中，因为那记录本是留给我们自己用的。

或许你会认为这就是尼罗河源头（或北极）故事的结局了。

要是你这样认为的话，它只能说明像你这样的文雅读者犯了个大错。

受伤的探险家躺在沙发上，伤口上绑了绷带，我们都在吃下午茶，有黑莓、白葡萄干，这是我们经历了热带探险后非常需要的东西。这时，管家帕蒂格鲁太太从门口探头进来，对阿尔伯特的叔叔说道："我能和您说会儿话吗，先生?"她讲话的声音使我们在大人出去后不由得相互望了望，然后一言不发，黄油面包停在了送往嘴边的半路上，或者茶杯停在了飞向唇边的半空中。

事情和我们想的一样。阿尔伯特的叔叔过了很长时间都没回来。当然，我们没有让面包加黄油一直处在悬空中，因为我们想还不如把黑莓和白葡萄干吃完。当然，我们给阿尔伯特的叔叔留了一些，而且是最好的，但他回来后并没注意到我们考虑周到的无私行为。

他进来了，脸上带着的那种表情意味着我们都要去睡觉，而且很可能连晚饭都没了。

他开口了，带着白热化的铁一般的平静，有点像那种绝望的平静。他说道：

"你们又干坏事了。到底是什么让你们鬼迷心窍地要去建一座坝?"

"我们在当河狸。"赫·沃用自豪的声调说。他没像我们那样听出阿尔伯特的叔叔的话是什么意思。

"无疑，"阿尔伯特的叔叔说，用手搓着头发，"无疑！无疑！好，我的河狸们，你们可以用你们的垫子去建坝啊。你们的坝阻断了河流，你们拿去修坝的黏土留下了一条水沟，水从那里流下来，毁坏了价值大约 7 磅的刚收割的大麦。幸运的是农民及时发现了它，要不你们可能会毁掉 70 英镑，另外你们昨天还烧了座桥。"

我们说我们很后悔，此外无话可说，只有爱丽斯加上一句：

"我们并没有成心淘气。"

"当然没有，"阿尔伯特的叔叔说，"你们从来都没有。噢，是的，我要亲亲你们，但现在该上床了，明天得写二百行，要写的句子是——'谨防扮演河狸和烧桥。小心大坝。'"

凭这个我们就知道了，他尽管很恼火，但并不是狂怒。我们上床睡觉了。

那天晚上，在其他人睡着时，奥斯瓦尔德说：

"我说。"

"说吧。"他的弟弟应道。

"有一件事得说，"奥斯瓦尔德继续，"这的确说明那确实是个很结实的大坝。"

带着这个令人愉快的想法，疲倦的河狸（或极地或其他方面的探险者）睡着了。

第八章

出身名门的婴儿

他真的不是一个非常糟糕的婴儿——对一个婴儿来说。他的脸圆圆的，挺干净，而婴儿的脸并不总是这样的，我敢说你看看自己的那些年轻的亲戚们就明白了。多拉说他的斗篷上装饰着纯正的花边。不管那是什么，我自己都不明白为什么一种花边会比另一种更纯正。我们看到他时，他在一个非常漂亮的婴儿车里，而婴儿车独自待在通向磨坊的小路上。

"我想知道他是谁的孩子，"多拉说，"他难道不是个宝贝吗，爱丽斯？"

爱丽斯同意他是一个宝贝，而且说她认为他很有可能是贵族父母的婴儿，被吉卜赛人偷走了。

"这两个人说不定就是，"诺埃尔说，"你们从他们躺着的样子上难道看不出有什么犯罪迹象吗？"

他们是两个流浪汉，躺在小路背阴一边的草地上睡得很熟，只比婴儿所在的位置远一点点。他们穿得破破烂烂的，打鼾时发出一种凶恶的声音。

"我想他们趁夜深人静时偷走了这位有爵位的继承人，从那之后就一直急匆匆地赶路，所以现在累得睡着了，"爱丽斯说，"当贵族母亲早上醒来发现婴儿没在床上时，那该是多么令人心碎的一幕。"

　　婴儿睡得很熟，要不女孩子们就要亲他了。她们对亲吻有非同一般的爱好。

　　"要是吉卜赛人真的偷了他，"多拉说，"没准儿他们会把他卖给我们。我在想他们会要什么。"

　　"要是你得到了他你怎么办？"赫·沃问。

　　"哎呀，当然是收养他呗，"多拉说，"我一直认为自己喜欢收养婴儿，这也会是桩善行。我们还没往记录本里写进什么呢。"

　　"我倒是认为有我们这些人就已经足够了。"迪克说。

　　"啊，可你们当中没有一个是婴儿。"多拉说。

　　"除非你把赫·沃当成婴儿，他的行为有时真的很像婴儿。"

　　这是因为那天早上发生的事，当时迪克发现赫·沃带着一盒蚯蚓去钓鱼，而那个盒子是迪克用来放他自己的东西的，什么银纽扣啦，在学校里得的奖章啦，手表和表链的残存物，等等。盒子里头衬着红天鹅绒的里子。事情发展到后来就不太像样了。然后，赫·沃就说迪克弄伤了他，是个卑鄙的恶棍，他还哭起来。我们原以为他们和好了，而现在非常遗憾地看到还有再度爆发的危险。所以，奥斯瓦尔德说道："噢，讨厌这婴儿！走吧，走！"

　　于是其他人都走了。

　　我们要到磨坊主那儿去，告诉他有些面粉还没到，再要一袋子猪吃的粗面粉。

　　走过小路后就遇到一块苜蓿地，接着是一块小麦田，然后又是一条小路，之后就是磨坊。这是座非常漂亮的磨坊，其实是两座——水磨和风磨，每样一个，还有房子和各种农场建筑。我从来没看到过这样的磨坊，我也不相信你看到过。

　　如果是在故事书里，磨坊主的妻子会把我们带到干净整齐的厨房里，那儿的旧橡木长凳因长久的摩擦变成了黑色。她会为我们擦椅子，那种旧的褐色温莎椅①，给我们每人一杯带着甜香的野樱草酒，外加厚厚一片奶油十足的家制面包，还会有新鲜玫瑰插在桌上的旧瓷碗里。实际情况是，她把我们都请到客厅，给了我们埃菲尔铁塔柠檬水和玛丽饼干。她客厅里的椅子是"弯曲木"的，除了一个玻璃罩下有些蜡花之外，没有鲜花。她非常和善，我们非常感激她。不过我们还是尽快走出了磨坊，只有多拉、戴西和她待在那儿，她给她们唠叨着自己的房客以及在伦敦的亲戚，等等。

磨坊主是个男子汉。他领着我们参观了整个磨坊，两种磨坊都看了，还让我们上到风磨的最顶上，告诉我们顶部是如何旋转，以使翼板能够把风捕获住；还有大堆大堆的谷物，有些是黄的，有些是红的（红的是英国小麦）。这些谷物堆每次下陷一点，掉入一个四方的洞口里，进入下面的磨盘里，发出一种柔和的瑟瑟声响，有些像海的声音，很好听，你能从磨坊的所有其他声音里分辨出它来。

随后磨坊主带着我们参观了整个水磨，磨坊里面像个仙宫。所有东西都被磨成了白色的粉末，就像你被允许自己动手时洒到薄烤饼上的糖一样。他打开一扇门，让我们看看巨大的水车在缓慢稳定地工作，像个圆圆的湿淋淋的巨人，诺埃尔说。然后，他问我们以前钓过鱼没有。

"钓过。"我们马上回答。

"那么为什么不在磨坊池塘里试试？"他说。我们有礼貌地回答了。当他走去和工人说话时，我们都觉得他是个大好人。

好事做到底。他带我们出来，砍了些岑树枝做鱼竿，还给我们找来鱼线和鱼钩，还有几种不同的鱼饵，包括一大把面粉虫，奥斯瓦尔德把它们松散地装进口袋。

---

① 温莎椅，18世纪流行于英美的一种细骨靠椅。

123

装鱼饵的时候，爱丽斯说她要同多拉和戴西回家。女孩子们是些奇怪、神秘、愚蠢的东西。爱丽斯总喜欢玩捉老鼠，但对钓鱼是彻头彻尾地厌恶。我们男孩子必须喜欢钓鱼。我们现在的感觉和上次把水放跑，从而中止了钓鱼比赛那时不一样了。我们痛痛快快地钓了一天的鱼，我想不出是什么让磨坊主对我们这么好。或许，在他那男子汉的心怀里，他对同行有一种同感，因为他就是个极好的渔夫。

　　我们的战果辉煌——八条石斑鱼、六条雅罗鱼、三条鳗鱼、七条河鲈还有一条小梭子鱼，可它太小了，磨坊主让我们把它放回去，我们当然照办。"它会活下去，等到改天再咬钩。"磨坊主说。

　　磨坊主的妻子招待我们面包、奶酪和更多的埃菲尔铁塔柠檬水，我们最后回家了，身上有些湿，但充满了成功的雄心，带着穿在绳上的鱼。

　　那真是段大好时光，是那种在乡村里完全自发出现的时光。乡下人比城里人要和善得多，他们可以不必将自己的友好感情散发给那么多的人，所以这感情就更加深厚，就像一磅黄油放在一块面包上要比放在一打面包上厚得多。友善在乡下并不会像在伦敦那样让人陷入麻烦，甚至连迪克和赫·沃也忘了早上发生的决斗。赫·沃和迪克换了鱼竿，因为赫·沃的鱼竿最好，迪克为赫·沃往鱼钩上装鱼饵，就像主日学校杂志里面那些充满爱心和无私的兄弟们一样。

　　我们一面讨论着与钓鱼有关的事，一面沿着小路穿过玉米田和苜蓿地，接着来到我们见到婴儿的那条小路。流浪汉已经走了，婴儿车也不见了，当然，婴儿也不见了。

　　"不知道是不是那些吉卜赛人把婴儿偷走了。"诺埃尔梦幻似的说道。他没钓多少鱼，但作了一首诗。诗是这样的：

我多么希望我是条鱼。

我不会去瞅

你的鱼钩，

只是淡漠静静地休息

在池底，

当你去查看

你那残忍的鱼钩时，

你不会发现我在那儿，

在那儿！

"要是他们真的偷了婴儿，"诺埃尔接着说，"根据那气派的婴儿车就可以追踪到他们。你可以把一个婴儿伪装在破衣服和胡桃木汁里，但没人能把一辆婴儿车伪装起来。"

"你可以把它伪装成独轮手推车。"迪克说。

"或是用叶子盖起来，"赫·沃说，"像知更鸟那样。"

我们让他闭嘴，别叽里呱啦个不停，可不一会儿我们就不得不承认，即使是个小弟弟，有时碰巧也能说些有道理的话。

我们从小路那里走了一条近路回家。这条近路从篱笆上的一个大缺口开始，然后是被人们的匆忙脚步踩平了的野草，这些人在去教堂时迟到了，因赶得太急而来不及走大路绕过去。我们的房子就在教堂隔壁，我想我在前面什么时候说过。

那条近路通向一小片树林边上的栅栏（人们把这树林叫做"牧师的胡子"，因为它是属于牧师的）。树木有很长一段时间没有修剪过了，都长到栅栏外面了。在这儿，在榛子树、栗子树和小山茱萸丛中，我们看到一个白色的东西。我们觉得调查清楚此事是我们的责任，就算那点白色仅仅是一只被机关套住的死兔子的尾巴内侧。

机不可失，他们想，现在有机会当真正的侦探

它不是兔子尾巴，而是那辆婴儿车的一部分。我忘了我是不是说过那辆婴儿车上涂着白色瓷釉，不是你在家里用伸出毛的艾斯比奥刷子做的那种瓷釉。它看起来有些粗糙，但很光滑，就像女士们的花边洋伞的伞把。不管是谁把这无依无靠的婴儿车抛弃在这个偏僻地方，他所做的事都正如赫·沃所说的那样，是用树叶把它盖了起来，只不过叶子是绿的，而且有些从车上掉了下来。

其他人都兴奋得不得了。机不可失，他们想，现在有机会当真正的侦探。唯独奥斯瓦尔德保持着平静的外表，他不愿意直接到警察局报案。

他说："在告诉警察之前，咱们瞧瞧能不能给自己搜出点东西来。警察一听说发现尸体，总能找到线索。此外，我们最好还是让爱丽斯参加进来。还有，我们还没吃中饭呢。"

奥斯瓦尔德的意见非常强有力，我敢说你一定注意到了，他的意见常常是这样的，因此其他人同意了。还是奥斯瓦尔德告诉他那缺心眼儿的弟弟们，为什么说他们最好不要把那辆被抛弃的婴儿车带回家。

"尸体，或者无论什么样的线索，总是应当保持被发现时的样子，"他说，"直到让警察、法医、验尸陪审团以及悲伤的亲属们看到。另外，假设有人看见我们和那个倒霉的东西在一起，认为我们偷了它，那么他们就会说：'你们把那个婴儿怎么样了？'那样一来我们该怎么办？"奥斯瓦尔德的弟弟们回答不出这个问题，他天生的雄辩和远见又一次获胜。

"不管怎样，"迪克说，"咱们来把这遗弃物往叶子下面推一推。"

于是我们推了。

接着我们回家了。午饭已经备好，爱丽斯和戴西也准备好了，但多拉不在。

"她得了——呃，反正她不来吃午饭了，"爱丽斯这样回答我们的询问，"过后她会告诉你们她得了什么。"

奥斯瓦尔德认为多拉是头疼，或者是生气要什么小脾气，于是他没再说什么。但是，在帕蒂格鲁太太招呼过我们并离开屋子后，他马上开始讲起那个令人激动的被弃婴儿车的事，讲得比谁都生动，但戴西和爱丽斯似乎完全不为所动。爱丽斯说："是啊，很奇怪。"还有类似的话，但两个姑娘似乎都在想其他事情。她们互相望望，尽量不笑，因此奥斯瓦尔德看出她们有个什么无聊的秘密，于是他说："噢，那好吧！我不想讲给你们听了，只是以为你们会想参加。这可是件大事，牵扯到警察，或许还有法官。"

"为了什么事?"赫·沃问，"那婴儿车吗?"

戴西噎着了，想喝水却把水喷出来，憋得脸都紫了，不得不让人拍拍背，但奥斯瓦尔德依然不满。当爱丽斯说道："继续讲，奥斯瓦尔德，我肯定我们都很爱听。"他非常有礼貌地说："噢，不必了，谢谢。我宁愿在没女孩子掺和进来的情况下把这事干完。"

"掺和进婴儿车的事吗?"赫·沃又说了一遍。

"这是男人的事。"奥斯瓦尔德接着说，没理会赫·沃。

"你真的这么认为吗?"爱丽斯说，"要是里面有个婴儿呢?"

"可是没有，"赫·沃说，"要是你指的是婴儿车里的话。"

"去你的吧，还有你的婴儿车。"奥斯瓦尔德带着沮丧的克制说。

爱丽斯在桌子下踢了踢奥斯瓦尔德，说道：

"别生气，奥斯瓦尔德。我和戴西倒是千真万确有个秘密，只是那是多拉的秘密，而且她想亲自对你们说。要是那个秘密是我的或戴西的，现在就可以告诉你，是不是，戴西?"

"立刻就告诉。"戴西说。

于是奥斯瓦尔德同意接受她们的道歉。

随后布丁上了桌，没人再说什么，除了请别人递东西过来以外，比如糖、水、面包，等等。

然后，布丁被吃光了，爱丽斯说道："来吧。"

于是我们就去了。我们不想扫人的兴，尽管我们很想去当侦探，好把婴儿车的事情弄个明白。可是，男孩子们必须尽量对自己姐妹的秘密感兴趣，不管这秘密有多无聊。这就是当一个好兄弟的部分责任。

爱丽斯领着我们穿过绵羊掉到小河里的那块地，踩着木板走过小溪。在下一块田地的另一侧，有一幢带轮子的木屋。每年当绵羊生小羊的时候，牧羊人就睡在那里，这样他就能保证它们不会在主人清点数目之前被吉卜赛人偷走。

爱丽斯现在把她亲爱的兄弟和戴西亲爱的哥哥领到这所小屋前。"多拉在里面，"她说，"和秘密待在一块儿。我们不敢把它放在家里，怕它弄出声响。"

接下来，秘密就不再是秘密了，因为我们都看到多拉坐在一条麻袋上，那秘密就在她腿上。

就是那个出身名门的婴儿！

奥斯瓦尔德很受打击，他一屁股坐在地上，就像《大卫·科波菲尔》里面的贝西·特洛伍德那样，这充分说明狄更斯是多么了不起的作家。

"你们这次完了，"他说，"我想你知道自己是个偷婴儿的贼吧？"

"我不是，"多拉说，"我收养了他。"

"那么就是你，"迪克说，"把婴儿车丢在树林里了？"

"是的，"爱丽斯说，"我们没法儿使它翻过栅栏，除非多拉把孩子放下，我们又怕荨麻擦伤他的腿。他名叫爱德华爵士。"

"可是，多拉……真的，你不认为……"

多拉坐在一条麻袋上，那秘密就在她腿上

　　"要是你在这儿的话你也会这么做，"多拉坚定地说，"吉卜赛人走了。当然，是什么东西让他们害怕了，于是他们溜了，好免受审判。这个小宝贝醒着，向我伸着胳膊，不，他一点儿也没哭，我很了解婴儿。沙姆金太太的女儿星期天把她的宝宝带来时，我经常照顾他，他们有牛奶和面包吃。你抱着他，爱丽斯，我要去给他弄点儿面包和牛奶。"

　　爱丽斯接过这个高贵的小不点儿。他非常活泼，在她怀里扭来扭去，还想在地上爬。她只能说些男孩子们想想都要觉得害臊的话来让他安静，什么"咕咕"、"小乖"、"心肝宝宝"，等等。

　　当爱丽斯用完所有这些表达方式后，婴儿咯咯地笑着回答——

　　"嗒嗒嗒"，"吧吧吧"，或者"咕噜咕噜"。

130

但只要爱丽斯稍微停顿一会儿，小东西的脸就开始扭曲，似乎马上就要哭出来，可她根本不给他开始哭的机会。

真是个奇妙的小动物。

然后，多拉带着面包和牛奶回来了，她们给这高贵的婴儿喂东西。他很贪吃，还流口水，但这三个女孩子似乎无法让自己的眼睛和手离开他。她们看着他，仿佛他很漂亮。

我们男孩待在那儿，看着他们。现在我们没有乐趣可言了，因为奥斯瓦尔德明白多拉的秘密完全揭穿了婴儿车的秘密。

当那个小贵族吃了一顿称心的饭后，他坐在爱丽斯的腿上，玩起了她戴的琥珀鸡心项链，那是阿尔伯特的叔叔从黑斯廷斯带给她的，这是在发生了6便士事件和奥斯瓦尔德的高尚行为之后的事了。

"现在，"多拉说，"我们开会，所以我想说正经事。这可爱的小宝宝是被偷走的，邪恶的小偷抛弃了这个宝贝儿，我们捡到了。也许他的祖传宫殿在很远很远的地方，我赞成我们收留这个可爱的小宝宝，直到有人登报寻找。"

"只要阿尔伯特的叔叔允许你。"迪克悲观地说。

"不，不要像那个样子说'你'，"多拉说，"我想让他成为我们所有人的宝宝。他会有五个爸爸和三个母亲，还有一个祖父和一个阿尔伯特曾叔叔，以及一个曾曾叔叔。我肯定阿尔伯特的叔叔会让我们收留他的，至少要等到有人登报寻找。"

"假设永远没人登报呢？"诺埃尔说。

"那样就更好了，"多拉说，"这个可爱的小宝宝。"

她又开始亲吻那个婴儿。奥斯瓦尔德从来都考虑周到，说道："好吧，你的午饭怎么办呢？"

"去他的午饭！"多拉说，"你们都同意做他的爸爸和妈妈了？"

"只要能过上平静的生活就行。"迪克说。而奥斯瓦尔德说：

"噢，是的，只要你乐意。不过你会明白，他们不会让我们收留他的。"

"听你说的好像他是只兔子或白鼠似的，"多拉说，"可他不是，他是个小人。"

"好吧，他不是兔子，是个人。去吃点儿东西吧，多拉。"好心肠的奥斯瓦尔德回答说。多拉去吃饭了，同去的还有奥斯瓦尔德和其他男孩，只有诺埃尔和爱丽斯待在一起。他似乎真的很喜欢那个婴儿。当我们回头望的时候，他正倒立着逗他，但这婴儿似乎并没有多喜欢他，不论他用头还是用脚站立。

多拉一吃完午饭就回到牧羊人的小木屋里。帕蒂格鲁太太非常生气她没有和大家一起吃午饭，但她还是为多拉留了一份热腾腾的羊肉，她是个大好人，那儿还有炖梅脯。我们陪多拉吃了点儿。然后，男孩子们就又到壕沟里钓鱼去了，但什么也没钓着。

就在下午茶前，我们都回小木屋去，还没走到一半，我们就听到"秘密"的哭声。

"可怜的小乞丐，"奥斯瓦尔德带着男人的亲切说道，"她们一定在往他身上扎大头针呢。"

我们发现女孩子们和诺埃尔看上去脸色苍白，气都喘不过来。戴西正抱着婴儿走来走去。看起来就像《爱丽丝漫游奇境记》中的爱丽丝在照顾那个后来变成小猪的婴儿。奥斯瓦尔德这样说，还加上一句说他的尖叫声也很像。

"到底发生了什么事？"他说。

"我不知道，"爱丽斯说，"戴西累了，多拉和我也累坏了，他哭了好几个小时。你抱他一会儿吧。"

"别找我。"奥斯瓦尔德回答道，坚定地从"秘密"身边后退了一步。

多拉正在小木屋最远的角落里笨拙地解腰带。

"我想他是冷了，"她说，"我想把法兰绒衬裙脱下来，只是可恶的绳子打成了死结。嗨，奥斯瓦尔德，让我用用你的刀。"

她一面说，一面把手伸到了奥斯瓦尔德的上衣口袋里，紧接着，她就在裙子上拼命地擦着手，同时发出和那婴儿几乎一样响亮的尖叫。

奥斯瓦尔德很抱歉，但也感到恼火。他忘了口袋里装满了面粉虫，那是磨坊主出于好意给他的。而且，不管怎样，多拉也应该知道一个男人总是把刀子放到裤子口袋里，而不是上衣口袋里。

爱丽斯和戴西奔向多拉，她扑倒在角落里的麻袋堆上。那个有爵位的婴儿将自己的尖叫声停下片刻，去听多拉的尖叫声，但几乎马上就又开始了。

"噢，去弄些水来！"爱丽斯说，"戴西，快！"

白老鼠（戴西）一贯温顺听话，她把婴儿塞到距离最近的人怀里，这个人不得不接着，不然他就会掉到地上。这最近的人就是奥斯瓦尔德，他试图把他递给别人，但他们都不接。诺埃尔会接的，但此刻他忙着安抚多拉，请求她不要哭。于是我们的英雄（这是我或许会给他的称呼）发现自己成了一个狂怒的小家伙的屈辱的女佣。

奥斯瓦尔德不敢把婴儿放下，担心婴儿在狂怒之下会在硬地上把脑浆撞出来，而他一点儿也不希望成为婴儿自残的罪魁祸首，不论自己是多么无辜。于是，他抱着婴儿卖力地走来走去，不停地轻拍着他的背，其他人在照顾多拉，她不久就停止了叫喊。

奥斯瓦尔德突然发现这出身名门的婴儿也停止了叫喊。他看着他，简直无法相信从他那忠诚的眼睛里看到的喜讯。他大气也不敢出，迅速返回牧羊小屋。

其他人转向他，对面粉虫和多拉的事充满了指责，但他一点儿也不生气。

"闭嘴，"他威严地小声命令，"你们看不见他睡着了吗？"

他们筋疲力尽，好像参加了一个漫长的体育运动会的所有项目，年轻的巴斯特布尔们及其朋友拖着疲惫的四肢穿过田地回家。奥斯瓦尔德被迫继续抱着贵族婴儿，担心一换手他就会醒，然后又开始哭喊。多拉的法兰绒衬裙终于脱下来了，现在就盖在婴儿上面。其他人尽量围着奥斯瓦尔德，希望万一撞到帕蒂格鲁太太的话好进行掩护。但没遇到任何阻碍，奥斯瓦尔德把"秘密"抱到了楼上他的卧室里。因为楼梯太多了，帕蒂格鲁太太不大到那儿去。

奥斯瓦尔德屏住呼吸，小心谨慎地把他放到床上。他叹了口气，但没醒。于是我们就轮流坐在旁边，保证不要让他站起来然后扑到床外面去，而如果碰上他哪次狂怒发作，这种情况最好还是不要发生为妙。

我们预料阿尔伯特的叔叔随时都会回来。

终于，我们听到了门响，但他没有进来，于是我们望出去，看到他正在和一个看上去心烦意乱的男人在讲话，那男人骑着一匹花斑马，是磨坊主的马之一。

我们心里涌出一丝疑惑。我们不记得在磨坊主家里做了什么错事，可你也绝对说不准，他派个人骑着马到这儿来非常奇怪。但我们又看了一会儿后，就不感到担心了，而是感到好奇，因为我们看到这个心烦意乱的人是个绅士。

过了一会儿，他策马离开了，阿尔伯特的叔叔走了进来。有一个代表团在门边迎接他——所有男孩子加上多拉，因为婴儿是她的主意。

"我们捡到了一样东西，"多拉说，"我们想知道是不是可以留下它。"

其余的人一声不吭。在听到他嚎哭了那么凶那么久之后，我们并不是非常渴望把他留下，即使诺埃尔也说他想不到一个婴儿能够哭成那样，多拉说他只是因为困了才哭的，但我们一想，那他每天肯定会困一次了。

"是什么呢?"阿尔伯特的叔叔说，"让我们看看这个宝藏，是只野兽吗?"

"来看看吧!"多拉说，我们把他领到了我们的房间。

爱丽斯带着天真的自豪揭开了粉红的法兰绒衬裙，露出了睡着的胖乎乎粉嘟嘟的年轻继承人。

"一个婴儿!"阿尔伯特的叔叔说，"那个婴儿! 噢，见鬼!"

那是他用来表示并不伴有愤怒的绝望情绪的方式。

"你们从哪儿……不过这无关紧要，我们稍后再讨论这个。"

他冲出了房间，很快，我们就看见他骑上自行车疾驰而去。

不一会儿，他就和那个心烦意乱的骑马人一道回来了。

那是他的婴儿，根本没有爵位。那个骑马者和他的妻子是磨坊里的投宿者，照顾婴儿的女佣是村子里的一个姑娘。

她说她离开了婴儿五分钟，是去跟她在红房子里当园丁的情人说话。但我们知道她离开了一个多小时，差不多两个小时。

我从来没见过有人像这个心烦意乱的骑马人那么高兴的。

当他问到我们的时候，我们说原以为这婴儿是吉卜赛人的猎物，心烦意乱的骑马人抱着婴儿，对我们千恩万谢。

但当他走后，我们接受了一段简短的训话，要我们管好自己的事就行了，但多拉仍然认为她是正确的。至于奥斯瓦尔德和其他人中的大多数，都同意他们宁愿一辈子为自己的事忙活，也不会再花一个小时去照顾婴儿。

要是你从没见过因困意而狂躁不安的婴儿，你就无法想象他的尖叫声是什么样子的。

要是你经历过此类情景，就会明白我们对没有婴儿可收养这件事是如何完全能够经受得住的。奥斯瓦尔德坚持把整件事写进《善行录》中。当然，要是不提多拉慷慨地收养那个被遗弃的婴儿，他的那一部分就不能写进去，而且奥斯瓦尔德怎么也忘不掉他是那个真正让婴儿睡着了的人。

不过，心烦意乱的骑马人夫妇必须要过什么样的日子啊，特别是现在他们解雇了那个女佣。

要是奥斯瓦尔德结婚的话（我想他总有天要结婚的）他会为每个婴儿安排十个女佣，八个不够，我们知道的，因为我们试过，我们全部八个人都满足不了那个被弃婴儿的需要，而闹了半天他并非出身名门。

～ 第九章 ～

猎　狐

　　指望每个人能够不用别人告诉就知道世界上的一切事情是没有用的。要是我们在乡下长大，我们就会知道八月份不是猎狐狸的好日子。可是，在莱维沙姆路上，连那最细心的男孩也没留心过适合捕猎狐狸的日子。

　　有这样一些事情，你一想到有人以为你会去做这些事情就会无法忍受。这就是为什么我在最开始就要说清楚，我们当中不会有人去有意射杀狐狸，即使那样做是为了能让我们自己逃脱。当然，要是一个男人被困在洞穴里，不得不保护女孩子们免受一大群狐狸的同时攻击时，那是另一回事了。一个男人必须保护女孩子们，并且照顾她们，而照我看来，她们其实完全可以照顾自己。虽然如此，但这是阿尔伯特的叔叔称作"游戏规则"之一的东西，因此如果需要的话，我们有保护她们并且为她们战斗到死的义务。丹尼知道一句名言，它是这么说的：

　　　　无害的起因能造成多么可怕的冒犯，
　　　　三叶草能产生多么激烈的竞争。

　　他说这意味着所有重大事件都从带三的东西产生的，像三倍啦，三叶草啦，而起因总是无害的。三叶草是三倍的简称。

现在要告诉你的这次冒险肯定就是由带三的东西引起的。第一是我们的印第安叔叔到乡下来看望我们，第二是丹尼的牙，第三只不过是我们想去打猎。但要是你把它算在内的话，有关三叶草的说法就是正确的了。所有这些起因都是无害的。

以下是句讨人喜欢的话，说这话的人不是奥斯瓦尔德，而是多拉。她说她肯定我们的叔叔想念我们，他觉得他再也受不了看不见他亲爱的宝贝（指的是我们）的日子了。

不管怎样，他来了，没有提前通知，这是那个优秀的印第安男人为数不多的坏习惯之一，这个习惯不止一次以不愉快告终，就像我们玩丛林游戏时那样。

然而，这次却一切平安。他在一个挺无聊的日子里到来，那天没人想出什么特别有意思的事情去做。因此，由于碰巧是吃饭时间，我们刚洗了手和脸，全都干干净净的（当然我指的是与我们有时候相比）。

我们刚刚坐下来吃饭，阿尔伯特的叔叔正把刀子插向牛排布丁的中心，这时传来了车轮的隆隆声，车站的出租马车停在了花园大门前。在车里，笔挺笔挺坐着，手搁在膝盖上的，就是我们敬爱的印第安亲人。他看起来很英俊，纽扣眼里插着一支玫瑰。这个样子和以往大有不同，那时他帮我们把葡萄布丁假想成我们正在用叉子干掉的野猪①。虽然整齐些，但他的心仍然仁慈和忠诚地跳着。你不应该因为人们的服饰整齐些就判断他们为人严厉。他和我们一起进餐，随后我们带他四处转转，告诉他所有我们认为他喜欢听到的东西，也说了神秘之塔，他说："一想到这个我就浑身热血沸腾。"

诺埃尔说他为此很遗憾，因为当我们问听过这故事的其他人

---

① 这是本书的姊妹篇《寻宝人的故事》里的故事情节。

时，他们觉得恐怖得全身的血都冰凉。

"啊，"叔叔说，"但是在印度，我们知道怎么同时让血冰冻又沸腾。"

或许在那些热带地区，血总是接近沸点，这解释了印度人的暴脾气，却解释不了他们吃的咖喱和胡椒粉。但我不应该离题太远；这个故事根本没有咖喱。关于脾气我也不说了。

当马车回来接他的时候，叔叔让我们和他一起到车站去。我们说再见的时候，他给了我们每个人半个英镑的小费，根本没有区分年龄或者考虑谁是男孩，谁是女孩。我们的印第安叔叔是个地道的英国人，没有那些乱七八糟的东西。

火车离开的时候，我们全体向他欢呼致意，接着我们提出给车夫一个先令，让他把我们送回到四条交叉路口，可心存感激的车夫没要我们的钱，这是因为，他说那个绅士已经给了他大约相同数目的钱了。真正的感恩是多么少见啊！因此我们也为车夫罕见的美德而欢呼，然后就回家商量怎么处理我们的钱。我不能告诉你我们用这些钱所做的所有事情，因为钱就像"热牛仔布上的雪花"一样很快融化了，这是丹尼说的，而且不知为什么，钱越多就融化得越快。我们集体去了一趟梅德斯通，返回的时候带着许多漂亮的褐色纸袋，里面是我们向往已久的东西。但没有一件和这个故事有关，除了奥斯瓦尔德和丹尼共同买的东西之外。

那是只手枪，它花光了他们两个所有的钱。但当奥斯瓦尔德觉得内心不安的感觉在提醒他自己不过是个孩子，而且那钱那么快就花光了时，他对自己说：

"我不在乎。我们应当在家里有支枪，一支能打响的枪，不是那种破烂的燧发枪。想想要是盗贼来了，但我们又手无寸铁，那可如何是好？"

我们轮流拿着枪，决定永远在远离房子的地方练枪，这样就不会吓着大人，他们老是比我们还害怕武器。

买这支枪是丹尼的主意。奥斯瓦尔德承认这让他感到意外，但这个男孩性格已经改变了许多。我们买这枪时，其他人还在高街的馅饼店翻找要买的东西呢。我们什么也没说，直到喝完茶，不过，在坐火车回家的路上，我们好不容易才控制住了不朝电报线上的鸟开火。

吃过茶后，我们在干草堆上开了个会，奥斯瓦尔德说："丹尼和我有一个秘密。"

"我知道是什么秘密，"迪克轻蔑地说，"你们发现梅德斯通的商店里薄荷油一便士四盎司。赫·沃和我在你们之前就发现了。"

奥斯瓦尔德说："你住口。要是你不想听这个秘密，最好走开。我要让每个人都宣誓保密。"

这是十分郑重的誓言，只能用于现实的东西，从不用于假想的东西，于是迪克说：

"噢，行了，说吧！我认为你只是在说废话。"

于是他们都宣誓保密。这誓言是诺埃尔很早以前发明的，当时他发现了我们在布兰克希思的园子里所看到过的第一个画眉窝①。

> 我不会说，
> 我不会暴露，
> 我也不会碰，
> 或者试着去偷；
> 要是我告诉了别人这个重大秘密，
> 我就是卑鄙的小偷。

---

① 见本书姊妹篇《寻宝人的故事》。

这首诗有些毛病，但是个很有约束力的誓言。他们都重复了一遍，包括赫·沃。

"好啦，"迪克说，"是怎么回事？"

奥斯瓦尔德带着骄傲的沉默把手枪从胸前掏出来递出去，与会的每个人都万分惊愕地低语着。手枪并没上膛，所以我们让女孩子们也拿过去瞧瞧。随后，迪克说："咱们打猎去吧。"

我们决定去。赫·沃想到村子商店里买个猎人们吹的廉价喇叭，就像歌里唱的那样。但我们认为谨慎起见，还是不要吹号或弄出任何声音，至少在我们追捕到猎物之前不要。但他说的那支歌让我们决定我们想要捕猎的是狐狸。在那之前，我们对捕猎什么动物并不挑剔。

奥斯瓦尔德让丹尼第一个拿着手枪，我们睡觉时他就把枪放在枕头下面，但并没上膛，为的是怕他会做噩梦，在没完全清醒之前就把那支可怕的武器抽出来。

奥斯瓦尔德让丹尼拿着它，是因为丹尼有牙痛，枪是个安慰，尽管它并不能真的消除牙痛。他的牙痛越来越厉害，阿尔伯特的叔叔看了看，说牙很松动，丹尼承认他曾用那牙使劲咬过桃核。这就说明了一切。他涂了木馏油和樟脑油，很早就上床了，牙包在一块红法兰绒里。

奥斯瓦尔德知道在别人生病的时候应当表现得非常友爱。第二天早上，他克制住自己不要用扔枕头（这是他常干的）的方法叫醒病人。他起来去摇晃那病人，但鸟儿已经飞走，窝也凉了。枪也不在窝里，奥斯瓦尔德后来发现它在梳妆台的镜子下面。他刚刚叫醒了其他人（用一把毛刷，因为他们的牙齿没有任何问题），这时他听到车轮声，向外看去，只见丹尼和阿尔伯特的叔叔坐着农场的红轮子大马车离开了家门。

我们赶快穿上衣服，好下楼去揭开谜底。我们找到一张阿尔伯特的叔叔的条子，是写给多拉的，说：

"丹尼的牙痛把他在凌晨时候闹醒了。直说了吧，他要到医生那儿把它拔出来。午饭时回来。"

多拉说："丹尼去看牙了。"

"我想这有联系，"赫·沃说，"丹尼（Denny）准是牙医（Dentist）的缩写。"

我猜他是想逗乐，他真的很想逗乐，长大后他想当个小丑，其他人都笑了。

"我想，"迪克说，"他是不是为这个会得到一先令或半克朗。"

奥斯瓦尔德一直在抑郁的沉默中思索，现在他高兴起来，说道——

"当然！我都忘了这个。他会由于他的牙还有这趟乘车旅行而得到钱的，所以，他不在的时候我们去猎狐，这很公平。我刚才还想我们不得不推迟呢。"

其他人纷纷同意这并非不公平。

"要是他想的话我们可以再来一次。"奥斯瓦尔德说。

我们知道人们通常穿着红外套骑着马猎狐，但我们不能。不过，赫·沃有一件旧的红色足球运动衫，那是阿尔伯特的叔叔在洛瑞塔时穿的。他很高兴。

"不过我真希望我们有号角，"他伤心地说，"我会喜欢吹号角的。"

"我们可以假装有号角。"多拉说。可他回答说："我不想假装。我想吹些什么东西。"

"吹你的表吧。"迪克说。这是不友好的，因为我们都知道赫·沃的表坏了，你给它上弦后，它只是在里面发出"咔嗒咔嗒"的声音，但一点儿也不走。

我们并没为打猎远征而在打扮上多费心思，只是带了卷边三角帽和木板条做的剑。我们在赫·沃的胸前系了张卡片，上面写着"莫特府的猎狐者"。我们还在所有狗的脖子上都系了红法兰绒布条，表示它们是猎狐犬。但这一点似乎并没有表示清楚，不知怎么回事，布条让它们看上去不是猎狐犬，而是它们的本来面目，除了把它们的咽喉勒得生疼以外。

奥斯瓦尔德偷偷把手枪和几发子弹放到口袋里，他当然知道狐狸不是枪杀的，但就像他所说的："谁知道我们是不是会遇到狗熊或是鳄鱼呢。"

我们高高兴兴地出发了。穿过果园和两块玉米地，沿着另一块田地的边缘，穿过一两天前我们恰巧弄开的一个缺口，来到了树林里，一路上玩儿着"跟着领路人①"游戏。

森林十分安静，满眼绿色，狗儿们很快乐，忙得不得了，皮切尔有一次惊起只兔子。我们说："嗨，快追!"它马上开始了追击。但兔子逃走藏了起来，皮切尔也找不到，于是我们继续前进，但没看见狐狸。最后我们把迪克当成狐狸，在绿色的骑马道上追赶着他。森林里一条宽得能走路的小径被唤作骑马道，即便是人们只能在上面行走。

我们只有三条猎犬——夫人，皮切尔和玛莎。因此，我们也加入到快乐的狗群中，竭力让自己像猎犬一样。在紧追不舍中，我们围着一个角落狂吠，然后突然停住，因为这时看见我们的"狐狸"已不再匆忙地逃窜。这"狐狸"正弯腰俯在小径旁边的什么红色东西上，他说："喂，看这儿!"用那种让我们全身振奋的语气。

我们的狐狸——现在我们一定得叫他迪克，以免弄乱叙述——指着狗们正在嗅的红色东西。

"它可真的是狐狸。"他说。的确如此，至少它是真的，只是完全断了气。奥斯瓦尔德拎起它时，它的脑袋在流血，显然被射穿了脑袋，马上就断气了。奥斯瓦尔德把这个告诉女孩子们，她

---

① "跟着领路人"是英国的一种儿童游戏。

们一看见这只可怜的动物就开始哭。我并没说他自己一点儿也不感到难过。

狐狸已经冰冷了，但它的皮毛非常漂亮，尾巴和小蹄子也是如此。迪克拽紧了拴狗的皮带，它们太感兴趣了，我们认为最好拉紧一点儿。

"想到它再也不能从那小眼睛里看东西了，就让人害怕。"多拉说着擤了擤鼻子。

"再也不能在树林里乱跑了，把你的手帕借我使使，多拉。"爱丽斯说。

"绝不能被捕猎，绝不能钻到鸡窝里，或是落到陷阱里，或任何令人兴奋的东西里头，可怜的小东西。"迪克说。

女孩子们开始捡绿色的栗子树叶子，好把可怜的狐狸的致命伤口盖住。诺埃尔开始来回走着做鬼脸，作诗时他总是这样。

"我们现在怎么办？"赫·沃说，"猎人应当割下它的尾巴来，我完全肯定。只是，我那把刀的刀片有缺口了，另一个刀片一直不好用。"

女孩子们推了赫·沃一把，甚至连奥斯瓦尔德都说："闭嘴。"不知怎的，我们那天再也不想玩猎狐游戏了。当伤口被盖起来后，狐狸一点儿也不像死了。

"噢，我希望这不是真的！"爱丽斯说。

戴西一直在哭，此时她说："我想请求上帝让这不是真的。"

但多拉亲吻了她，告诉她那没用，只是她可以向上帝祷告照顾好狐狸那些可怜的小宝宝，要是它有的话，而我相信她从那以后就一直在祷告。

"要是我们能醒来发现这是个可怕的梦就好了。"爱丽斯说。

我们带着狗出发其实就是去猎狐的，而现在却这么在乎，这似乎很愚蠢，可这是事实。狐狸的四肢看上去衰弱无力，身子一侧有块污迹。我知道要是它活着那块污迹就不会在那儿，它会自己洗干净的。

这时诺埃尔说："这首诗是这样的：

        这儿躺着被杀死的可怜的列那①，
        它再也不能重燃生命的火花。
        我绝不会吹响猎人的号角，
        从我出生之日，
        到生命结束之时，
        因为我不喜欢打猎，原因就在于此。"

"我们举行个葬礼吧。"赫·沃说。这让每个人都喜欢，我们让多拉脱下衬裙把狐狸包起来，这样我们就能把它带回花园埋起来，而不必在外衣上染上血迹。女孩子的衣服从某一方面来看很傻，但我认为它们也很有用。在紧急情况下，一个男孩子除了上衣和马甲，就没有多余的衣服可脱，否则他就一下子光着屁股了。但我知道多拉为了有用的目的脱下了两个衬裙，但过后她从外面看起来还是没有变样。

我们男孩子轮流抱着狐狸，它很重。当到林子边上时，诺埃尔说：

"最好把它埋在这儿，树叶可以永远在它的墓上方唱葬歌，其他狐狸要是想的话，也可以到这里来哭祭它。"他说着把狐狸放在一棵小橡树下面的苔藓上，"要是迪克把锨和耙子拿来，我们就能把它埋在这儿，他还可以在同时把狗拴起来。"

"你是烦了抱狐狸，"迪克评论说，"就是这么回事。"不过，他还是去了，条件是我们其他人也得跟他一起去。

---

① 列那，欧洲民间故事中的一只狐狸，狡猾机智，不畏权势。

145

我们挖了一个洞把狐狸埋进去

我们走后，女孩子们把狐狸拖到林子边上，这和我们进去的那个林子边不是同一个，它靠近一条小路。在等着挖掘工或是杂役工回来的时候，她们收集了大量苔藓和绿色植物，好让狐狸的"老家"躺着软和一点。可惜八月的林子里没有鲜花。

我们带着铁锹和耙子回来，挖了一个洞把狐狸埋进去。我们没有把狗带回来，因为它们对葬礼太感兴趣了，无法保持真正的、体面的静默。

当我们把断树枝和枯萎的叶子、野金银花等东西清到一边后，地面变得又松又软，适于挖掘。奥斯瓦尔德用耙子，迪克用铁锹，诺埃尔边做鬼脸边作诗——他那个上午的感受很深。女孩子们就坐着，抚摸着狐狸身上干净的地方，直到墓穴挖得足够深。最后墓穴挖好了，戴西扔了些叶子和草进去，爱丽斯和多拉抬着可怜的死狐狸的头和脚，我们帮着把它放到墓穴里。我们无法慢慢地把它放下去，它实际上是掉进去的。接着我们用叶子盖住了那个毛茸茸的身体，诺埃尔诵读了新作的悼诗。他说诗是这样的，但它现在听起来比当时要好，因此我认为在那之后，他一定是把诗又加工了一下：

狐狸的悼诗

亲爱的狐狸，睡在这里，再也不会醒来，
我们为你把叶子捡来，
你一定不要起来或乱动，
我们带着爱给你这个坟墓，
紧靠你生长于此的树林，
你悲痛的朋友将你埋葬，
要是你活着，你就不会这样
（指的是会和我们成为好朋友），
但现在你死了，可怜的狐狸，你身不由己，

因此，如我所说，我们是你亲爱的朋友，
你的悼诗，亲爱的狐狸，就此结束。

附笔——
在明亮的月光下，
狐狸们整夜徘徊，
它们会经过你的墓前，深情地把你思念，
就像我们要时时思念你一样。因此，亲爱的狐狸，
再见！
你的朋友不多，
但对你却充满真诚。永别了！

说完后，我们填上墓穴，在墓顶上盖上枯干的叶子和小树枝，使它看起来和树林其他地方一样。要是人们认为这儿埋着东西，他们可能会认为是个宝藏，把它挖开，而我们希望可怜的狐狸能够安息，不受打扰。

葬礼结束了。我们叠起了多拉染了血的粉红棉衬裙，转身离开这个悲伤的地方。

我们沿着小道还没有走上十几码远，就听到身后传来脚步声和口哨声，还有扒找声和呜呜声，一个带着两只猎犬的先生停在我们埋葬"小小红色流浪者"的地方。

那位先生站在小道上，可狗在刨地，我们能看到它们的尾巴在摇晃，尘土飞扬，而且我们看清了是在什么地方。我们跑了回去。

"噢，请不要让你的狗在那儿挖！"爱丽斯说。

那位先生问："为什么？"

"因为我们刚刚举行了葬礼，那是墓穴。"

那位先生吹了声口哨，但猎狐犬并不像被奥斯瓦尔德养大的皮切尔那样训练有素。那位先生跨过了篱笆的缺口。

148

"你们埋了什么，一只有病的宠物鸟，嗯?"那位先生和善地说。他穿着马裤，长着雪白的胡子。

我们没有回答，因为现在，在一阵脸红和不自在中，我们第一次感到埋葬狐狸是件可疑的行为。我不知道为什么会这样感觉，但的确如此。

诺埃尔迷迷糊糊地回答说:

"我们在树林里发现了它被谋杀的尸体，于是挖了个墓穴，好站在旁边哀悼。"

但除了奥斯瓦尔德，没人听见他说话，因为爱丽斯和多拉、戴西都像处于极度痛苦中的人那样，一边跳来跳去，一边说道:"噢，把它们叫开! 快点! 快点! ——噢，别，不要! 不要让它们挖了。"

天哪! 奥斯瓦尔德刚才是对的。墓穴的地没被踩得很结实，当时他明明白白那样说了，但他谨慎的建议被否决了。现在，这些好管闲事、淘气的猎狐犬（和皮切尔有多大差别啊，它从不多事，除非接到命令）已经刨掉了上面的土，露出了那具可怜尸体的红尾巴尖儿。

我们都一言不发地转身就走，再待在那儿似乎也没用。

那个长胡子的先生瞬间就揪住了诺埃尔和迪克的耳朵，他们离他最近，赫·沃藏到灌木树篱里。我要欣慰地说，奥斯瓦尔德那高贵的心胸不知道什么是偷偷摸摸，他不屑于逃跑，不过他不容抗拒地命令他的妹妹们躲开。

"快逃，"他严厉地又说道，"赶快回家。"

于是她们逃了。那个白胡子先生此刻用各种命令去鼓励他的癞皮狗继续那卑鄙可耻的行为，同时一直揪着迪克和诺埃尔的耳朵，他们俩不屑于求饶，迪克的脸变成紫色，诺埃尔的变成白色。奥斯瓦尔德说道:"别抓住他们不放，先生，我们不会逃，我用名誉向你保证。"

"你的名誉。"那位先生说，他说话的那口吻要是在更恰当的时候，足以让人拔出明亮的剑刃去决斗，而我会让他的心脏流出最宝贵的血来。然而此时奥斯瓦尔德如同平常一样保持着镇定和礼貌。

"不错，用我的名誉。"他说，他那坚定的语调让那位先生松开了奥斯瓦尔德弟弟们的耳朵。他松开了耳朵，拖出狐狸的尸体并举了起来。

狗又跳又叫。

"好吧，"他说，"你牛皮吹得不小，什么名誉不名誉的。那你能说实话吗？"

迪克说："要是你认为我们杀了它，你就错了。我们十分清楚不应那样做。"

那个白胡子突然转向赫·沃，把他从灌木树篱中拖了出来。

"那这是什么意思？"他说，他的两只大耳朵都气得发红，指着赫·沃胸前的卡片，上面写着"莫特府的猎狐者"。

于是，奥斯瓦尔德说："我们刚才是在玩猎狐的游戏，但除了一只藏起来的兔子什么也没发现，所以我的弟弟装成狐狸。然后我们就发现了这只被枪打死的狐狸，我们不知道是谁干的。我们很为它伤心，就把它埋了，这就是事情的全部。"

"不完全是，"穿马裤的绅士说，带着一丝我想你们会称作"狞笑"的微笑，"不是全部。这是我的地盘，我要指控你们非法入侵和破坏。现在过来，别废话！我是地方官，猎狐队队长。这还是只雌狐！你们用什么把它打死的？你们的年龄还不够带枪。我猜是偷了你们老爸的左轮手枪？"

奥斯瓦尔德认为最好还是保持沉默，但这是徒劳的。那位猎狐队队长要他把口袋清空，手枪和子弹被发现了。

地方官刺耳地大笑起来，那副得意洋洋让人不快。

"好吧，"他说，"你的持枪许可证呢？跟我走。一个或是两个星期的监禁。"

我现在不相信他能那么做，但当时我们都认为他能，而且要这么做。

赫·沃开始哭泣，但诺埃尔大声说话了，虽然牙齿不停地上下打架，但他还是像一个男子汉那样大声说话。

他说："你不了解我们。你没有权利不相信我们，除非你发现我们在撒谎，我们从不撒谎，你可以问问阿尔伯特的叔叔我们是不是撒过谎。"

"闭上你的嘴。"那个白胡子说。但诺埃尔的血液在沸腾。

"要是你在拿不准的情况下真的把我们投进监狱，"他说着抖得更厉害了，"你就是个可怕暴君，像卡利古拉、希律王还有尼禄、西班牙宗教裁判所那样的，我要在监狱里为此写首诗，人们会永远诅咒你。"

"以我的名誉担保，"白胡子说，"我会弄个水落石出的。"他转身踏上小径，狐狸从他的一只手上垂下来，诺埃尔的耳朵又一次被捏在他的另一只手里。

我以为诺埃尔会哭或是昏过去，但他高贵地忍受着，很像早期的基督殉教者。

其他人也跟着去了。我扛着锹，迪克拿着耙子，赫·沃戴着卡片，诺埃尔跟着法官。小径的尽头是爱丽斯。她逃回了家，遵守考虑周到的哥哥的命令，但她立刻偷偷返回来，为的是有难同当。她在某些方面几乎可以做男孩了。

她对地方官先生说："你要带他到哪儿去？"

发怒的地方官说："去监狱，你这淘气的小丫头。"

爱丽斯说："诺埃尔会昏过去的。有人以前因为一只狗，试过把他带到监狱里。请到我们家来见见我们的叔叔，至少他不是——可这是一回事。我们没杀那只狐狸，要是你想的是这个的话，真的没有。噢，天哪，要是你有自己的男孩和女孩的话，我

他转身踏上小径，狐狸从他的一只手上垂下来，
诺埃尔的耳朵又一次被捏在他的另一只手里

真希望你会想想他们，或者想想你自己小时候。要是你想想，你
就不会这么凶了。"

　　我不知道那个猎狐队队长想起来这两个当中的哪个，不过
他说：

　　"好吧，带路。"他放了诺埃尔的耳朵，爱丽斯依偎着诺埃
尔，用一只胳膊搂着他。

　　这一队人都受了惊吓，脸都被吓得失去血色。队伍来到了我
们的大门前，进入了满是旧橡木家具、黑白大理石等东西的
客厅。

　　多拉和戴西站在门口。粉红色的衬裙放在桌子上，浸满了死

152

狐狸的血。多拉看着我们，明白事情很严重。她拉出巨大的橡木椅子，非常和气地对白胡子法官说："您坐下，好吗？"

他哼了一声，不过还是照做了。

接着，他在令人不安的沉默中望了望四周，我们也望了望。最后他说："好吧，你们没试着逃跑。要是告诉我实话，我就不再说什么了。"

我们说我们已经说了实话。

随后他摊开衬裙，把狐狸放在桌上，拿出一把刀，女孩子们捂住脸，奥斯瓦尔德也不敢看。打仗的伤口倒没有什么，但亲眼看一只死狐狸被刀切开是另一回事。

不一会儿，地方官用手绢擦了擦什么东西，并把它放在桌子上，那就是杀死狐狸的那颗子弹，又在它边上放上我的一颗子弹。

"瞧这儿！"他说。的确，两颗子弹一模一样。

一阵绝望涌上奥斯瓦尔德的心头。他现在明白一个英雄无辜被控有罪、法官戴上帽子准备宣判死刑、证据令人震惊、任何人的帮助都指望不上时是什么感觉了。

"我没办法解释，"他说，"我们没杀它，事情就是这样。"

白胡子的法官或许能控制得了那些猎狐犬，可他控制不了自己的脾气，而这比控制一群该死的狗更重要，我认为。

他说了几个奥斯瓦尔德永不会重复，更不会在自己讲话时使用的词。此外，他还管我们叫"顽固不化的小叫花子"。

然后，阿尔伯特的叔叔在一片绝望的惊慌中突然进来了。那猎狐队队长站起身来，讲了一通：那基本上全是谎言，或者客气点说，几乎都不是真实的，不过我认为他相信自己所说的话。

"我很抱歉，先生。"阿尔伯特的叔叔看着子弹说。

"你能允许我听听孩子们的叙述吗？"

"噢，当然，先生，当然。"猎狐队队长怒气冲冲地回答。

于是阿尔伯特的叔叔说："奥斯瓦尔德，我知道我可以相信你会说出事情的真相。"

奥斯瓦尔德说了。

随后，白胡子的猎狐队队长把子弹摆在阿尔伯特的叔叔面前，我感到这是对他信念的考验，比无敌舰队时期的拷问或是夹拇指更严酷。

接着丹尼走了进来。他看着桌子上的狐狸。

"那么你们找到它了？"他说。

那个猎狐队队长正打算开口，但阿尔伯特的叔叔说："等一会儿，丹尼，你以前看到过这只狐狸？"

"当然，"丹尼说，"我——"

但阿尔伯特的叔叔说："别着急。在开口之前认真想想，照实说。不，不要对奥斯瓦尔德说悄悄话。这个男孩，"他对那个受到伤害的狐狸主人说，"从今天早上 7 点就和我待在一起，他所说的不论什么话都将是独立的证据。"

但丹尼不愿说，尽管阿尔伯特的叔叔再三要求。

"我不能，除非我问奥斯瓦尔德一些事情。"他最后说。白胡子说："事情不太妙吧——嗯？"

但奥斯瓦尔德说："别悄悄地，老兄，想问什么就问，但要大声一些。"

于是丹尼说："我不打破秘密誓言就没法儿说。"

这下奥斯瓦尔德开始明白了，他说："尽管去打破好了，没有关系。"

丹尼宽慰地深吸一口气说："那么好吧，奥斯瓦尔德和我合伙买了支枪，我昨晚拿着它。由于昨晚牙痛得睡不着，所以我今天起得很早，带着手枪出去了。出于好玩，我把它上了膛。到林子里时，我听到好像狗的哀鸣声，我走过去，原来是一只狐狸，被带齿兽夹给夹住了。我去把它放了出来，可它咬了我，瞧，就是这儿，枪响了，狐狸死了，我非常抱歉。"

"但你为什么不告诉其他人?"

"我去看牙的时候他们还没醒。"

"可为什么你不告诉你的叔叔，既然你跟他待了一上午的话?"

"是因为有誓言，"赫·沃说，"要是我泄露这个重大的秘密，人们可以叫我卑鄙的小偷。"

白胡子居然笑了。

"呃，"他说，"我明白了，这是个意外，我的孩子。"接着他转身对着我们说，"因为怀疑你们所说的话，我应该向你们道歉，向你们所有人道歉。我希望你们能接受。"

我们说没关系，叫他不要在意。

但我们却一直为此而恨他，过后他用邀请阿尔伯特的叔叔猎兔子的方式来试图补偿他的多疑。但我们并没真正原谅他，直到有一天他送了支狐狸毛画笔给爱丽斯，画笔是镶银的，还有一张便条，是夸奖她支持自己兄弟们的勇敢行为。

我们又被训了一顿，要求我们不要玩枪，但没有惩罚，因为阿尔伯特的叔叔说我们的行为几乎算不上是罪过，只是有些愚蠢。

手枪和子弹被没收了。

我希望房子永远不要受到窃贼的袭击。如果事情真的发生，要是我们很快就被制服的话，那阿尔伯特的叔叔就只能怪他自己了，因为由于他的错，导致我们不得不赤手空拳地面对强盗，成为他们几乎无法反抗的俘虏。

第十章
出卖古董

　　故事是从某天早饭时开始的。时间是 8 月 15 号——拿破仑一世的生日，也是奥斯瓦尔德的生日同时还是一位优秀作家的生日。奥斯瓦尔德将在星期六过生日，以便老爸在场。一个只有"祝你长命百岁"之类的话的生日有点儿像星期天或圣诞节。奥斯瓦尔德收到一两张生日贺卡，就这些，但他并不抱怨，因为他知道如果生日被推迟的话，人们总是会给你补偿的。他盼望着星期六的到来。

　　阿尔伯特的叔叔照旧收到一大堆信，一会儿他就扔了一封给多拉，说："你怎么说，小淑女？我们让他们来吗？"

　　可多拉像往常一样笨手笨脚地没抓住，迪克和诺埃尔试着抓了一把，于是那信就落到了熏肉原来待过的地方，熏肉的脂肪正在那里慢慢凝结，看上去像结了冰的湖，接着，不知怎么，信又到了柠檬果酱里面，然后被赫·沃抓到了，多拉说：

"我现在不想要那令人作呕的东西了，全是油，黏糊糊的。"

于是赫·沃大声念道：

　　梅德斯通古董协会及田园俱乐部

　　1900 年 8 月 14 日

尊敬的阁下，在……会议上——

赫·沃卡在那里，上面的字非常潦草，就像一只在墨水瓶里待过的蜘蛛匆忙在纸上爬过，都没来得及在垫子上好好擦擦脚。于是奥斯瓦尔德拿过了信。他是不会在乎一点儿果酱或是熏肉的。他读了起来，信是这样写的：

"不是古董，你这小笨蛋，"他说，"是古文物专家。"

"古董是很恰当的词，"阿尔伯特的叔叔说，"我自己从来不在吃早饭时骂人，这会影响食欲的，我的超凡的奥斯瓦尔德。"

"可那是个名字，"爱丽斯说，"是从'词干部分'得来的①，读下去，奥斯瓦尔德。"

于是奥斯瓦尔德从刚才被打断的地方读下去：

梅德斯通古文物专家协会及田园俱乐部

1900 年 8 月 14 日

尊敬的阁下，于本协会的一次委员会议上，我们一致同意在 8 月 20 日举行一次野外活动，届时协会计划参观著名的常春藤桥教堂和附近的罗马遗迹。我们的主席朗查普先生获得许可，去打开位于三棵树牧场的一座古墓。我们冒昧地问您是否愿意允许协会成员穿过您的地界并参观您那座美丽的房子，当然是从外面。您肯定也知道，这座房子具有重大历史意义，曾是托马斯·怀亚特爵士②多年的住所。爱德华凯·塔巴尔（荣誉秘书）敬上。

---

① Antiquity 与 Antiquary 的主干相同。

② 托马斯·怀亚特爵士（1503～1542），英国外交官和诗人，因把十四行诗形式引入英国文学而著名。

"就是这样，"阿尔伯特的叔叔说，"呃，我们能允许梅德斯通的古董们的眼睛亵渎这些圣洁幽僻之所，还有让田园俱乐部那些家伙们的脚在我们的小路上掀起尘土吗？"

"我们的路上全是草。"赫·沃说。

女孩子们说："噢，请让他们来吧！"说话的是爱丽斯——

"为什么不邀请他们来喝茶？要是从那么远的梅德斯通来，他们一定累得够呛。"

"你们真的喜欢这样？"阿尔伯特的叔叔问，"我担心他们全是些呆鸟，老古董，乏味的老绅士，纽扣孔里插的不是兰花而是双耳罐，所有的口袋里都装着种族家谱。"

我们哈哈大笑——因为我们知道双耳罐是什么。要是你不知道，可以去查字典。它不是一种花，虽然听起来很像园艺课本里面的一种花，那种从来没听过有人种的花。

多拉说她认为那会很精彩。

"而且我们能把最好的瓷器摆出来，"她说，"用鲜花装饰桌子，我们可以在花园里喝茶。从到这儿来我们还没举行过派对呢。"

"我警告你们，你们的客人可能是很讨厌的。不过，随你们便吧。"阿尔伯特的叔叔说，随后他就去写信，邀请梅德斯通的古董来喝茶。我知道这个词不对，但不知为什么每当我们提到他们时都用这个词，而我们经常提到他们。

一两天之后，阿尔伯特的叔叔吃茶时稍稍有点愁眉不展。

"你们真让我卷入一场好事，"他说，"我邀请古董们来喝茶，很随便地问了声会来多少人，我以为我们至少需要足足一打最好的茶杯。现在，那位秘书写信来接受了我的好意邀请……"

"噢，太妙了！"我们叫道。

"要来多少人？"

"噢，只有大约六十个吧，"他呻吟般地答道，"或许会更多，要是天气非常好的话。"

尽管刚开始时我们感到震惊，但马上我们就感到高兴了。

我们从来没有举行过这么盛大的派对。

女孩子们得到允许在厨房里帮忙，帕蒂格鲁太太整日在那里不停地做蛋糕。她们不让我们男孩子待在那儿，尽管我看不出在蛋糕烘烤之前把手指伸进去然后再舔舔有什么不好，只要你注意下次放进去时用另一根手指就是了。烘烤之前的蛋糕非常美味，像奶油。

阿尔伯特的叔叔说要被绝望吞噬了，有一天他到梅德斯通去了。当我们问他到哪儿去，他说：

"去把头发剪掉：要是保持这样的头发长度，每当想到那些数不清的古董时，我肯定会在极度痛苦中用双手把它拔光的。"

但我们后来发现，他实际上是去借瓷器和其他东西了，好让古董们喝茶，不过他的确理了发，因为他是个诚实守信的人。

奥斯瓦尔德过了一个很棒的生日，礼物中有弓和箭。我认为这些是为了补偿在猎狐冒险之后被收走的那支枪。这些让男孩子在星期六的生日和古董们来的星期三之间有事可做。

我们不允许女孩子们玩弓箭，因为她们有我们不得染指的蛋糕，这算不上一件煞风景的事。

星期二的时候，我们去勘察了一下古董们要挖掘的罗马遗迹，坐在罗马的墙上吃着坚果。就在那时，有两个拿着锄头和铁锹的工人穿过了甜菜地，还有一个长着两条细腿的骑车的年轻人。后来看清那是辆自由轮①，这是我们第一次看到这样的车。

他们停在罗马城墙里面的一个土墩上，脱掉了外套，往手上吐了点口水。

我们立刻走了过去，当我们向那个细腿的骑车人提出请求后，他就非常细致充分地对我们解释了他的车，接着我们看到工人们把草皮切开，然后翻过去，再卷起来，最后堆成一个大堆，

---

① 这里指的是一种靠惯性滑行的自行车。

于是我们问那位细腿先生他们在干什么，他说：

"他们在为明天的工作做提前挖掘。"

"明天要干什么？"赫·沃问。

"明天我们计划打开这个古冢进行考查。"

"那么你是古董啦？"赫·沃说。

"我是秘书。"那位绅士说着勉强地笑了笑。

"噢，你们所有人都要和我们一起喝茶，"多拉说，她不安地加上一句，"你认为你们会有多少人？"

"噢，不会超过八十或九十个，我认为。"那位先生回答说。

这个让我们大惊失色，于是我们回家了。在路上时，一贯能注意到许多不经意间被忽视掉的东西的奥斯瓦尔德看到丹尼眉头紧蹙，于是他问："怎么了？"

"我有个主意，"牙医说，"咱们开个会吧。"这个牙医现在已经十分熟悉我们的行为方式了（从猎狐那天开始我们就叫他"牙医"）。他召集了一个会议，就好像这辈子他都习惯于召集会议一样，但是我们都知道他原先是只待在笼子里的白鼠，那只叫默德斯通姑妈的猫隔着笼子栏杆盯着他。

（这就是比喻用法。阿尔伯特的叔叔说。）

会议是在草堆上举行的。我们全都聚集在那儿，干草在我们坐下后停止了"沙沙"声。这时，迪克说："我希望这和'想做好孩子'协会没有关系吧？"

"没有关系，"丹尼匆忙回答，"正好相反。"

"我希望不是什么错事。"多拉和戴西一起说。

"它是——它是'向你致敬，欢乐的精灵——你以前从来就不是鸟'①，"丹尼说，"我是说，我认为那就是人们所说的玩笑。"

---

① 原文为 lark，一词多义，既可指云雀，也可指玩笑、恶作剧，其音与下文"走运"的音相近。

“也许会走运。接着说，牙医。”迪克说。

“呃，那么，你知道一本叫《雏菊花环》^① 的书吗？”

我们不知道。

“是夏洛特·玛·容琪小姐写的，”戴西插话说，“是关于一家失去母亲的可怜孩子们的，他们一心想学好，并得到了肯定。他们开了个杂货店，去教堂做礼拜，后来他们中有一个结婚了，穿着黑色的波纹绸和带着银首饰。后来她的婴儿死了，她非常后悔不曾是他的好母亲。后来……”此时，迪克站起来说他想去看看几个捕兽陷阱，会议结束后他可以听取别人的汇报。但他刚走到通气门边，快腿的奥斯瓦尔德就突袭了他，于是他们就一块儿滚到地上去了，这时其他人就像栅栏里的珍珠鸡那样叫着让他们回来。

在同迪克你来我往推推搡搡的喧闹声中，奥斯瓦尔德听到丹尼念叨着他那些没完没了的引语：

> “回来，回来！
> 跨过汹涌的河，
> 我会宽恕你高地人的脸，
> 我的女儿，噢，我的女儿！^②”

恢复平静后，迪克同意参加完会议，丹尼说：

“《雏菊花环》根本不是那个样子，它是本了不起的好书。有一个男孩扮成一位女士来拜访，另一个人试图用锄头攻击他的妹妹。它真是顶呱呱，跟你们说吧。”

---

① 《雏菊花环》是英国作家夏洛特·玛·容琪小姐的小说。

② 此句引自英国诗人甘贝尔（Thomas Campbell，1777～1844）的作品《Lord Ullin's Daughter》。

161

丹尼正在学着像其他男孩子那样表达想法。在那位姑妈的暴政下，他绝对学不到像"不得了"和"顶呱呱"类的词。

从那儿以后，我读了《雏菊花环》，它是本适合女孩子和小男孩的一流好书。

不过我们那会儿不想再讨论什么《雏菊花环》，因此奥斯瓦尔德说："但你的玩笑是什么呢？"

丹尼有些脸红地说："别催我，我马上告诉你们。让我想想。"

于是他闭上浅粉红的眼皮思索片刻，然后睁开眼睛，从稻草上站起来，飞快地说：

"朋友们，罗马人们，农夫们，把你们的耳朵借给我，① 或者，如果不借耳朵，就借给我罐子。你们知道，阿尔伯特的叔叔说他们明天要打开古冢，寻找罗马的遗物。你们不觉得假如他们什么遗物都找不到，那会是件遗憾的事吗？"

"也许他们会找到的。"多拉说。

但奥斯瓦尔德听懂了，他说："了不起！说下去，老兄。"

牙医继续说下去。

"在《雏菊花环》书里，"他说，"他们挖开一个罗马的营地，然后孩子们先下去，往里面放了些他们做的陶器，还有哈里的威灵顿公爵旧勋章。医生给了他们什么东西，能擦去部分碑铭，所有大人都上当了。我想我们或许——

> 你可以打破，你可以摔碎
> 那个花瓶，只要你乐意；
> 但罗马人的余味
> 依然在它身边萦系。"

---

① 此句为注意听的意思。

丹尼在掌声中坐下。这真是个了不起的主意，至少对他来说是如此。这似乎为梅德斯通的古董们的参观增加了正好所缺少的东西，可以让那些古董上个大当真是棒极了。当然，多拉赶紧指出我们没有威灵顿公爵旧勋章，也没有医生来给我们东西好擦去碑铭，还有诸如此类的东西，但我们严厉地喝令她住嘴。我们不打算做得和《雏菊花环》里完全一样。

陶器很容易找到。我们曾在小溪边做了很多——那条小溪叫尼罗河，我们在探寻它的源头时做的——而且在太阳下晒干，又生了篝火烧透，就像《不公平的比赛》中的那样。大多数东西都有奇怪的形状，可以当成几乎任何东西——古罗马或是古希腊的，甚至古埃及或是大洪水前的，或者如阿尔伯特的叔叔所说，还可以是洞穴居民的家用牛奶罐。幸运的是，那些瓶瓶罐罐完全是现成的，而且很脏，因为我们曾为了改进色泽，把它们埋在沙子和河泥的混合体中，而且忘了再洗干净。

于是，与会者马上收集了所有东西——有生锈的铰链、铜纽扣、没有把手的锉刀。女与会者把它们藏在裙子里兜着，男性委员则扛着挖掘工具。赫·沃和戴西被派去当侦察兵，去看看是否一切安全。我们从《德兰上瓦战争①》中领教到了侦察兵的真正用处，但傍晚余晖下的罗马遗迹静悄悄的。

我们布置了岗哨，他们要趴在墙头上，当有什么东西接近时，就用悠长低沉的口哨来提醒。

然后，我们挖了条地道，像我们在寻宝之后曾挖的那条一样，当时我们凑巧还费时埋了个男孩，但当在事关一个玩笑的成败时，巴斯特布尔家的人从不吝惜时间与精力。我们尽量把东西照自然的状态放进去，把土铲进去，直到每样东西都看着跟以前

① 德兰上瓦战争即布尔战争，发生在 19 世纪末 20 世纪初的英军与布尔人的一场战争。

163

一样。接着我们就回家喝茶，虽然迟到了，但这是为了一项很好的工作。没有热的吐司面包，只有奶油面包，而这是不会因为等待而变凉的。

那天晚上，当我们上楼睡觉的时候，爱丽斯在楼梯上对奥斯瓦尔德悄悄地说：

"其他人睡着后，到你门外找我。嘘！别出声。"

奥斯瓦尔德说："不开玩笑？"她作了肯定的回答。

所以，他咬自己的舌头，又揪头发，好使自己不睡着，因为，如果有必要而且又适当的话，他是不会在痛苦面前退缩的。

等其他人全都进入天真无邪的少年梦乡中，他起身出来，穿好衣服的爱丽斯正在等他。

她说："我找到了一些非常像罗马的破烂玩意儿，就在图书馆的柜子顶上。要是你跟我来的话，我们可以把它们埋进去，好看看其他人有多吃惊。"

这是个疯狂而大胆的举动，但奥斯瓦尔德并不在意。

他说："等一下。"随后，他穿上灯笼裤，顺手往口袋里塞了些薄荷糖，用来预防感冒。这些考虑周到之处正是天生的探险家和冒险家的特征。

天气有点儿冷，但皎洁的月光非常明亮，我们从前门出来，那个门阿尔伯特的叔叔直到晚上 12 点或是 1 点睡觉时才上锁，我们敏捷而无声无息地跑过桥和田地来到罗马遗迹前。

爱丽斯后来告诉我，要是天很黑的话她就害怕了，但那天月光照得大地像梦里的白天那么明亮。

奥斯瓦尔德带着铁锹和一张报纸。

我们没有把爱丽斯发现的那些罐全拿走，仅拿了两个畸形的没破的罐子，像是用做花瓶的材料做成的。我们用铁锹划了两道切口，然后把草皮翻上来，扒开下面的土，小心翼翼地把土一把一把放到报纸上，挖了个深洞。接着我们放进了罐子，用土把洞

我们把草皮翻上来，扒开下面的土

填满，把草皮放平，那草皮就如同橡皮带那样伸展开来。我们埋的地方距离那些男人挖的土墩有几码，我们非常小心地使用了报纸，因此没有泥土洒落。

随后，我们回家，月光明亮，空气潮湿，嘴里嚼着薄荷糖，上楼去睡觉，没人知道这件事。

第二天，古董们来了。这一天很热，树下的草坪上摆好了桌子，就像一场盛大的主日学校的宴请。有几十种不同的蛋糕，奶油面包，白的黑的都有，还有醋栗和李子以及果酱三明治。女孩子们用蓝色的飞燕草和白色的风铃草装饰了桌子。大约 3 点左右，传来人们在路上走路的喧闹声，不一会儿，古董们开始从前门进来，三三两两地站在草坪上，看上去很腼腆、拘谨，就像在主日学校的宴请时一样。不久，有几位先生来了，看起来像是老师；他们并不腼腆，而是一直朝房门走来。阿尔伯特的叔叔可没有因为孤傲而不愿和我们待在一起，他在我们的房间里和我们一起透过短百叶窗上的空隙看着草坪上的人群。此时，他说道：

"我想那就是委员们了。来吧！"

于是我们都下楼去，穿着最好的衣服，阿尔伯特的叔叔像封建制度时的男爵一样接待了委员们，我们就是他的随从。

他口若悬河：历史年代，吊梁上的支柱和山墙，窗子的竖框，地基，历史资料，还有托马斯·怀亚特爵士，诗歌，朱利斯·凯撒，罗马遗迹，停枢门和教堂，还有犬牙饰的造型，直听得奥斯瓦尔德头昏脑胀。我想阿尔伯特的叔叔注意到了我们全都张着嘴巴，这是我们头昏脑胀的标志，于是他小声说：

"去，混到人群里去，别惹人注意！"

我们来到草坪上，那里此时站满了男男女女，还有一个小女孩，胖胖的，虽然我们不喜欢她，但还是试着和她搭话（她就像张扶手椅似的披满了红天鹅绒），但她不乐意。我们最初以为她来自一个聋哑收容所，在那儿她的好心的老师们只教会了那些饱受折磨的人说"是"和"不是"，但后来我们了解多了些，因为诺埃尔听到她对她妈妈说："但愿你没带我来就好了，妈妈。我没有漂亮的茶杯，我一点儿也不喜欢这茶。"可除了小蛋糕和几乎一整盘子的李子外，她还吃了五块蛋糕，而总共只有十二个漂亮的茶杯。

有几个大人用一种最不感兴趣的态度和我们说话，接着，主席宣读了一篇关于莫特府的论文，我们听不懂；其他人发表了演讲，我们也听不懂，除了关于殷勤好客那一部分，那让我们都不知道往哪儿看才好。

然后，多拉、爱丽斯、戴西和帕蒂格鲁太太倒茶，我们递茶杯和盘子。

阿尔伯特的叔叔发现总共来了一百二十三个古董，他把我带到一个树丛后面，让我看看他头上揪剩下的头发，我听到主席对秘书说——"茶总是很吸引他们。"

然后是罗马遗迹的时间了，我们心跳到了嗓子眼儿，拿上帽子（就像在星期天一样），加入到充满渴望的古董们拥挤的队伍中。他们当中许多人都带了雨伞和外套，尽管天气炎热，没有一点儿云，他们就是这种人。女士们全都戴着拘谨的无边女帽，没人脱下手套，当然，这确实是在乡下，在这里脱下手套也算不上犯错。

我们原打算在挖掘进行过程中离得很近，但阿尔伯特的叔叔冲我们做了个神秘的手势，把我们叫了过去。

他说："前排座位是为客人准备的。男女主人要退到旁边的座位上去，我知道从那里会看到极好的的风景。"

所以我们全都爬到罗马城墙上去，因此错过了玩笑的精华部分，因为我们看不清楚到底发生了什么。不过，我们看到，男人们一面挖，一面把东西从地下拿出来，古董们相互传看着。我们明白这些东西准是我们的罗马遗物，但古董们似乎对它们不太感兴趣，虽然我们也听到了快乐的笑声。最后，当挖到我们另外放进去东西的地点时，爱丽斯和我交换了个眼色。然后，人群聚到一块儿，我们听见激动的谈话声，知道这次真的让古董们上当了。

不一会儿，无边女帽和外套们开始朝着房子慢慢移动，我们意识到一切会很快结束。于是我们抄小路回家，刚好赶上听主席对阿尔伯特的叔叔说：

"真正的发现，非常有趣。噢，真的，你应该有一个。好吧，如果你坚持的话……"

后来，密集的古董们慢慢腾腾地从草坪上消失了，派对结束了，只留下了脏茶杯和盘子，还有被踩躏的草以及记忆中的欢乐。

我们吃了一顿非常丰盛的晚宴，同样是在室外，有果酱三明治、蛋糕和剩下的吃的。我们望着正在下坠的天空统治者（我指的是太阳），爱丽斯说："我们坦白吧。"

我们让牙医说，因为是他策划的整个玩笑，但在叙述关键情节时我们帮了他一把，因为他还没完全学会如何从头到尾地叙述一个故事。

等他说完，我们也说完后，阿尔伯特的叔叔说："呃，这让你们很开心。你们会很高兴知道它也让你们的古董朋友们开心。"

"他们不认为那些是罗马的古物吗？"戴西问，"在《雏菊花环》里他们就相信。"

"一点儿也不，"阿尔伯特的叔叔说，"不过，你们为接待他们所做的独创性的准备让主席和秘书很高兴。"

"我们并不想让他们失望。"多拉说。

"他们没有，"阿尔伯特的叔叔说，"吃李子小心些，赫·沃。离你们为他们准备的宝藏不远的地方，他们发现了两件真正的罗马陶器，这让他们每个人在回家路上都庆幸自己出生在一个文物收藏者之家。"

"那是我们的罐子，"爱丽斯说，"我们真的让古董们上当了。"她讲了整个经过，我们怎么搞到罐子，在月光下把它们埋起来，还有土墩的事，其他人则带着深深的敬意听着。"我们这次真的成功了，不是吗？"她用当之无愧的得意口吻补充说。

但奥斯瓦尔德注意到阿尔伯特的叔叔脸上有一种奇怪的表情，几乎从爱丽斯叙述一开始就出现了。现在他有种感觉，什么事情搞糟了，这种感觉在其他场合曾让他那高贵的血都变凉了。阿尔伯特的叔叔的沉默此刻让血冰凉得胜过北极。

"不是吗？"爱丽斯重复道，没有觉察到她那感觉敏锐的哥哥早已觉察到的东西，"我们这次成功了，不是吗？"

168

"既然你这么直截了当地问我这个问题，"阿尔伯特的叔叔终于回答说，"我只能坦白说，我认为你们真的成功了。图书馆柜子上的那些罐子是罗马陶器。你们藏进土墩里的双耳罐大概——我不能完全断定，注意——是无价之宝，它们是这所房子主人的财产。你们把它们拿出去埋了起来，梅德斯通古文物专家协会的主席把它们装在自己的袋子里拿走了。现在你们打算怎么办？"

爱丽斯和我不知道说什么好，或是看哪里好。其他人说了些增加我们痛苦的刻薄抱怨，比如我们并不像我们自以为的那样聪明。

一阵长长的远非愉快的静默。随后，奥斯瓦尔德站起来。他说："爱丽斯，到这儿来一下，我有话对你说。"

由于阿尔伯特的叔叔没有提任何建议，奥斯瓦尔德也不屑于向他讨教。

爱丽斯也站起来，她和奥斯瓦尔德来到花园里，坐在温柏树下的长凳上，希望自己从来没有试过跟古董们开一个他们自己的玩笑——"一个私自出卖"，阿尔伯特的叔叔过后这样称呼它。可是，后悔毫无用处，几乎每次都是如此。必须想些办法出来。

可是有什么办法呢？

奥斯瓦尔德和爱丽斯在沉默的绝望之中坐着，其他人快乐并无忧无虑的说话声从草地上传来，这些年幼无知、没有同情心的人在那里玩追人游戏。我不明白他们怎么能这样。当自己的弟弟妹妹处在困境中时，奥斯瓦尔德不愿意去玩追人游戏，但他对一些男孩来说是个例外。

不过迪克后来告诉我说，他认为那只是阿尔伯特的叔叔的一个玩笑。

暮色越来越重，直到你几乎无法从叶子上分辨出温柏树，爱丽斯和奥斯瓦尔德仍然筋疲力尽地坐着，拼命地想，但他们想不出任何主意。天非常黑了，月光开始出现。

此时爱丽斯跳了起来，就在奥斯瓦尔德刚要张嘴说同一件事的时候，她说："当然，太傻啦！我知道。快进来，奥斯瓦尔德。"他们进去了。

奥斯瓦尔德仍然骄傲地不想向其他人请教。不过他仅仅随意地问阿尔伯特的叔叔，他和爱丽斯第二天是不是可以到梅德斯通买些做兔子笼的网钢丝，并去看看其他一两样东西。

阿尔伯特的叔叔说当然可以。他们就和农场的管家一起乘火车去了，管家准备买些洗羊药水，还要买猪。在其他时候，奥斯瓦尔德一定受不了不看买猪就离开管家，但现在不同。因为他和爱丽斯心里有负担，无意中成了小偷。在洗刷干净污点之前，没有任何东西，包括猪在内，能迷住年轻但又高尚的奥斯瓦尔德。

他把爱丽斯带到梅德斯通古文物专家协会秘书的门前，塔巴尔先生出去了，但女仆和气地告诉我们主席的住处。不久，倒霉的哥哥和妹妹颤抖的双脚就在卡姆通当别墅一尘不染的小路上哆嗦起来。

他们询问后得知朗查普先生在家。于是他们在一间宽敞的房间里等着，屋里有书、剑和装有零零碎碎破烂玩意儿的玻璃书柜。他们被无法描述的情感吓坏了，朗查普先生是个收藏家。这意味着他沉迷于任何东西，不管有多丑多可笑，只要它是旧的。

他进来时搓着双手，非常慈祥。他说他非常清楚地记得我们，并问他能为我们做什么。

奥斯瓦尔德生平第一次结巴了。他找不到承认自己是头笨驴的词语，不过爱丽斯可不像他那么细腻，她说：

"噢，我们无比抱歉，希望你能原谅我们，但我们原以为，要是你和其他亲爱的古董们走了那么远的路，而找不到任何罗马的东西，那可真是憾事，因此我们在古冢里放了些罐子让你们找到。"

"我看出来了，"主席说着摸着他的白胡子，无比亲切地向我

170

们微笑，"一个没有恶意的玩笑，亲爱的！年轻就是开玩笑的时候。没有造成什么恶果，请不要多想了。你们能来道歉就是非常值得敬佩的。"

他的眉头开始皱了起来，脸上现出焦急的神色，像是希望客人赶快走掉，他好回去继续做被客人打扰之前所做的事情。

爱丽斯说："我们并不是为那个而来，还有糟糕得多的事情。你们拿走的那两件真正的罗马罐子，那是我们放在那儿的，它们不是我们的。我们不知道它们是真正的罗马货。我们想欺骗古董们，我指的是古文物专家们，但我们欺骗了自己。"

"这很严重，"那位先生说，"我想你们能认出那……那些罐子，要是你们再看见的话？"

"不管在任何地方都能。"奥斯瓦尔德像一个不知道自己在说什么的人那样草率地说。

朗查普先生打开了一个小房间的门，把我们领出刚才的房间，示意我们跟在后面。我们发现自己置身于一架子又一架子的各式各样的陶器中。有两个小架子上满满地放着我们想要的那种罐子。

"好吧，"主席说，带着一种暗含威胁的笑容，就像邪恶的红衣主教，"是哪个？"

奥斯瓦尔德说："我不知道。"

爱丽斯说："要是我拿在手里就能知道。"

主席耐心地把一个个罐子拿下来，爱丽斯试着朝里看，但她一个接一个地摇头，还了回去。最后她说："您没清洗过它们吧？"

朗查普先生不由得哆嗦了一下，回答说："没有。"

"那么，"爱丽斯说，"两个罐子里面都有用铅笔写的东西，我倒希望我没写过，也希望你没看过。没想到一个像你这样的友善的老绅士会找到它，我还以为会是那位年轻绅士呢，他长着细

171

"这是一个。"她说

腿，皮笑肉不笑的。"

"塔巴尔先生，"主席似乎准确地认出了所描述的人，"呃，呃——男孩子毕竟是男孩子——女孩子们，我不会生气的。看看所有罐子吧，看你们能否找到你们自己的罐子。"

爱丽斯看了。她看到下一个时说："这是一个。"又看了两个，她说："这是另外一个。"

"呃，"主席说，"这的确是我昨天得到的那两个。要是你们的叔叔来拜访我，我会还给他，但这是令人失望的事。是的，我想你们一定允许我看看里面。"

他看了。在看第一个时，他什么也没说。在看第二个时，他笑了。

"好，好，"他说，"我们不能指望年轻肩膀上长着年老的头。你不是第一个偷鸡不成蚀把米的人，我也不是第一个。下一次你们出卖古董的时候，小心不要把自己给'卖了'。再见，亲爱的，别再想着这件事了，"他对爱丽斯说，"祝福你，我自己也曾是个孩子，虽然你们或许认为这是不可能的。再见。"

我们到底还是来得及看到了买猪。

我问爱丽斯究竟她在讨厌的罐子里写了什么，她承认说只是为了让玩笑更完美些，她在其中的一个罐子上写了"失望"，在另一个上面写了"又被骗了，笨蛋"。

但我们非常明白谁是受骗的人。如果我们再请什么古董来喝茶的话，要是我们能够做到的话，他们连一粒希腊的背心纽扣都找不着。

除非是那个主席，因为他表现得一点儿也不糟糕。对于像他这么大年纪的人，我认为他表现得好极了。对于那些破罐子，奥斯瓦尔德能描绘出一幅完全不同的场景，要是那个主席是另外一种人的话。

但这个场景并不令人愉快，因此奥斯瓦尔德不想为你画出来让你难过。你自己完全可以很轻松地画出来。

第十一章

慈善酒吧

　　这个流浪汉的腿和脚满是灰尘，他的衣服破旧肮脏，然而他有一双欢快明亮的灰眼睛，在和我们说话时还向女孩子们脱帽致敬，虽然有点儿不太乐意。

　　我们坐在三棵树牧场罗马古迹的巨大墙头上，刚刚结束了一场用弓箭进行的激烈包围战，那弓箭是用来补偿手枪的。在发生了射杀狐狸这一悲惨但并非罪孽深重的意外事件后，手枪被没收了。

　　为了避免有事后后悔的事情发生，奥斯瓦尔德考虑周到地命令人人都得戴上铁丝网做的面罩。

　　幸运的是这样的面罩很多，因为有一个以前住在莫特府的人曾经到罗马去。在那儿，人们在游戏中相互投掷成百上千的糖果，还把这叫做"酒心巧克力大战"或是"糖果之战"（这是真正的意大利语）。他本想在村民中组织这类活动，但他们太懒了，于是他只好作罢。

　　他从罗马带回来的铁丝面罩就在阁楼里，人们戴上面罩是为了防止讨厌的糖果击中嘴巴和眼睛。

　　所以，我们全都用面罩和弓箭武装到了牙齿，不过在进攻和保卫城堡时，真正的力量并不在于你的装备，而在于你推我挤的力气。奥斯瓦尔德、爱丽斯、诺埃尔和丹尼保卫着城堡。我们是

174

最强壮的一方，但那也是迪克和奥斯瓦尔德挑选的结果。

其他人攻了进来，这是真的，但那只是因为一支箭命中了迪克的鼻子（虽然还隔着铁丝面罩），鼻子流了很多的血，于是，他被入库维修。而他却趁守卫的一方不注意，偷偷从后面爬上墙头，把奥斯瓦尔德推了下去，并压在他身上，因此堡垒就失去了英勇的领袖。自然，迪克很快就被制服了，不得不投降。

随后我们坐在墙头上吃着一包薄荷糖，那是阿尔伯特的叔叔从梅德斯通给我们带回来的，他去那儿是为了拿回我们试图让古董们上当的那两件罗马陶器。

战斗结束，和平来临，我们在阳光下坐在高墙上眺望着战场，在烈日炎炎下都有些沉闷和眩晕。

我们看到一个流浪汉从甜菜地里走过来，他像是优美风景中的一个污点。

看到我们后，他走到墙边，就像我刚才所说的那样以手触帽致敬，然后说道：

"年轻的先生和女士们，请原谅我打断了你们的游戏，不过能不能劳驾你们告诉一个劳累的人去最近的酒馆该怎么走。这真是个让人口干舌燥的天气。"

"'玫瑰和皇冠'是最好的酒馆，"迪克说，"老板娘是我们的朋友。要是你沿着田间小路走，有大约一英里的路程。"

"天哪！"流浪汉说，"一英里可不近，在这种天气里步行可是件口干舌燥的事儿。"我们同意他的说法。

"以我的庄严起誓，"流浪汉说，"要是附近有架水泵，我相信我一口气能喝下一桶，真的，要是不能你们就灌我！尽管水常常让我心烦，让我双手颤抖。"

从遇到那个恶棍水手和神秘之塔的冒险经历后，我们就不太喜欢流浪汉了，不过我们在墙上时带的有狗（夫人爬上来很不容易，因为她那猎鹿犬的长腿），而且地势对我们有利，便于防守。

此外这个流浪汉瞅着并不像那个坏蛋水手，说话也不像，不管怎样，我们的人数大大超过这个流浪汉。

爱丽斯推了推奥斯瓦尔德，说了些有关菲利普·西德尼爵士①的话，还有流浪汉比他更需要，等等，因此奥斯瓦尔德不得不到墙头上的洞那儿去，那是我们在受围攻时存放补给品的地方。他拿出那瓶杜松子酒，其他人在痛饮的时候，他留下这瓶酒没喝，准备到渴得受不了的时候再喝。与此同时，爱丽斯说：

"我们有些杜松子酒，是我哥哥拿来的。我希望你不介意用我们的杯子喝，没法儿洗，你知道的，除非用丁点儿杜松子酒涮涮它。"

"别那么做，小姐，"他热切地说，"永远不要把好酒浪费到清洗上。"

杯子就在我们身边的墙上。奥斯瓦尔德在里面倒满了杜松子酒，把冒着泡沫的杯子递给流浪汉，为此他不得不趴在墙上。

那个流浪汉真的非常有礼貌，是一个出身低微但人品高尚的人，而且还是个男子汉，这是我们后来发现的。他在喝酒前说："祝你们健康！"接着就一仰而尽。

"我敢发誓，我刚才真是口渴，"他说，"是什么东西似乎没什么紧要的，在这种天气里，是不是？只要是湿的东西就行。谢谢你们。"

"你太客气了，"多拉说，"我很高兴你喜欢它。"

"喜欢它？"他说，"我认为你并不知道口渴是怎么回事儿。有免费学校，免费图书馆，还有免费洗澡和洗衣房，等等等等！为什么没人创办免费饮料呢？他会是一个英雄，一定会。我会在任何一天里为他投票。要是你们不反对，我想坐一会儿抽支烟。"

他在草地上坐下来，开始抽烟。我们问了些有关他自己的问

---

① 菲利普·西德尼爵士（1554～1586），英格兰诗人、军人和政治家。

题，他告诉我们他的许多哀愁，特别是现在没有工作给一个诚实的人做。最后在讲述曾经工作过的一个礼拜室的经历时，他打起了瞌睡，那个礼拜室对他可不像他对它们或它那样公正诚实（我不知道礼拜室是复数还是单数），然后我们就回家了。不过在回家前我们召开了个紧急会议，把所有随身带的钱收集起来（一共9便士半），包在迪克口袋里的一个旧信封里，轻轻地放在可怜的流浪汉那一起一伏的身上，他穿着马甲睡着了。这样，他醒来后就可以看到信封。我们做这事的时候，狗们一声也没叫，因此我们明白它们也相信他虽然贫穷，却诚实，我们常常发现，在此类事情上相信它们的话是保险的。

回家路上，我们一声不响地沉思。后来我们发现，那个可怜的流浪汉关于免费饮料的话在我们心里深深扎根，而且在那里蠢蠢欲动。

午饭过后，我们到外面把脚浸在小溪里。人们说在饭后马上这样做会导致消化不良，但这从来没让我们受到伤害。有一株倒下的柳树横跨过小溪，刚好可以坐下我们八个，只是因为有矮树丛的缘故，坐在尾端的那些人不能完全把脚浸到水里，于是我们不断地交换位置。我们找到了些甘草根来嚼，这有助于思考。多拉打破了沉默，说道："免费饮料。"

这些单词在每个人心里引起共鸣。

"我纳闷有谁不……"赫·沃说，他朝后靠，直到差点儿倒在水里，还好奥斯瓦尔德和爱丽斯冒着自己掉进水里的危险救了他。

"看在上帝的分上坐着别动，赫·沃，"爱丽斯发表意见，"那将是件了不起的状举！我希望我们能做到。"

"什么，坐着不动吗?"赫·沃问。

"不是，我的孩子，"奥斯瓦尔德回答，"只要我们肯试，大多数人都能做到。你的天使姐姐只是想为口渴的穷人提供免费饮料。"

我们到外面把脚浸在小溪里

"不是为所有那些人，"爱丽斯说，"只是其中的几个。现在换换地方，迪克。我的脚一点儿也没湿。"

在柳树上安全地换位置很困难。交换者不得不从其他人的大腿上爬过去，而其他人则尽力纹丝不动地坐着。但是，这艰巨的任务完成了，爱丽斯继续说：

"而且我们也不能老做，只能做一天、两天，仅仅是我们的钱能维持的时间。埃菲尔铁塔柠檬水是最好的，用我们的钱就可以买到很多。每天一定有一大群确实口渴的人在多佛大道上行走。"

"主意不坏，我们有一笔现款，"奥斯瓦尔德说，"而且再想想那些心存感激的穷人会如何逗留，把心里的悲哀告诉我们。这简直是最有趣不过的事。我们过后可以把他们所有痛苦的生活历史记下来，就像'圣诞节专号'上的《一年到头》那样。噢，咱们干吧！"

爱丽斯扭动得过于热情，以至于迪克给了她一拳好让她安静下来。

"我们或许只做一天，"奥斯瓦尔德说，"但那不会有太多用处，与全世界所有人的极度干渴相比，只是大海里的一滴水。虽然如此，但每一滴水都有帮助，就像美人鱼对着大海哭时说的那样。"

丹尼说："我知道一首关于那个的诗：

小小的东西才是最棒。
对财富和地位的
关注与不安，
但小小的东西
乘着小小的翅膀——

下面是什么来着，我忘了，不过它的意思同奥斯瓦尔德刚刚说的美人鱼的事一样。”

“你们准备怎么称呼它?”诺埃尔从梦里醒来，问道。

“称呼什么?”

“免费饮料的游戏。

> 这真是可惜
> 要是免费饮料的游戏
> 没有一个名字。
> 人们应该谴责你
> 如果有人来——”

“噢，住口!”迪克道，“我们在讨论的时候你一句也没听，全忙着编造你那破烂儿!”迪克厌恶诗。我自己并非特别讨厌，尤其是麦考利、吉卜林和诺埃尔的诗。

“本来还有许多——‘瘸子’和‘少女’、‘名字’、‘游戏’等等，现在我忘了。”诺埃尔沮丧地说。

“没关系，”爱丽斯回答说，“在夜深人静时，它会回到你身边的。不过真的，诺埃尔说得不错，它应该有个名字。”

“免费饮料公司。”

“口渴的旅行者休息之处。”

“旅行者的快乐。”

大家提出了这些名字，但都没有受到特别注意。

然后，有人说（我想那是奥斯瓦尔德）：“为什么不叫‘漂亮房子’?”

“它不能是房子，它得在路上，只能是个货摊。”

“‘漂亮货摊’简直是可笑。”奥斯瓦尔德说。

“那么就叫‘漂亮酒吧’好了，”迪克说，他知道“玫瑰和皇冠"酒吧里面是什么样子，这当然是女孩子们看不到的。

"噢，等一等，"牙医叫道，一面捻着手指，他在想记起什么东西时总是这么做，"我刚才想到了什么，可是戴西胳肢我，我又忘了。我知道了，我们就叫它'慈善酒吧'好了！"

这太恰当了，用两个词就概括了全部事实。"慈善"表明它是免费的，"酒吧"表明什么东西是免费的，比如说是喝的东西。就叫"慈善酒吧"了。

我们马上回家为明天做准备，因为我们当然希望第二天就开始干。你知道拖延意味着什么，而且耽搁是危险的。要是我们等久了，没准儿会碰巧把钱花到其他东西上去。

必须严守秘密，因为帕蒂格鲁太太讨厌流浪汉，许多养鸡的人都这样。阿尔伯特的叔叔在伦敦，要到次日晚上才回来，因此我们不能和他商量了，不过我们知道他对贫穷和有需要的人充满了明智的同情。

我们偷偷摸摸地做了一个遮阳篷，用来让慈善酒吧的经营者们避开天空统治者那刺眼的光线。我们在阁楼上找到一些旧的带条纹的遮阳窗帘，女孩子们把它们缝了起来。做好后的遮阳篷不是很大，因此我们又加了些女孩子们的条纹衬裙上去。我很抱歉她们的衬裙在我的叙述中出现得如此频繁，但它们的确非常有用，特别是割断带子以后。女孩子们借来了帕蒂格鲁太太的缝纫机，她们无法不作任何解释就请她离开，而那个时候我们又不想作解释，况且以前她也借给过她们。她们把缝纫机拿到地下室里去用，这样她就听不到声音，也不会来问一些烦人的问题。

她们必须使遮阳篷能够在饮料摊的一端保持平衡，这可不是件容易的事。当她们在缝纫时，男孩子们出去搞了些柳木棍，把小枝砍掉，用来撑起遮阳篷。

回来后，我们一行人又往村里的商店，去购买埃菲尔铁塔柠檬水。我们买了 7 便士半的柠檬水，然后做了一个大牌子，写明了酒吧的目的。接下来便没有什么事儿，除了用戴西的一条蓝腰带来制作花饰，用来说明我们就是慈善酒吧的成员。

第二天依旧非常热。我们醒得很早，来到前天标记好的位于多佛路上的地点。这是在一个十字路口，可以给尽可能多的人提供饮料。

我们把遮阳篷和柳木棍藏在树篱后面，回家吃早饭。

早饭过后我们拿来了洗衣服用的大水槽，可在装满了清水后，又不得不倒空，因为太重了，抬不动。因此我们就把空水槽抬到预定地点，留下赫·沃和诺埃尔看守，而我们则去一桶桶地拎水，这真是项很重的活儿，心地并非真正仁慈的人是不会为这件事去费心的，哪怕一秒钟也不会。奥斯瓦尔德一个人就拎了三桶，迪克和牙医也是这样。接着我们滚过来一些空桶，把其中三个竖在路边，放上一块厚木板。这就成为一张一流的桌子，还盖上了我们在桌布柜里所能找到的最好的桌布。我们带了几个玻璃杯和茶杯（不是最好的，奥斯瓦尔德对此很坚决），还有水壶、酒精灯和茶壶，以防有疲惫的徒步女人喜欢来杯茶而非埃菲尔铁塔柠檬水。赫·沃和诺埃尔不得不到商店里买茶叶，他们没理由抱怨，因为他们一点儿水也没拎。而且他们还不得不去了第二次，因为我们忘了让他们买些摆在酒吧里的真正柠檬，好表明你到手的饮料是什么样儿的。商店的老板很宽容地答应把柠檬记在账上，我们花光了下个星期的零花钱。

当我们在准备东西的时候有两三个人经过，可没一个人说话，除了有个男人说"'糟糕'的主日学校的招待"。因为天还早得很，没人口渴，所以我们也没有拦住路人，告诉他们说在我们的慈善酒吧，他们可以不花一分钱就能解渴。

接着，当一切都准备好时，我们把蓝色的花饰系在胸前我们仁慈之心的上方，并竖起了我们做好的大牌子，上面写着"慈善酒吧　为所有疲惫的行人提供免费饮料"，那是用贴在红色棉布上的白色填料写成的，像是教堂里的圣诞节装饰物。我们本想把这个系在遮阳篷的边上，但不得不把它钉在桌布前面，因为，我要很遗憾地说，遮阳篷从一开始就出问题了。我们没法儿把柳树棍子栽到路上去，因为路面太硬了。要是栽到沟里就太软了，也派不上用场。所以我们只好用帽子遮住我们慈善的脑袋，轮流到路另一侧的树阴下。因为我们当然是把桌子摆在了道路的被阳光晒到的一侧，指望那破芦苇秆似的遮阳篷能管用，并希望能给它一个公平的机会。

一切看来都不错，我们盼着看到有真正可怜的人出现，好能减轻他们的痛苦。

最先出现的是一个男人和一个女人，他们停下来打量着，但当爱丽斯说"免费饮料！免费饮料！你们不渴吗?"时，他们说"不，谢谢"，然后继续上路。接着，从村子里来了个人，当我们邀请他时，他连"谢谢"都没说。奥斯瓦尔德开始担心这是不是就像以前那段可怕的时光，当年我们在圣诞节那天徘徊，努力想找到可怜的人，说服他们吃掉我们的"良知布丁"。

不过，一个穿着蓝运动衫背个红包的人减轻了奥斯瓦尔德的担心，他乐意喝一杯柠檬水，甚至还很友善地说："谢谢你，真的。"

在那以后，情况就好起来了。就像我们预期的那样，有很多口渴的人从多佛大道上走过，甚至还有些是从十字路口来的。

我们很高兴地看到有十九个平底杯在我们自己品尝之前被一饮而尽。没人要喝茶。

很多人没喝我们的柠檬水，有些人不肯喝它是因为他们太高尚了。一个男人对我说，他口渴时有能力为自己的饮料付钱，而且谢天谢地，他目前还不渴。其他人问我们是不是有啤酒，当我们说"没有"时，他们说这就表明了我们是哪类人，似乎是不好的那一类。

另一个男人说："又是廉价货！你们绝不会不计报酬的，就算天堂也不会，瞧瞧你们身上倒霉的蓝丝带！噢，天哪！"于是他相当沮丧地走了过去，一口也没喝。

那个曾在神秘之塔那天帮过我们的买猪人从这里路过，我们向他欢呼，把一切解释给他听，还给了他一杯饮料，告诉他回来的时候一定要来拜访。他很喜欢，说我们是真正的好人，这和那个想要啤酒的男人是多么不一样啊。接着他又上路了。

有一件事我不喜欢，就是男孩子们开始聚集起来。当然，我们不能拒绝给任何行人饮料喝，只要他的年纪已经足够大，使他能够提出要求来。可是，当一个男孩喝了三杯柠檬水后还要再来一杯时，奥斯瓦尔德说：

"我认为你喝得够多了，喝了那么多之后你不可能还渴。"

那个男孩说："噢，不可能吗？你就会看到可不可能。"然后就走了。不一会儿，他带着另外四个男孩子回来了，都比奥斯瓦尔德高大，他们都要喝柠檬水。奥斯瓦尔德给四个新来的男孩柠檬水，不过他对先前的那个男孩行动坚决，一滴都不给他。于是，他们五个走了，坐在不远处的一个门上，不断用一种令人厌恶的方式哄笑。只要有男孩经过，他们就喊："我说，到这儿来。"新来的男孩多半会和他们混在一起。这让人担忧，因为他们虽然喝了柠檬水，但我们看得出来这并没有使他们变得更友好一些。

一阵辉煌的善意之光使我们的心高兴起来，我们看见我们先前遇到的那个口渴的流浪汉从路上走来。狗们并没像对待那男孩或是那个要啤酒的人那样对他咆哮。（我前面没说我们带着狗，不过我们当然带着，因为我们答应过再也不会不带它们出门。）

奥斯瓦尔德说："嗨，是你呀。"

那个流浪汉说："是的。"

爱丽斯接着说："你看，我们接受了你的建议，正在提供免

184

费饮料。看上去是不是一切都好？"

"的确，"流浪汉说，"我倒不反对。"

所以我们连着给了他两杯柠檬水，感谢他提供给我们这个主意。他说我们太客气了，要是我们不反对的话，他想多坐会儿，抽根烟。他坐下来了，在说了一会儿话之后又睡着了，似乎他一喝东西就要以睡觉告终。我一直认为只有啤酒之类的东西才会让人昏昏欲睡，可他并非如此。他在睡着的时候滚进了沟里，不过那也没能把他弄醒。

那群男孩子变得越来越吵，开始大喊大叫，用嘴巴弄出各种愚蠢无聊的声音，奥斯瓦尔德和迪克走过去，告诉他们最好住嘴，可他们比刚才闹得还凶。我认为或许奥斯瓦尔德和迪克会打架解决了他们，虽然他们十一个人，然而在书里，通过背靠背的方式你总能够打败人数占压倒性优势的一方。可是爱丽斯喊道：

"奥斯瓦尔德，又有人来了。回来！"

我们过去了。有三个大个子男人从路上走来，脸红红的，面相一点也不和气。他们停到"慈善酒吧"前面，慢慢读着皱纹纸和红棉布做的牌子。

然后他们中的一个说他走运了或者类似的什么话，另一个人说他也是。第三个说："走运不走运，喝一杯是一杯。蓝带，尽管，用——"（这是个你不应该说的词，虽然《圣经》和教义问答手册里面都有它）"给我们来一杯，小姑娘。"

狗们在咆哮，但奥斯瓦尔德认为最好还是不要去理会狗说的话，而是给这些男人一人一杯，于是他给了。他们喝了，可似乎一点儿也不在乎，接着他们把玻璃杯放在桌上，还没人做过如此失礼的举动，开始企图戏弄奥斯瓦尔德。奥斯瓦尔德低声对赫·沃说："照看一下，我想对女孩子们说一句话。要是你想要什么东西就大声喊。"随后他把其他人拉到一边，说他认为这事情已经够了，考虑到那群男孩子和那三个男人，或许我们最好就此打住回家去。无论如何，我们已经行善近 4 个小时了。

这场谈话正在进行，其他人正提出异议的时候，赫·沃一个不朽的举动差点毁了"慈善酒吧"。

当然，奥斯瓦尔德并没有看到或者听到发生了什么，不过根据赫·沃在后来平静下来时所讲的内容，我认为是这么回事。那些不友好的男人们中的一个对赫·沃说：

"你们没有一点儿酒精饮料，是吗？"

赫·沃说："没有，我们没有，只有柠檬水和茶。"

"柠檬水和茶！它×××"（这就是我告诉你的坏字眼儿）以及"该死"就是那个恶棍的回答，后来也证明他的确是个恶棍，"那么那是什么？"

他指着一个贴有"德瓦"威士忌标签的瓶子，它放在桌子上的酒精壶旁边。

"噢，那就是你想要的？"赫·沃和气地说。

那个男人说他十足地想要。

他伸出还剩有半杯柠檬水的杯子，赫·沃慷慨地把标着"德瓦"威士忌瓶子里面的液体倒满了杯子。那个男人喝了一大口，突然把嘴里碰巧还没来得及咽下去的东西喷了出来，然后开始骂了起来。就在那时奥斯瓦尔德和迪克冲了过去。

那个男人在赫·沃脸上晃着拳头，赫·沃仍旧抓着那瓶子，我们在瓶子里放了点灯用的甲基化酒精，以防有人要喝茶，不过没人要喝。"要是我是吉姆，"第二个无赖说（因为他们的确是无赖），他把瓶子从赫·沃手里夺走闻了闻，"我会把这整个摊子都扔到那边去，你们这群小流浪儿也跟着滚过去，我都不想碰你们。"

奥斯瓦尔德马上看出，就力量而非人数来说，他和他的队伍不是对手，而且那群不友好的男孩子正幸灾乐祸地靠近。在处于困境的时候求助并不可耻。奥斯瓦尔德呼喊道："救命，救命！"

他把瓶子从赫·沃手里夺走闻了闻

这些话还没有完全从他那勇敢然而颤抖着的嘴唇中说出来，我们的流浪汉像只羚羊那样从沟里一跃而出，他说："喂喂，怎么回事？"

三个男人中块头最大的那个立刻把他打倒在地，他一动也不动地躺着。

块头最大的人说："来啊——还有吗？来啊！"

奥斯瓦尔德被这种无礼的攻击给激怒了，他居然挥拳向那个大块头猛击——他真的击中了他腰带以上的部位。接着他闭上了眼睛，因为他觉得现在一切都完了。传来叫喊和混战声，奥斯瓦尔德惊讶地睁开了双眼，发现自己毫发无损。我们的流浪汉巧妙地假装昏过去，为的是让那些人放松警惕，然后他突然抱住其中两个人的一条腿，在迪克的帮助下把他们拉到地上，迪克看到了他的计谋，及时地赶过来帮忙，奥斯瓦尔德也会那样做，要是他没有闭上眼睛等死的话。

那些讨厌的男孩叫喊着，第三个人企图帮助他那些可耻的朋友们，现在他们躺在地上和我们的流浪汉打成一团，他压在他们上面，有迪克在帮助。所有这些都发生在短短的一分钟内，成为一场混战。狗们在咆哮，玛莎咬着一个男人的裤脚管，皮切尔咬着另一只。女孩子们发疯般地尖叫，陌生的男孩们又是大喊又是大笑（这些小畜生！）。然后，我们的买猪人突然从拐角处出现，还带着两个朋友。他领他们过来，好让他们在发生不愉快事情的时候照顾我们。他真是个考虑周到的人，完全像他的为人。

"去叫警察来！"买猪人威严地喊道，赫·沃立刻狂奔而去。不过那些恶棍从迪克和我们的流浪汉身下挣脱开来，甩掉了狗和裤子上的碎布，沿着大路缓慢地逃跑了。

我们的买猪人对那些讨厌的男孩说："快滚回家去！"，还"嘘"他们，仿佛他们是群母鸡，于是他们走了。在他们开始走到路上时，赫·沃回来了，我们全都气喘吁吁地站在刚才殊死搏斗的现场，泪流满面。奥斯瓦尔德用名誉发誓说他和迪克的眼泪完全是愤怒的眼泪，有那种专门完全出于愤怒的眼泪。任何知道的人都会这么说。

我们扶起了我们的流浪汉，用柠檬水清洗他额头上的肿块。镀锌水槽里的水在打斗时被打翻了。然后，他、买猪人和他好心的朋友们帮我们把东西抬回家。

在路上，买猪人建议我们在没有大人帮助的情况下不要做这类事情。以前也有人向我们这样建议过，不过现在我真的认为再也不要试着对贫穷的人行善了，至少在对他们了解清楚之前不要去做。

从那儿以后我们常常看到我们的流浪汉，买猪人给了他一份工作，他终于找到了工作。买猪人说他不是个很坏的小伙子，除了他一沾酒就会睡觉外。我们知道那是他的弱点，我们一下就看出来了，但幸运的是他那天在我们的"慈善酒吧"附近睡着了。

我不打算说我的老爸对这件事说了些什么，其中有相当一部分是关于少管闲事的，这在对我们的大多数训话中一般都有。不过他给了流浪汉一个金币，买猪人说他有足足一个星期都枕着它睡觉。

第十二章
坎特伯雷的朝圣者

我们的长辈醉心于灯红酒绿的场所,追逐着眼花缭乱的时尚,而我们却被丢在家里孤独地哭泣。这几句话的作者真的希望没有人傻到会根据我们在乡下做的一些事情就认定我们是可怜悲惨、没人管的小孩子。完全不是这么回事儿,我希望你们了解,我的老爸和我们在一起的时间很多,阿尔伯特的叔叔(他其实并不是我们的叔叔,只是我们住在莱维沙姆时隔壁阿尔伯特的叔叔)也把大量的宝贵时间给了我们。丹尼和戴西的老爸也不时过来,还有所有我们想见到的其他人。我们和他们在一起度过不少呱呱叫的时光,的确玩得尽兴,谢谢你的关心。在某些方面,和大人们一起度过的快乐时光要胜过我们自己度过的,至少那样更安全。想做任何危险的事而不被大人们在事前突然制止几乎是不可能的。还有,如果你很谨慎小心,那么任何变糟的事都可以看做是大人的错误。不过这些没有危险的快乐说起来并不有趣,比不上没人阻止你做鲁莽事时你做的事。

还有一件奇怪的事,那就是我们许多顶顶有趣的游戏都发生在大人们离得很远的时候。比如说当我们扮演朝圣者时。

它就发生在"慈善酒吧"的事件之后,是个雨天。在下雨天想在室内找乐子可不像年纪大些的人所想象得那么容易,特别是当你远远离开自己的家，没有带一点儿自己的物品时。女孩子们在下哈尔马棋，一种讨厌的游戏，诺埃尔在写诗，赫·沃在用"迦南的快乐海岸"的调子唱"我不知道做些什么"。歌是这样唱的，听起来非常索然无味：

> 我不知道做些什么——呃呃——呃呃——呃呃！
> 我不知道做些什么——呃呃——呃呃——呃呃！
> 这是个讨厌的下雨天，
> 我不知道做些什么。

其余的人试着让他闭嘴，我们把毡制旅行袋扣在他头上，可是他在里面继续唱；接着我们坐在他身上，可他在我们下面唱；我们把他头脚倒置，让他爬到沙发下面去，但是他在沙发下面还是继续唱。我们明白了，只有用暴力才能使他安静下来，于是我们就随他去了。然后，他说我们弄疼他了，我们说只是开个玩笑，他说就算我们是在开玩笑，他却不是。像我们刚才的那些兄弟般的玩笑行为也可能引起不快，只有爱丽斯停下哈尔马棋说：

"咱们找些乐子吧。来吧，咱们玩些什么。"

于是多拉说："好的，听我说。现在我们都在这里，我想说些话。玩'想做好孩子'协会怎么样？"

我们中的许多人都开始呻吟，有人说："注意！注意！"我不想说是哪一个，不过不是奥斯瓦尔德。

"不，不过真的，"多拉说，"我不想唠唠叨叨的，可你们知道我们的确说过我们要成为好孩子。我昨天才读到的一本书上说不淘气还不够，你必须做个好孩子，可我们几乎什么也没做。金子般的《善行录》里基本是空白。"

"我们不能有一本铅一般的事迹记录本吗？"诺埃尔撇开他的诗歌说道，"那样如果爱丽斯想写的话，会有许多可写的事，或

191

者是黄铜，或锌，或铝一般的事迹？我们不可能把记录本里写满金子般的事迹。"

赫·沃把自己裹在红桌布里，说诺埃尔只不过是在建议我们去淘气，和平又一次要被打破了，但是爱丽斯说道："噢，赫·沃，不要，他不是那个意思，不过我的的确确希望错的事情不要那么有趣。开始的时候是在做一件高尚的事，接着事情就变得非常令人兴奋，你还不知道怎么回事儿，就已经是在干一件什么错事了。"

"而且还很愉快。"迪克说。

"太奇怪了，"丹尼说，"不过你似乎内心也无法断定，你凑巧喜欢做的一件事是否算件好事，不过要是你不喜欢做的话，你就非常明白那是件好事了。我刚才正想到这个。我希望诺埃尔能为它作首诗。"

"我正在作，"诺埃尔说，"诗从一条鳄鱼开始，不过诗的结尾和我原先想表达的意思完全不同。等一下。"

他卖力地写着，而他好心的兄弟姐妹还有他的小朋友们在照他说的那样在等着。然后，他读道：

> "鳄鱼非常聪明，
> 它住在尼罗河里，长着小小的眼睛，
> 它还吃河马，
> 要是可能，它还会把你吞下。
> 它带着惊喜望着
> 美丽的森林和星空。
> 它看见了东方的财富，
> 还有兽中之王的老虎和狮子。
> 所以，让所有人向善谨慎，
> 少说不、不会和不在乎；

因为做错事非常容易，

远胜于我所知道的一切正确的事。

我不能写成复数的'万兽之王'①，因为它和东方并不押韵，所以我把's'从'野兽'上去掉，加到了'king'上。这样末尾就一致了。"

我们都说这是首相当不错的诗。要是你不喜欢诺埃尔写的东西，他会非常难过。他接着说："要是所需要的只是努力，我不在乎向善要付出多少努力，不过我们还不如用某种好的方式来向善。咱们来演《天路历程》吧，就像我一开始想的那样。"

我们都说我们不想演，这时多拉突然说道："噢，听着！我知道。我们来当坎特伯雷的朝圣者②。人们以前常常通过朝圣来让自己变好。"

"鞋子里放上豌豆，"牙医说，"这是一首诗里的内容，只是那个人把他的豆子煮熟了，这是很不公平的。"

"噢，是的，"赫·沃说，"还有卷边三角帽。"

"不是卷边，是卷边儿，"说话的是爱丽斯，"他们带着手杖和纸片，而且他们相互讲故事听。我们也应该这样。"

奥斯瓦尔德和多拉在一本叫《英国人简史》的书里一直读着有关坎特伯雷朝圣者的事。那其实根本不是什么简史，而是一个叫格林的绅士写的，有厚厚的三大卷，不过书中有很多漂亮的插图。于是奥斯瓦尔德说：

"好吧。我要当'骑士'。"

"我要当'巴思妇人'，"多拉说，"你想当什么，迪克？"

---

① 此处原文为"the kings of the beast"，照英语习惯，"beast"应为"beasts"，但"king"中文为国王，理应只有一个，用单数，故有此说。

② 以下坎特伯雷的朝圣者均为英国著名诗人杰弗里·乔叟的作品《坎特伯雷故事集》中的人物。

"哦，我无所谓，要是你乐意的话，我就当'巴思先生'。"

"我们对人物不太了解，"爱丽斯说，"总共有多少人？"

"三十个，"奥斯瓦尔德回答说，"不过我们并不要扮演所有人。有一个'修女教士'。"

"那是个男人还是女人？"

奥斯瓦尔德说他从插图上无法确定，不过爱丽斯和诺埃尔可以共同扮演它，于是就这样说定了。接着我们找出了书，研究上面的衣服，看看我们是否能为各自的角色制作衣服。起先我们认为我们能，因为这让我们有事可做，而且那又是个雨天。不过这些衣服瞅着太难做了，特别是"磨坊主"的衣服。丹尼想当"磨坊主"，不过最后他成了"医生"，因为它和"牙医"很接近，而牙医是我们对他的简称。戴西想成为"修道院院长"，因为她是好孩子，还有"一张柔软的樱桃小口"，赫·沃愿意当"伙食采购员"（我不知道那是什么），因为他的画像比其他绝大多数人的都要大，他说"伙食采购员"是个顶顶好的混合词——一半是要人一半是信徒。①

"咱们先把最容易弄的衣服准备好。"爱丽斯说，"'朝圣者'的手杖、帽子和摺边服装。"

于是奥斯瓦尔德和迪克冒着风雨，去果园那边的林子里砍些树枝。我们弄到了八根很长的树枝，然后把它们拿回家。女孩子们啰里啰唆地直到我们把衣服换掉，衣服确实因被雨淋而往下滴着水。

随后，我们削去棍子的皮。开始它们雪白漂亮，不过我们拿了一会儿就脏了。真是件奇怪的事——无论你手洗得有多频繁，可它们似乎总是在任何白色的东西上都会留下痕迹。我们在手杖

---

① 原文为 Manciple 一词，前半部分暗含"要人"之义，后半部分暗含"信徒"之义。

顶部钉了纸做的花饰,那就是我们能找到的和摺边最接近的东西了。

"我们不如在帽子上也带上花饰,"爱丽斯说,"为了进入角色,我们今天都用正确的名称相互称呼,你不这样认为吗,骑士?"

"是啊,修女教士,"奥斯瓦尔德答道,不过诺埃尔说她只是半个修女教士,不快的迹象又一次使气氛沉闷。爱丽斯说:

"别像头小猪一样,亲爱的诺埃尔。你可以一个人拥有它,我并不想要。我只想做一个普通的朝圣者,或者是杀了贝克特的亨利①。"于是我们叫她普通朝圣者,她并不介意。

我们想到了卷边三角帽,不过戴上有点热,宽大的太阳帽让人看起来像农场歌曲的封面图片,非常漂亮,我们在上面放了摺边。凉鞋我们也试着做了,油布上剪出鞋底的样子,再用带子扎牢,不过这样脚趾上要沾到土,我们确定还是靴子更适合这样的长途跋涉。有些最热心不过的朝圣者把白色的带子十字交叉系在靴子上冒充凉鞋。丹尼就是这些热心的朝圣者之一。至于说衣服,没时间去把它们收拾得恰如其分,开始时我们想到了睡袍,可我们又决定放弃,万一现在坎特伯雷的人们不习惯那一类朝圣者怎么办。我们决定就这个样子去,或者,第二天碰巧是什么样子,就照那个样子去。

你自然乐意相信我们希望次日是个晴天。它真是个晴天。

这是个晴朗的早晨,朝圣者们起床后,下楼去吃早饭。阿尔伯特的叔叔很早就吃了早饭,在书房里辛勤工作。我们贴在门上,听到羽毛笔的"沙沙"声。当里面只有一个人的时候,在门上听并不是什么错事,因为没有人在独自一人时会大声说出自己

---

① 贝克特(1118? ～1170),英国的罗马天主教殉教者。亨利,当时任英国国王。

195

的秘密。

我们从管家帕蒂格鲁太太那里拿到午饭,她好像喜欢我们全都带着午饭出去,不过我认为她一个人待着是很无聊的事。然而我记得,我们在莱维沙姆的前管家伊莱扎也是同样的人。不用说,我们把那几只亲爱的狗也带上了。自从神秘之塔事件发生后,我们就被禁止在没有这些忠诚的人类朋友的护卫下到任何地方去。我们没带玛莎,因为牛头犬不喜欢散步。记住这个,要是你有这样一条珍贵的狗的话。

我们全都收拾好了,戴上宽边帽和摺边,拿着棍子、穿着凉鞋,朝圣者们看起来很像样。

"只是我们没有纸片,"多拉说,"什么是纸片?"

"我认为是一些读的东西,一卷羊皮纸之类的。"

于是我们把报纸卷起来拿在手里。我们拿的是《环球》和《威斯敏斯特公报》,因为它们是粉红间绿色的。牙医穿着他白色的沙地鞋,用黑带子包装成凉鞋,光着腿。它们看起来几乎跟光着脚一样。

"我们应当在鞋里放上豌豆。"他说,但我们不这么想。我们知道一粒很小的石子在靴子里会有什么后果,更不要说豌豆了。

我们当然知道去坎特伯雷的路,因为那条朝圣者的老路就在我们房子外。这是条相当不错的路,狭窄,经常有阴凉。走起来很舒服,但因为崎岖不平,大车并不喜欢。于是路面上长了一块块的草。

我说过今天天气不错,就是说天没下雨,而且太阳没有一直照着。

"太好了,奥骑士,"爱丽斯说,"白日天体之光并非——怎么说来着?光辉灿烂。"

"说得不错,普通朝圣者,"奥斯瓦尔德回答,"即便就这个样子,也已经够热的了。"

"我希望我不是两个人,"诺埃尔说,"这似乎让我更热了。我认为我应该是个采办总管之类的。"

但我们不允许他,我们解释说,要是他不那么挑剔的话,爱丽斯会成他的一半,如果身兼修女和教士使他感到热,那他只能怪自己了。

不过天的确很热,而且我们也穿着靴子走了一会儿。然而,当赫·沃抱怨时,我们履行了朝圣者的职责,让他闭嘴。爱丽斯说抱怨和哭泣是与伙食采购员的尊严不相符的,他随即闭嘴了。

天太热了,修道院院长和巴思妇人放弃了她们一贯的勾肩搭背的走路方式(阿尔伯特的叔叔称那是"金发蓝眸而体积庞大"),医生和巴思不得不把外套脱下来拿着走。

我确信画家、摄影师或其他任何喜欢朝圣者的人看到我们都会非常高兴。那些纸做的摺边是一流的,但把它们放在手杖顶部却很麻烦,因为当你想把手杖当拐杖用的时候它们就碍手碍脚的。

我们全都像男子汉那样走路,尽量用书上的对白说话,刚开始全都像开饭的铃声那么欢快。可是,一会儿后,奥斯瓦尔德,这位"非常温文尔雅的骑士",忍不住注意到我们中有一个变得非常沉默,脸色非常苍白,就像在不了解可怕真相前吃了不相宜食物的人。

于是他说:"怎么了,牙医,老兄?"他非常亲切,像个最好的骑士一样,不过,心里却对丹尼感到气恼。要是在游戏中有人脸色发白,使得一切都搞砸了,那是很扫兴的。你不得不回家,告诉那个破坏者你为他生病感到多么抱歉,而且还得假装一点儿也不介意游戏被搞砸。

丹尼说"没事",不过奥斯瓦尔德心里明白。

然后,爱丽斯说道:"咱们休息一下吧,奥斯瓦尔德,天很热。"

要是在游戏中有人脸色发白，使得一切都搞砸了，那是很扫兴的

"是奥斯瓦尔德阁下，劳驾，普通的朝圣者，"她的哥哥威严地回答，"记住我是个骑士。"

所以我们坐下来吃午饭，丹尼看上去好些了。我们在树阴下玩了一会儿"副词游戏"，"二十个问题"，"让儿子当学徒"，等等。然后，迪克说现在该起航了，要是我们想当天晚上到达坎特伯雷港的话。当然，朝圣者才不顾虑什么港不港的，但迪克的确从未仔细地玩过这个游戏。

我们继续前进。我相信我们本应很安全、很早地到达坎特伯雷的，只是丹尼的脸色越来越苍白，不久后，奥斯瓦尔德确切无疑地看出来他走路都开始一瘸一拐的。

"鞋让你不舒服吗，牙医？"他说，仍然带着勉强的亲切笑容。

"还好，没事儿。"丹尼回答说。

于是我们继续走，但此刻我们都有些累了。太阳越来越热，云彩都不见了。我们不得不开始唱歌，来保持士气。我们唱"英国的掷弹兵"和"约翰·布朗的尸体"，这些庄严的歌曲是适合于行军，还有许多其他歌曲。我们刚开始唱"走，走，走，小伙子们在前进"，丹尼突然站住。他先用一只脚站着，后来又用另一只，他的脸一下子扭曲起来，用手捂住眼睛，坐在路边的一堆石头上。我们把他的手拉开，他居然在哭。作者并不想说哭是孩子气的表现。

"究竟怎么了？"我们都问道，戴西和多拉爱抚着他，好让他说出来，但他只是继续号啕，而且说没事，只是请我们能不能继续走，留下他，回来的时候再叫上他。

奥斯瓦尔德认为很有可能有些食物让丹尼肚子痛，而且丹尼不想当着所有人的面那么说，于是他把其他人遣开，告诉他们往前走一点儿。

随后他说："现在，丹尼，别像头小蠢驴一样。怎么回事？

是肚子疼吗?"

丹尼停止哭泣,尽可能大声地说:"不是!"

"呃,那么,"奥斯瓦尔德说,"听着,你正在破坏整个活动。别使性子了,丹尼。怎么回事?"

"要是我告诉你,你不会告诉其他人吧?"

"不会,要是你不同意的话。"奥斯瓦尔德用亲切的口吻回答。

"好吧,是我的鞋。"

"脱下来,老兄。"

"你不会笑吧?"

"不会!"奥斯瓦尔德叫道,其他人不耐烦地回头看他为什么吼叫。他挥手让他们走开,带着谦卑的亲切开始解开那双带黑绳的凉鞋。

丹尼让他去解,一直都哭得很凶。

当奥斯瓦尔德解开第一只鞋时,秘密就揭开了。

"天哪!竟然——"他带着极度的愤慨说。

丹尼害怕了,虽然他说自己没有。不过,他也不知道什么是害怕,而且要是丹尼不害怕的话,奥斯瓦尔德也不会知道什么是害怕。

因为当奥斯瓦尔德脱下那只鞋时,他很自然地扔到地上并踢了一脚,许多粉红色、黄色的东西滚了出来。奥斯瓦尔德更仔细地看了看这有趣的景象,那些小东西是些裂开的豌豆。

"或许你应该告诉我,"温和的骑士带着绝望的客气说,"你究竟为什么这样胡闹?"

"噢,别发火,"丹尼说,现在他的鞋都脱了下来,他把脚趾弯起来又伸开,停止了哭泣,"我知道朝圣者都在鞋子里面放豌豆……还有,噢,我希望你不会嘲笑!"

"我不会。"奥斯瓦尔德说,仍然带着含有抱怨的客气。

"我刚才不想告诉你我要做的事，是因为我想比你们所有人做得更好，而且我认为要是你们知道我要这么做，你们也会想这么做，但我开始说的时候你们就不愿意。因此我只是在口袋里放了些豌豆，在你们不注意的时候一次扔一两个到我的鞋子里。"

奥斯瓦尔德在心里偷偷说："贪婪的小蠢驴。"因为不管什么东西，只要你想比别人得到的东西多就是贪婪，即使这东西是善良。

奥斯瓦尔德表面上什么也没说。

"你瞧，"丹尼继续说，"我的确想学好。而且，要是朝圣对你有益，你就应该按照正确的方法去做。我不应该在乎我的脚疼，要是它能让我永远变好的话。此外，我想完整地玩这个游戏。你总说我不认真。"

仁慈的奥斯瓦尔德的心被最后的几句话给打动了。

"我认为你已经够好的了，"他说，"我要把其他人都叫回来，不，他们不会嘲笑的。"

我们所有人都回到丹尼身边，女孩子们对他大惊小怪了一番。不过奥斯瓦尔德和迪克面色沉重，冷淡地站在一边。他们的年纪足以使他们看出，学好固然不错，但不管怎样也不得不把这个小伙子弄回家去。

他们尽量和颜悦色地说到这个，丹尼说：

"没问题，会有人让我搭个便车的。"

"你以为世上的任何东西只要搭个便车就能摆平啊。"迪克语气并不亲切地说。

"能的，"丹尼说，"如果是你的脚的话。我可以很容易地搭个便车回家。"

"不，你不会的，"爱丽斯说，"没人从这条路上来。不过大道就在眼前，就是你看到电报线的那儿。"

迪克和奥斯瓦尔德做了一个轿子，把丹尼抬到大路上去，我们坐在一个沟里等着。好长一段时间，除了一辆运酒的货车外再没有一辆车经过。我们当然打了招呼，不过车上的人睡得很香，我们的招呼白费力气，没有一个人能急中生智，想到像闪电般跳到马的脖子上，不过马车一驶出我们的视线，我们就都想到了。

于是，我们不得不继续在满是尘土的路边等，并听见不止一个朝圣者说但愿我们从来没来过。当然，其中并不包括奥斯瓦尔德。

最后，就在连奥斯瓦尔德都开始感到绝望时，传来了马蹄踏在路上的轻快的"踏踏"声，一辆轻便的双轮马车出现在眼前，上面只坐着一位女士。

我们向她欢呼，就像失事船只上绝望的水手在救生艇上向路过的船欢呼那样。

她停了下来，看起来很快活。她年纪不大，我们后来发现她的年龄是 25 岁。

"呃，"她说，"什么事?"

"是这个可怜的小男孩，"多拉指着牙医，他在干涸的沟里睡着了，嘴巴像往常那样大张着，"他的脚很疼，您能捎他一程吗?"

"但为什么你们都打扮成这样?"女士打量着我们的摺边凉鞋等等东西问道。我们告诉了她。

"他是怎么弄疼了脚的?"她问。我们告诉了她。

她看起来非常亲切。"可怜的小家伙，"她说，"你们想到哪儿去?"

我们也告诉了她，对这位女士毫无隐瞒。

"好吧，"她说，"我要去……它叫什么名字来着?"

"坎特伯雷。"赫·沃说。

"呃，是的，"她说，"只有半英里远。我会带上那个可怜的小朝圣者——还有这三个女孩子。你们男孩子必须得步行。然后

202

我们就喝茶看风景，我会把你们至少一些人送回家的，这怎么样？"

我们对她千恩万谢，说这太好了。

随后我们帮丹尼上了车，女孩子们也上去了，马车的红色轮子绝尘而去。

"我希望那位女士驾驶的是一辆公共马车，"赫·沃说，"那样我们就都能坐上去了。"

"别这么不知足。"迪克说。

诺埃尔也说道："你应该谢天谢地不需要一路背着丹尼回家。要是你一个人和他出来的话，就不得不背了。"

我们到了坎特伯雷，发现它比我们期望中要小得多，教堂也比莫特府边上的教堂大不了多少。那儿似乎只有一条大街，不过我们猜城市的其他部分都被藏在什么地方了。那有个大旅馆，前面有一块绿地，红轮子的马车就停在马棚里。那位女士，还有丹尼和其他人，正坐在门廊的长椅上等着我们。旅馆叫做"乔治和巨龙"，它让我想起四轮大马车、绿林大盗、拦路强盗、快活的旅店老板以及在乡下旅馆冒险的时代，就像你在书中所读过的那样。

"我们叫了茶，"女士说，"你们想洗洗手吗？"

我们明白她希望我们那么做，于是我们说好。女孩子们和丹尼比刚才分手那会儿干净多了。

旅馆有个院子，房子外面有个木楼梯。我们被带上去，在一个大房间里洗了手，房间有一张带有四根柱子的木床和深红色帘子，就是在古时冒险时代不会显示出血迹的那种帘子。

随后我们在一个颇为宽敞的有木桌子和椅子的房间里喝茶，桌子和椅子都磨得非常光滑和陈旧。

茶很不错，有莴苣、冷盘肉、三种果酱，还有蛋糕、新鲜的面包，这在家里是不许吃的。

吃茶点时，那位女士和我们说话。她非常和气。

除了其他人之外，世上有两种人，一种能理解你的用意，另一种不能。这位女士就是前一种。

在每个人都吃的再也不想吃后，女士说："你们在坎特伯雷格外想看到什么？"

"大教堂，"爱丽斯说，"还有托马斯·阿·贝克特被谋杀的地方。"

"还有丹尼约翰花园。"迪克说。

奥斯瓦尔德想看墙，因为他喜欢《圣·亚非琪①和丹麦人的传奇》。

"好吧，好吧。"女士说，她戴上了帽子。这真是顶适合的帽子，不是那种边上用针别着蓬松的绒毛和长长的羽毛遮不住脸的小帽子，而是几乎和我们的一般大，带着宽宽的帽檐和红色的花朵，还有为了避免被刮跑而系在下巴上的黑带子。

然后，我们一起出去游览坎特伯雷。迪克和奥斯瓦尔德轮流把丹尼背在背上，那位女士称他为"负伤的伙伴"。

我们先去了教堂。奥斯瓦尔德的灵活脑筋很容易猜疑，担心女士会在教堂里开始说教，但她没有。教堂的门开着。我记得母亲曾告诉我们教堂整天开着门是件好事，那样疲惫的人就可以进来，安安静静地做祈祷，但似乎在教堂里高谈阔论是不礼貌的。

我们来到外面，女士说："你们可以设想一下在圣坛的台阶

---

① 圣·亚非琪（953～1011），他一开始做教士后来当隐士，被指定为巴思的修道士。984 年成为威斯敏斯特的主教。994 年国王派他同丹麦入侵者谈判。双方达成了协议，但丹麦人并未遵守。后来他成了坎特伯雷的大主教，在丹麦海盗入侵的时候被俘，并被勒索高额赎金，但他看到人民的贫困，加以拒绝。强盗们在一次酒宴上再次威胁他，最后恼羞成怒的强盗用宴会上的各种东西投掷他，如宴会上吃剩的大骨头，他最终死在一个樵夫的斧头下。

我们先去了教堂

上，那场激烈的战斗是如何发生的：贝克特，在把一个身穿盔甲
的攻击者打倒在地上后……"

"要是这样就聪明多了，"赫·沃插话说，"只把他的人打倒，
让盔甲站立着。"

"接着说。"爱丽斯和奥斯瓦尔德说，他们瞥了赫·沃一眼，
意思是让他闭嘴。女士继续讲了下去。她告诉我们有关贝克特的
事，然后又是关于圣·亚非琪的故事，就是那个被人用骨头砸，
直到被砸死的人，因为他不愿意向可怜的人民收税以取悦于残忍
凶恶的丹麦人。

丹尼背诵了他知道的一首诗，名字叫"坎特伯雷叙事歌"。

诗的开始是关于丹麦人的蛇形战舰，结尾是关于以其人之道还治其人之身。诗很长，但里面充满了牛骨头，都是关于圣·亚非琪的。

随后那位女士领我们参观丹麦约翰花园，它就像一个烘房。圣·亚非琪用来抵御丹麦人的坎特伯雷墙俯瞰着一个很普通的农家庭院。那医院像个谷仓，我们到处走，玩得非常高兴。除了有时她就像我后来遇到的真正的教堂导游那样讲话外，那位女士还算非常有趣。最后，我们认为总的说来坎特伯雷看起来很小，那位女士说：

"好吧，要是跑了那么远的路，连一点有关坎特伯雷的什么事都没听到过，这似乎是件憾事。"

于是，我们马上知道最坏的事情发生了，爱丽斯说："多恶劣的欺骗！"

然而奥斯瓦尔德马上礼貌地回答道：

"我不在乎。您做得非常好。"虽然他有下面的想法，但他并没有说出来：

"我早就知道。"尽管他非常想说出来，因为这真的是千真万确的。他从一开始就觉得这个地方对于坎特伯雷来说太小了。

这个地方的真正名字叫黑兹尔桥，根本不是坎特伯雷。我们是另外一次去了坎特伯雷的。我们并没有因为那个女士骗我们说这是坎特伯雷而生气，因为她的确干得不错。她非常大度地问我们是不是介意，我们说我们喜欢这里，但我们现在想快快回家。这位女士看出了这个，说："来吧，我们的战车已备好，马也披挂好了。"

这是一本书里顶顶漂亮的词。它立刻就让奥斯瓦尔德高兴起来，他喜欢她用这个，尽管他不明白她为什么说战车。当我们回到旅馆时，我看到她的马车在那儿，还有一辆杂货商的车，上面写着比·木恩，黑兹尔桥杂货商。她把女孩子们放到车里，男孩子们和杂货商同行。他的马是很会跑路的那种，只是你必须得用

206

马鞭的另一头抽它。不过马车非常地颠簸。

我们到家时，夜露已经开始出现，至少，我是这么想的，但你在杂货商的车里不会感到露水。我们都大大地感谢了那位女士，说希望能有一天再见到她。她说她也这么希望。

杂货商驱车离开了，我们都同那位女士握手并亲吻了她，然后她踏上了马车，离开了。

她在拐角处转过身来向我们挥手，就在我们结束挥手转身回家时，阿尔伯特的叔叔像阵旋风般来到我们中间。他穿着法兰绒内衣，衬衣的脖子处没有领扣，头发乱七八糟，手上全是墨水儿，我们从他愤怒的眼睛里得知他又在一章的写作中间停了下来。

"那位女士是谁？"他说，"你们在哪儿遇到她的？"

奥斯瓦尔德开始从头讲述整个经过。

"几天前，穷人的守护者，"他开口了，"多拉和我在读有关坎特伯雷的朝圣者……"

奥斯瓦尔德认为阿尔伯特的叔叔会感到高兴，因为他有关从头开始的训导收到了效果。但是他却打断道："别胡扯，你这个小笨蛋！你们在哪儿遇到她的？"

奥斯瓦尔德用受到伤害的口吻简要地回答："黑兹尔桥。"

于是阿尔伯特的叔叔一步三个台阶地冲上了楼，一边跑一边大声对奥斯瓦尔德吼：

"把我的自行车扛出来，小子，把后胎打上气。"

我确信奥斯瓦尔德的速度已经是尽可能地快了，可是在车胎还远没完全打好气之前，阿尔伯特的叔叔就出现了，带上了领扣、领结，穿上了运动衣，头发整整齐齐，从惊讶的奥斯瓦尔德手中抢过了那辆无辜的机器。

阿尔伯特的叔叔给车胎打足了气，飞身越上车座，出发了，在路上疾驰而去，那速度要超过任何强盗，不管他的战马有多勇猛。我们面面相觑。"他一定认出了她。"迪克说。

"或许，"诺埃尔说，"她是唯一知道他高贵出身秘密的老祖母。"

"还不够老，差得远。"奥斯瓦尔德说。

爱丽斯说："假使她掌握着一个秘密遗嘱，而这遗嘱能让他在一笔遗失已久的财富中打滚，我不会感到惊奇。"

"我不知道他是不是能追上，"诺埃尔说，"我相当肯定他所有的未来都有赖于此了。或许她是他失散已久的妹妹，而财产平均地留给他们两个，只是找不到她，因此财产无法分割。"

"或许他只是爱着她，"多拉说，"早年因为残酷的命运分手，自那以后，他为了找到她走遍了整个辽阔的世界。"

"我但愿他还没有走得比黑斯廷斯更远，不管怎样，从我们认识他以来他没走过那么远，"奥斯瓦尔德说，"我们不需要那样的荒唐事儿。"

"什么荒唐事儿？"戴西问。于是奥斯瓦尔德说：

"结婚，和所有诸如此类的垃圾。"

戴西和多拉是唯一不同意他的人，甚至爱丽斯也承认当伴娘一定是件非常有趣的事。你可以对女孩子们尽量地好，给她们所有安慰和奢侈，把她们当成男孩子一样公平对待，但即便是最优秀的姑娘也有些娇气的行为。她们会变傻，就像牛奶变酸，而且没有一点征兆。

阿尔伯特的叔叔回来了，他很热，汗流满面，脸像受到豌豆折磨最厉害时的牙医一样。

"你追到她了吗？"赫·沃问。

阿尔伯特的叔叔的表情阴郁得就像暴雨马上倾盆而下的乌云。"没有。"他回答。

"她是你失散已久的祖母吗？"赫·沃接着说，我们来不及阻止他。

"失散已久的祖母！我很久以前在印度时就认识这位女士。"阿尔伯特的叔叔说，他离开了房间，用一种我们被禁止使用的方式砰地撞上了门。

那就是坎特伯雷朝圣者的结尾。

至于那位女士，我们那时还不知道她是不是他在印度认识的失散已久的祖母，然而我们认为她承担这个角色似乎有点年轻。后来我们才发现她是还是不是，不过那就是另外一个故事了。他的态度不是那种让你继续问问题的态度。坎特伯雷的朝圣也没能完全让我们变好，不过，如多拉所说，我们那天没做一点错事，因此我们做了 24 个小时的好孩子。

后来我们去看了真正的坎特伯雷。它非常大。一个讨厌的男人领着我们转了大教堂，一直大声唠叨着，似乎那不是个教堂。我记得他说的一件事，是这么说的：

"这是主教教堂，是那些悲惨的日子里人们朝拜圣母玛丽亚的圣母堂。"

赫·沃说："我猜他们现在朝拜主教了。"

那儿有些陌生人大声地笑起来。我想这比在教堂里不摘帽子还要恶劣，赫·沃就忘了摘帽子，因为大教堂太大了，以至于他不认为它是教堂。

这就是"坎特伯雷的朝圣者"的结尾。

第十三章

龙牙或大军种子

阿尔伯特的叔叔照常骑着自行车出去。那天我们扮演坎特伯雷的朝圣者，后来被那位女士用有红色轮子的双人轻便马车带回家，他告诉我们说那是他多年前在印度认识的失散已久的祖母，从那以后，他花在写作上的时间远没有那么多了。他每天早上都刮胡子，不像以前那样只在需要的时候才刮。他还总是穿着新的诺福克衣服骑车出去。我们并非像大人们所认为的那样缺乏观察力，很清楚他在找那个长久失散的人。我们也非常希望他能找到她。奥斯瓦尔德总是对不幸的人满腔同情，不管他们是多么不值得同情。他曾有几次试着自己去寻找那位女士，其他人也是。不过这一切都被人称作离题，和我现在要叙述的龙牙没有任何关系。

故事是从猪的过世开始的，就是那头我们用来表演马戏的猪，不过，它那天的糟糕表现与它的生病、去世毫无关系，虽然女孩子觉得后悔。或许，要是我们那天没有让它跑成那个样的话，老天会把它留给我们的。但奥斯瓦尔德不能假装认为人们因为碰巧死了，就一切都对。而且，只要那头猪还活着，我们大家就很清楚是它让我们跑，而不是我们让它跑。

猪被埋在菜园子里。比尔（就是我们为他竖墓碑的那个人）

挖了墓穴，当他离开去吃饭的时候，我们接下去挖，因为我们喜欢能够发挥作用。此外，当你在挖掘的时候，你绝不知道可能挖出什么东西来。我知道有个人曾经在刨土豆的时候在耙子上发现一枚金戒指，而且你知道我们在发掘财宝的时候也曾找到过两个半克朗。

轮到奥斯瓦尔德拿着锨挖了，其他人坐在石子路上，告诉他怎么做。

"卖点力气。"迪克说道，打了个哈欠。

爱丽斯说："我希望我们身在一本书里，书里的人从来没有在挖掘时找不到东西的。我想我更乐意它是条秘密通道。"

奥斯瓦尔德停下来，擦了擦他诚实的前额，然后答道："秘密在被发现之后就什么也不是了。瞧瞧那个秘密楼梯吧，一点儿也没用，就算是玩捉迷藏也不好，因为它咯吱咯吱响。我更宁愿是我们小时候常常挖地去找的那罐金子。"这其实仅仅是去年的事情，但是人在过了少年的黄金时代（我想那是 10 岁）后，似乎飞快地长大。

"你觉得怎么样，要是找到被无耻的艾朗赛①卑鄙地屠杀掉的保皇派士兵残骸的话？"诺埃尔问道，他嘴里塞满了李子。

"要是他们真的死了，那就没关系，"多拉说，"我害怕的是骷髅，它能够四处走动，在你上楼睡觉的时候抓住你的腿。"

"骷髅不能走路，"爱丽斯赶忙说，"你知道它们不能，多拉。"而且她盯着多拉不放，直到让她为自己说过的话感到后悔了。你不应该在小孩子面前提到你自己害怕的事情，甚至那些你不愿在黑暗里遇到的东西，否则在上床睡觉的时候他们会因为你

---

① 艾朗赛是慕迪教会中的杰出圣经老师，他的《新旧约注释》早已为众多基督徒所喜爱，他的著作充满感情，剖析细致，使人每每能从其中体会到基督的慈爱和恩典。

说的话的缘故要哭的。

"我们什么也不会找到的。别担心。"迪克说。

就在此时，我手里的锹碰到了什么硬的东西，感觉是空的。有一会儿我的确高兴地以为我们找到了那罐金子。但这东西，不论它是什么，似乎稍长了一些，比一罐金子本来的长度要长。我拨开上面的土，看到它根本不是一罐金子的颜色，而像是皮切尔埋的一根骨头。

"真是个骷髅。"奥斯瓦尔德说。

女孩子们都往后退，爱丽斯说："奥斯瓦尔德，但愿你没那么说。"

只一会儿工夫，发现的东西就出土了，奥斯瓦尔德用双手拿起来。

"是一个龙头。"诺埃尔说，它的确看着很像。

它又长又窄，骨头又多，下颌上长着巨大的黄色牙齿。

就在这时，比尔回来了，他说那是马的骨头，不过赫·沃和诺埃尔不相信，奥斯瓦尔德也承认他见过的马脑袋没这种形状的。

但奥斯瓦尔德并没有停下来争辩，因为他看见那个教过我如何布置陷阱的看守人从此路过，他想和他谈谈雪貂。于是他跑过去，迪克、丹尼和爱丽斯跟着他，戴西和多拉也走开去读《救死扶伤的孩子们》。因此赫·沃和诺埃尔留下来和多骨的脑袋待在一起。他们把它拿走了。

第二天，奥斯瓦尔德都快要忘了这件小事。不过就在早饭前，诺埃尔和赫·沃进来了，看样子非常焦急。他们起得很早，但还没梳洗，连手和脸都没洗。诺埃尔冲奥斯瓦尔德发了个秘密信号。其他人都看见了，但是都很体谅地装作没看见。

奥斯瓦尔德按照秘密信号，同诺埃尔和赫·沃一道出来，诺埃尔说："你知道昨天的龙头吧？"

"怎么啦?"奥斯瓦尔德虽然说得很快,但并不生气,这两者可大不一样。

"好,你知道在希腊历史中,有人种下龙牙会发生什么事吧?"

"长出军人。"赫·沃说,但诺埃尔坚决地命令他闭嘴,于是奥斯瓦尔德又说一遍:"怎么啦?"如果他口气不耐烦,那是因为闻到了熏肉正在被端到早饭桌上来。

"呃,"诺埃尔继续说,"你认为要是我们把昨天发现的那些龙牙种下的话,会长出什么来?"

"噢,什么都不会有,你这个小笨蛋,"奥斯瓦尔德说,他现在都能闻到咖啡的味道,"那些不都是历史,是胡扯。来吃早饭吧。"

"不是胡扯,"赫·沃叫道,"是历史。我们的确种……"

"闭嘴,"诺埃尔又说一遍,"听着,奥斯瓦尔德。我们真的把那些龙牙种到了兰德尔斯的十亩牧场里,你想有什么东西长出来了?"

"我想是毒蘑菇吧。"奥斯瓦尔德轻蔑地答道。

"它们变成了一营士兵,"诺埃尔说——"'全副武装的军人',所以,你瞧,这是史实。我们种下了军队的种子,像卡德摩斯①,然后它就长出来了。那天晚上很潮湿,我敢说那有助于它生长。"

奥斯瓦尔德无法决定不相信哪个——他的弟弟还是他的耳朵。因此,他一言不发地掩饰起自己的疑心,打头走向熏肉和餐厅。

---

① 卡德摩斯,传说中的腓尼基王子,他杀死了一条龙并将其牙齿撒开去,牙齿撒到的地方突然出现一队人马,互相攻打,直到仅有五人幸存方才罢休。卡德摩斯同这五个人一起建立了底比斯城。

他当时没有说任何关于大军种子的话，诺埃尔和赫·沃也没说。但吃过熏肉后，我们来到花园，此时这位杰出的大哥说："为什么不把你们那荒诞的故事讲给其他人听呢？"

于是他们讲了，大家纷纷对他们的故事表示怀疑。迪克说道：

"总之咱们到兰德尔斯的十亩农场去瞧瞧，我前几天在那儿看到过一只野兔。"

我们去了。路很近，一路上，每个人的心里都怀着不相信，除了诺埃尔和赫·沃以外。而当作者来到小山顶，突然看到自己的弟弟说的是真话时，你会明白甚至连他的那支敏捷的笔也不能描述他的百感交集。我并不是说他们一般都说谎话，只是人们有时是会犯错误的，其结果就同说谎一样，要是你相信了他们的话。

那儿真的有一个兵营，真正的帐篷和穿着灰色和红色相间的军服。我敢说女孩子们会说那是外套。我们站着埋伏在那里，惊讶得都忘了卧倒，尽管我们当然知道照惯例埋伏时应当卧倒。埋伏地是在一座小山上的树林里，位于兰德尔斯的十亩草地和苏格登的威士特威克牧场之间。

"这儿可以隐蔽几个团。"奥斯瓦尔德低声说，我认为，命运给了他一个天生做将军的人所具有的那种远见。

爱丽斯只说了声"嘘"，我们好像碰巧那样下山，混到士兵中间，去刺探情报。

我们在军营边上遇到的第一个士兵正在清洗一个像是大锅那样的东西，就像巫婆用来酿制蝙蝠用的。

我们向他走过去，说道："你是谁？你是英国人，还是敌人？"

"我们是敌人。"他说，而且似乎也不为自己是敌人感到羞愧。他以一种对外国人来说很纯正的口音说着英语。

"敌人！"奥斯瓦尔德用震惊的口气重复道。让一个忠诚而爱国的年轻人看到一个敌人在英国的土地上洗锅是件可怕的事，而且还用英国的沙子，瞅着就像在他自己本国的要塞里那么自在。

这个敌人似乎准确地读懂了奥斯瓦尔德的想法。他说：

"英国人在山的另一侧，他们想把我们挡在梅德斯通外面。"

在此之后，我们混到军队里的计划似乎没必要实施下去。这个士兵尽管准确无误地读出了奥斯瓦尔德的内心，但在其他事情上似乎并不太精明，要不他永远不会泄露此类的秘密计划，因为他从我们的口音上就一定能知道，我们是彻头彻尾的大不列颠人。或者也许（奥斯瓦尔德一想到这个，浑身的血就又沸腾又冰冷，我们的叔叔告诉我们这是可能的，但是只有在印度），也许他认为梅德斯通就如同已经被攻占了一样，因此说什么都无所谓了。奥斯瓦尔德正在琢磨着下面说些什么，如何去说以便尽可能多地发现敌人的秘密。诺埃尔说：

"你们怎么到这儿来的？你们昨天下午茶的时候还不在这儿。"

士兵用沙子又擦了一把锅子，说：

"我敢说这的确似乎是迅速的行动，营地似乎是在一夜之间冒出来的，不是吗？像蘑菇一样。"

爱丽斯和奥斯瓦尔德互相望望，然后看看我们其他人。"一夜之间冒出来的"这句话似乎拨动了我们每个人心里的一根弦。

"你瞧，"诺埃尔低声说，"他不愿告诉我们他怎么到这儿来的。现在，是胡扯还是历史？"

奥斯瓦尔德低声要求他的弟弟闭嘴，别找麻烦后，然后说："那么你们是入侵军了？"

"呃，"士兵说，"事实上，我们是一个骷髅营，不过我们的确是在入侵。"

此时，我们中最迟钝的人的血都凝结了起来，就像机敏的奥斯瓦尔德在前面的谈话中已发生的那样。就连赫·沃也张开了嘴巴，现出杂色肥皂一样的脸色，这是他最接近苍白的脸色，因为他太胖了。丹尼说："但你们看起来不像骷髅。"

那个士兵看了一下，随后就大笑起来，他说："啊哈，那是因为我们军装里面有填充材料。你们应当看看我们黎明时在桶里洗晨浴时的样子。"想象中这真是一幅可怕的画面。一具骷髅，全身骨头很可能都是松松垮垮的，竟然在水桶里洗澡。我们在沉默中想着这件事。

自从洗锅的士兵说了占领梅德斯通后，爱丽斯就不断地在后面拉奥斯瓦尔德的上衣，但他坚持着不去理会。不过现在他再也忍不住了，他说："行了，什么事？"

爱丽斯把他拉到一边，她拉着他的上衣，让他差点儿向后摔个跟头，随后她小声说："快来，别跟敌人说了，他只是为了争取时间才和你说话。"

"为了什么呢？"奥斯瓦尔德说。

"为什么，那样我们就不能通知另一支军队了，你这笨蛋。"爱丽斯说，奥斯瓦尔德被她的话弄得心神不定，以至于忘了为她的用词不当而冲她大大生一番气。

"但我们应当通知家里的人，"她说，"要是莫特府被烧光，所有的物品都被敌人夺走了怎么办？"

爱丽斯勇敢地转向士兵。"你们烧农场吗？"她问。

"呃，通常不烧，"他说，还厚着脸皮冲奥斯瓦尔德眨了眨眼，但奥斯瓦尔德不愿去看他，"我们还没烧过一个农场，自从……噢，好几年没烧了。"

"是个希腊史中的农场，"丹尼咕哝道。

"文明的战士现在并不烧农场，"爱丽斯严厉地说，"不论他们在希腊时代干了些什么。你应当知道这个。"

士兵说自从希腊时代以来，事情已经发生了很大变化。

于是我们尽快地说了再见。有礼貌是对的，哪怕是对你的敌人，只是眼下真的已经到了要使用来复枪、刺刀和其他武器的时候了。

士兵用相当时髦的口吻说："拜拜！"我们默默地折回到埋伏的地方，我指的是树林。奥斯瓦尔德当时的确想到趴下埋伏，不过树林很湿，因为昨天晚上下雨了，就是赫·沃说的把大军种子成长起来的那场雨。爱丽斯走得非常快，除了"快点儿，行不行！"之外没别的话，一只手拖着赫·沃，另一只手拖着诺埃尔。于是我们来到了路上。

然后，爱丽斯转过身来："这全是我们的错。要是我们没把那些龙牙种在那儿的话，就不会有任何入侵的军队。"

我很遗憾地说戴西此时说的是——"别在意，爱丽斯，亲爱的。我们并没种那些讨厌的玩意儿，是不是，多拉？"

但是丹尼告诉她这没什么两样。只要是我们中的无论哪个做的，那就是我们做的，特别要是它让我们中任何人陷入麻烦的话。奥斯瓦尔德非常高兴地看到牙医开始理解一个真正男子汉的含义和巴斯特布尔家族的荣誉，尽管他显然只是福克斯家族的成员。不过，知道他在尽力去学习，这也是个收获。

要是你已经非常成熟，或者非常聪明，我敢说你现在会想到许多事情。要是你想到了，你就什么也不用说，特别是当你大声地把这个读给其他人听时。把你所想的东西加入到这部分没有什么好处，因为当时我们中没有人想到任何那类事情。

我们只是站在路上，没有任何像你这样的聪明想法，想到由于种下龙牙而可能导致的后果就充满了羞愧和悲痛。这对于我们是个教训，就是永远不要在不弄清底细之前就把龙牙种下去。这对于便士小包来说更加确切，它们有时什么也长不出来，和龙牙一点儿也不一样。

无疑赫·沃和诺埃尔比我们其余的人更不快乐。这完全是公

217

平的。

"我们怎么才有可能去阻止他们到达梅德斯通呢?"迪克说,"你没注意到他们制服上的红袖口吗?是从英国士兵的尸体上剥下来的,我一点儿也不怀疑。"

"要是他们是古希腊种的龙牙士兵,他们应该彼此战斗到死,"诺埃尔说,"无论如何,要是我们有个头盔扔向他们中间的话有多好。"

但我们都没有,而且我们也确定赫·沃回去把他的草帽扔向他们是没用的,虽然他想这么干。丹尼突然说:"我们不能改变一下路标吗,那样他们不就不知道通往梅德斯通的路了?"

奥斯瓦尔德明白此时是显示真正帅才的时刻了。

他说:"把你盒子里所有的工具拿来。迪克你也去,做个好小伙子,别让锯子割破腿。"他有一次就在锯子上绊了一跤,割破了腿。"在十字路口和我们汇合,你知道的,就是我们搞'慈善酒吧'的地方。要勇敢迅速,小心一些。"

他们走后,我们赶到了十字路口,奥斯瓦尔德想出一个绝妙的主意。他对自己所掌握的兵力进行了出色的分配,不一会儿,一块原来插在地里的写着"禁止通行,越境必究"的牌子就竖在了通向梅德斯通的路中央。我们从路边的一堆石头中搬来了石头,堆在牌子后面好让它能竖起来。

然后,迪克和丹尼回来了,迪克爬上了路标,把两个方向标锯下来,然后我们把两个方向标调换位置钉上,因此现在指着多佛路的方向写着"到梅德斯通",通往梅德斯通的路上写着"到多佛"。我们决定把写着"越境必究"的牌子留在真正的梅德斯通路上,作为额外的保护。

接着,我们立刻动身去通知梅德斯通的人。

我们中有些人不想让女孩子们去,不过要是这样说出来就难免太无情了。可是,当多拉和戴西说她们宁愿待在那儿好告诉所有来人正确的路时，至少有一个人的心里感到巨大的喜悦。

"因为，要是有人急匆匆去买猪或者看医生或是其他什么事，可最后发现他们去了多佛而不是想去的地方的话，那就太糟糕啦。"多拉说。但吃午饭的时候她们就回家了，所以她们完全置身事外了。由于某种奇怪的原因，这种事常常发生在她们身上。

我们留下玛莎去照顾这两个女孩子，夫人和皮切尔跟我们一道去。天渐渐晚了，但没有人提到晚饭，不管他们想到什么。我们不是总能控制自己的思想。我们碰巧知道那天的午饭是烤兔子和葡萄干果冻。

我们两个两个地走着，唱着"英国的掷弹兵"和"女王的士兵"，尽可能成为英国军队的一部分。那洗锅的士兵说过英国军队在山的另一边，但我们在哪儿都看不到任何红色的东西，尽管我们像暴躁的公牛那样仔细地搜寻着。

突然，我们在路上转了个弯，撞到一群士兵。只是他们穿的不是红外套，而是灰色和银色相间的衣服。那是在一个遍地荆豆的地方，有三条路伸展开来。那些兵一副无所事事的样子，有些解开了腰带，吸着烟斗和纸烟。

"这不是英国士兵，"爱丽斯说，"噢天哪，噢天哪，我担心这又是敌人。你没又在其他地方种下军队种子吧，是吧，亲爱的赫·沃?"

赫·沃肯定他没有。"不过可能我们种下的地方长得更多一些，"他说，"现在他们极有可能遍布了英国。我不知道一个龙牙能长出多少士兵。"

然后，诺埃尔说："无论如何这是我所做的事，我不害怕。"于是他径直向最近的士兵走去，那士兵正在用一片草擦拭自己的烟斗。诺埃尔说道：

"请问，你们是敌人吗?"

那个士兵说："不是，年轻的总司令，我们是英国人。"

然后，奥斯瓦尔德接了过来，"将军在哪儿?"他问。

"我们此刻将军缺货，陆军元帅，"那个人说，他的声音像个有身份的人。"现货一个也没有。我们可以用少校满足您的需要，上尉也很便宜。有能力的下士价格十分低廉。我们还有一个非常好的上校，太文静了，连骑马或赶车都不行。"

奥斯瓦尔德在一般时候并不介意开玩笑，但不是现在。

"你似乎很轻松。"他用一种倨傲的口吻说。

"这是件轻松的事。"穿灰军装的士兵说，抽了一口烟斗，看看是不是能吸着。

"我猜你不在乎敌人攻不攻占梅德斯通!"奥斯瓦尔德激烈地吼道。

那个士兵敬了个礼。"虔诚的过时的爱国主义情感。"他说，对这个实心实意的男孩微笑。

但奥斯瓦尔德再也忍不住了。"哪个是上校?"他问。

"在那边，那匹灰马旁边。"

"那个点烟的?"赫·沃问。

"是的，不过我说，小家伙，他受不了任何废话。他没有任何缺点，就是脾气暴躁，他会把你踢出去的，你最好走开。"

"最好什么?"赫·沃问。

"走开，退缩，溜走，消失，退出。"士兵说。

"那是你在战斗开始做的事。"赫·沃说。他经常这么粗鲁，不过那也正是我们大家心里想的。

士兵只是哈哈大笑。

我们之间低声地进行了一场激烈而匆忙的争论，结果同意派爱丽斯去同上校讲话，这也是她想去的。"无论他有多暴躁，他也不会踢一个女孩子。"她说，或许这是真的。

不过，我们当然都跟着她，六个人站在上校面前。就在我们向前走的时候，我们一致同意数到三后向他敬礼。所以，在我们走近时，迪克喊道："一，二，三。"我们全都敬礼了，除了赫·沃以外，他单单挑了那一刻绊倒在某个士兵随手扔在一边的步枪上，被一个带着卷边三角帽的士兵救了，没有摔倒，那士兵灵巧地抓住他的上衣，让他站在自己腿上。

"松手，好不好，"赫·沃说，"你是将军吗？"

在卷边三角帽有时间酝酿好答案之前，爱丽斯就对上校说话了。我知道她想说什么，因为她在我们穿过休息的士兵时就告诉我了。她其实说的是："噢，你怎么能这样！"

"我能怎么样？"上校非常不客气地说。

"为什么，抽烟？"爱丽斯说。

"我的好孩子，要是你是英国少年禁酒会的新手，我建议你到其他的什么后院里去玩儿。"那个三角帽男人说。

赫·沃说："你自己才是少年禁酒会的。"但没人理会。

"我们不是少年禁酒会的成员，"诺埃尔说，"我们是英国人，那边的那个兵让我们来找你的。梅德斯通在危险之中，敌人离这儿还不到一英里，而你却在站着抽烟。"诺埃尔自己在站着哭，或者是在做某种非常类似的动作。

"这是真的。"爱丽斯说。

上校说："胡说。"

但那个卷边三角帽说："敌人是什么样子？"我们准确地告诉了他。这时，连上校都承认这其中可能有什么问题。

"你能在地图上指给我看他们在哪里吗？"他问。

"在地图上不能，"迪克说，"至少我认为不能，但在地面上我们能。我们能在十五分钟内带你到那儿。"

那个卷边三角帽看了看上校，上校也看了看他，随后耸了耸肩。

"呃，我们得干点儿什么，"他说，像在自言自语，"前头带路，麦可道夫。"

上校用命令把他那些因抽烟斗而不省人事的士兵唤醒，作者很抱歉现在记不得这些命令了。

　　然后他要我们男孩子们带路。我告诉你这感觉真棒，走在一团人的前面。爱丽斯骑在三角帽的马上，它是一匹雄健的枣红战马，就像歌里的一样。在南非，人们把灰斑战马说成"蓝"马，卷边三角帽说。

　　我们领着英国军队沿着人迹罕至的小道走，一直来到苏格登的威士特威克牧场的大门前。随后，上校低声命令停止前进，他挑了我们中的两个来给他引路，无畏而眼光敏锐的指挥官带着个传令兵徒步继续往前走。他挑了迪克和奥斯瓦尔德作为向导。于是我们把他领到埋伏地点，尽量不出声。但是，偏偏在你执行侦察，或者为了某种原因迫切希望避免被人察觉时，树枝就要发出噼啪声并突然折断。

　　上校的传令兵弄出的噼啪声最大。要是你离得不够近，不能从他肩章上皇冠和星上认出是上校的话，你也能通过他后面的勤务兵认出来，就像"跟随领路人"游戏里一样。

　　"小心！"奥斯瓦尔德小声说，声音虽低，但却是命令的口吻，"那个营地就在那片地里。从这个缺口望出去，你就能看见。"

　　说话的人边说，边瞅了一眼，随后缩了回来，别提有多困惑了。当他正在与自己的迷茫不解做斗争时，英国上校瞅了一眼，也缩了回来，说了一句他自己也一定知道不对的话，至少当他还是个男孩时。

　　"我不在乎，"奥斯瓦尔德说，"他们今天早上还在。像蘑菇一样的白色帐篷，还有一个敌人在洗大锅。"

　　"用沙子洗的。"迪克说。

　　"这是最有说服力的了。"上校说，我不喜欢他说话的方式。

　　"我说，"奥斯瓦尔德说，"让我们到埋伏地的上角去，我是说那个林子。你能从那儿看到十字路。"

222

"他们在那儿，在多佛路上"

我们很快到了那里，因为树枝的噼啪声不再让我们几乎绝望的神经惊慌了。

我们来到林子边上，奥斯瓦尔德那颗爱国之心真的跳得很厉害，他喊道："他们在那儿，在多佛路上。"

我们的路牌发挥了作用。

"哎呀，小伙子，你说得对！还排成四路纵队！我们骗过了他们，骗过……天哪！"我以前从来没听过书里以外的人说"天哪"，因此我意识到的确出现了一些不同寻常的事。

上校是个行动迅速、决策果断的人。他派传令兵去告诉少校调两个连去左翼隐蔽埋伏。随后我们带他从最近的路穿过树木回去，因为他说他必须马上与主力部队会合。我们发现主力部队对诺埃尔和赫·沃以及其他人非常亲切，爱丽斯正在和那个卷边三角帽聊天，好像她认识了他一辈子似的。

"我认为他是个乔装打扮的将军，"诺埃尔说，"他一直从他的马鞍上的一个袋子里拿巧克力给我们吃。"

奥斯瓦尔德当时想到了烤兔子，他并不羞于承认这个，然而他一个字儿也没提。但爱丽斯的确是个好人，她为他和迪克留了两块巧克力。即使在战争中，女孩子们有时也能够发挥一些微小的作用。

上校忙乱了一番说："在那儿掩蔽！"每个人都藏在沟里，马匹，三角帽子，还有爱丽斯，从路上退下来，不见了。我们也待在沟里，那里泥泞不堪，但在那个危急的时刻没人挂念着自己的靴子。我们似乎在那儿蹲了很长时间。奥斯瓦尔德开始感觉到水在靴子里吱嘎作响，我们屏住呼吸听着。奥斯瓦尔德就像个印度人那样把耳朵贴在地上。你在和平的年代不会这么做，但当你的国家处在危险之中，你很少在乎保持耳朵干净。他的原始方法成功了。他抬起身，拍拍身上的土，说道："他们来了！"

这是真的。就算耳朵是在自然的位置，不断靠近的敌人的脚步声也十分清晰。邪恶的敌人越来越近。他们马虎大意地昂首阔步，说明他们几乎没想到可怕的命运要让他们尝尝英格兰的力量和非凡。

就在敌人刚刚转过弯来，我们能看见他们的时候，上校吼道："右翼，开火！"然后就是一阵震耳欲聋的枪声。

敌军的指挥官说了句什么，然后敌人就慌乱起来，试图穿过篱笆进入到田里，但这是徒劳的。我们的士兵现在从左右两侧射击。随后，我们的上校昂然大步向敌军的上校走过去，命令他投降。他后来是这么告诉我的。他确切的原话只有自己和另外那个上校知道。但敌军的上校说："我宁死也不投降。"或者是差不多的话。

我们的上校回到部下那里，下令上刺刀，甚至连奥斯瓦尔德在想到要流多少血时，勇敢的脸都失去了血色。原本会发生什么，现在永远都不知道了。因为正在这时，一个骑在花斑马上的男人噼里啪啦地穿过篱笆，完全不在意的样子，仿佛空气里面并没有到处乱飞的子弹。他后面另一个骑在马上的人拿着一根长矛，上面挂着一面三角旗。我认为他一定是敌人的将军，前来告诉手下不要白白地送命，因为他刚说完他们就被俘虏了，敌人投降了，并承认自己是被俘了。敌军的上校敬了个礼，命令部下再一次排成四路纵队。我原本应当想到他大概已经受够了。

他现在放弃了所有悲壮地拼到死的想法。他卷了根烟，带着外国人的厚颜对我们的上校说：

"天哪，老兄，你这回赢了我！你的侦察兵好像十分巧妙地跟踪了我们。"

那真是一个光荣的时刻，我们的上校把他军人的手放到奥斯瓦尔德的肩上说：

"这是我的首席侦察员。"这是令人激动的话，但并非言过其实，奥斯瓦尔德承认，当听到这话时，他因满足和自豪而脸红了。

"那么你是叛国者了,年轻人。"坏上校继续厚着脸皮说。

奥斯瓦尔德忍了这句话,因为我们的上校没说什么,而且你应当对一个失败的敌人宽容一点,不过在你并没有叛国时被人叫做叛国者是很难容忍的。

他并没有用沉默的轻蔑来对待坏上校,或许他原本应当这么做的。可是,他说道:

"我们不是叛国者。我们是巴斯特布尔家族的,我们中间还有一个是福克斯家族的。我们只是在没有受到怀疑的情况下和敌军的士兵混在了一起,得知了他们的行动秘密,这是土著人在南美造反时巴登·鲍威尔①常用的招数。丹尼·福克斯想到了改变路标,好让敌人走错路。要是我们真的引起了这场战斗,使梅德斯通有可能被攻占什么的,那也只是因为我们不相信在大不列颠和爱尔兰会发生希腊的事情,就算你种了龙牙。而且,关于种龙牙的事,并没有征求我们中的某些人的意见。"

然后,那个卷边三角帽牵着他的马,和我们一道走着,让我们把整件事讲给他听,上校也是这样。那个坏上校也在听着,这只不过是他脸皮厚的又一例证。

奥斯瓦尔德以有些人认为他所具有的谦逊而果断的方式讲了整件事,其他人给了他们所有应得的赞扬。他的叙述至少被"妙啊!"的叫声打断了四次,那个敌人的上校又一次厚着脸皮加入进来。在事情讲完时,我们看到了另一个营地,这次是英国的。上校邀请我们到他帐篷里去喝茶,他还邀请了敌军的上校,这恰恰表明了英国骑士在战争中的宽宏大量。敌军的上校带着他一贯的厚脸皮接受了。我们也很饿。

当每个人都吃饱喝足后,上校和我们全体握了手,他对奥斯

———————————

① 巴登·鲍威尔,英国陆军军官,童子军创始人。

226

瓦尔德说：

"好啦，再见，我英勇的侦察兵。我一定得在给陆军部的急件里提到你的名字。"

赫·沃打断他说："他的名字是奥斯瓦尔德·塞西尔·巴斯特布尔，我的是赫勒斯·沃克塔维厄斯。"我但愿赫·沃能学会闭嘴。要是奥斯瓦尔德能想出办法的话，没人会知道他以塞西尔命名。你直到现在才知道这个名字。

"奥斯瓦尔德·巴斯特布尔先生，"上校继续说，很得体地不去留意"塞西尔"。"你会是任何团队的荣誉，陆军部将会为你为自己国家所做的事而嘉奖你。但同时，大概，你得先接受一位感激的战友的五个先令。"奥斯瓦尔德为伤害这个善良的上校的感情而深深遗憾，但他不得不表白说他只是尽了自己的责任，他确信没有哪个英国侦察兵会为做了这事而拿五个先令的。"此外，"他说，带着他那年轻性格里面生就的公平感，"其他人也和我一样尽了力。"

"你的情操，先生，"上校说（他是我所见过的最有礼貌最有眼光的上校），"你的情操为你带来了荣誉。但，所有的巴斯特布尔们，还有——非巴斯特布尔们"（他记不得福克斯这个名字了；它当然不像巴斯特布尔那样是个引人注意的名字）——"至少你们会接受一个士兵的津贴吧?"

"领到它很幸运，一天一先令!"爱丽斯和丹尼齐声说。

"一个士兵，"上校说，"能领到它肯定是幸运的。你瞧，还要扣除军粮的费用，六个人喝茶，每人扣两便士，正好五个先令。"

对奥斯瓦尔德所吃的三杯茶、三个鸡蛋和所有的草莓酱以及黄油面包，以及其他人所吃的东西，还有夫人和皮切尔喝的茶来说，这似乎太便宜了，但我想士兵买东西可能比平民便宜些，这完全正确。

于是奥斯瓦尔德接受了那五个先令，无需再犹豫该不该拿了。

就在我们和那个英勇的上校还有其他人分手后，我们看到一辆自行车驶来。它是阿尔伯特的叔叔的车。他下来后说："你们到底做了什么？你们和那些志愿兵做了什么？"

我们把那天的冒险经历告诉了他，他听着，然后他说要是我们乐意的话，他要收回刚才说的"志愿兵"那个词儿。

但怀疑的种子已经在奥斯瓦尔德心里生根。他现在几乎确信我们在这整个不平静的一天里每一分钟都出尽了洋相。他当时什么也没说，但在晚饭过后他和阿尔伯特的叔叔探讨了那个他收回的单词。

阿尔伯特的叔叔说，当然，没人能肯定龙牙没按那种古老的方式长出来，但是，从另一面看，英军和敌军只是进行野外演习或是假装打仗的志愿兵，这几乎是不可能的，他倒宁愿那个卷边三角帽的男人不是个将军，而是个医生。那个在他后面扛着三角旗的人可能是裁判。

奥斯瓦尔德对其他同伴只字未露。他们年轻的心都高兴地跳着，因为他们拯救了他们的祖国，而要说出他们曾经有多蠢，是很不仁慈和没有同情心的。此外，奥斯瓦尔德觉得他已经足够大了，不应该如此上当，要是他已经上当了的话。还有，阿尔伯特的叔叔确实说了没人能肯定龙牙的事。

让奥斯瓦尔德感触最深的就是我们没看到任何人受伤，或许，整个事情就是一个大骗局。但他努力不想这个。要是他长大参军的话，他就不会这么无知了。他已经见识过战术兵法还有扎营的地方，还有一个货真价实的上校称呼他"战友"，这简直就像罗伯特爵士在写家书时称呼他自己的士兵那样。

第十四章

阿尔伯特的叔叔的祖母或失散很久的人

暑假结束的阴影现在像昏暗的雷雨云一样笼罩在我们头上。正如阿尔伯特的叔叔所说："学校现在渴望获得猎物。"再过很短时间，我们就得踏上返回布兰克希思的路，所有乡间的种种乐事将很快只保存在褪色的记忆之花里。（我并不太喜欢这种写作方式。继续保持这种风格是件极其费力的事，得物色挑选所有的单词。）

用日常的语言来表达，我们的假期快要结束了。我们有过一段非凡的时间，可它快要结束了。我们真的感到非常难过，不过，想想能回到老爸身边，能把我们的木筏、大坝、神秘之塔等等事情告诉其他孩子，倒也是件很不错的事儿。

当我们面前只剩下很短的时间时，奥斯瓦尔德和迪克在苹果树上偶尔相遇了。（这听起来像"推论"，但其实完全是事实。）迪克说："只剩四天了。"

奥斯瓦尔德说："是啊。"

"有一件事，"迪克说，"就是那个可恶的协会，我们不想在回家后事事都提到那个，应该在离开这儿前解散掉它。"

现在发生了如下的对话：

奥斯瓦尔德——"你说得不错。我一直说那是无聊的把戏。"

迪克——"我也这样说。"

奥斯瓦尔德——"咱们开个会吧。但别忘了我们必须立场坚定。"

迪克表示赞同，对话以吃苹果结束。

会议举行时，大家都无精打采的。这让奥斯瓦尔德和迪克的任务变得容易了些。当人们因为某件事而处在绝望的沮丧情绪中时，他们会对有关另外一件事的提议表示赞同。（此类评论被称为哲学概括，阿尔伯特的叔叔说。）

奥斯瓦尔德首先说道："我们尝试过了'想做好孩子'协会，也许它让我们学好了。但现在到了我们每个人靠自己而不是靠别人来学好的时候了。"

牙医说：

"比赛是一个接着一个跑，
但永远不是两个两个跑。"

其他人什么也没说。

奥斯瓦尔德继续说："我提议我们放弃，我指的是解散'想做好孩子'协会，它的预定任务已经完成。要是完成得不好的话，那是它的错，不是我们的。"

迪克说："注意！注意！我投赞成票。"

那个让人意外的牙医说："我也赞成。起先我认为它会有所帮助，但后来我明白它恰恰让你想淘气，只是因为你想做个好孩子。"

奥斯瓦尔德承认他很惊讶。我们立刻进行了投票，为的是不要让丹尼失去热情。赫·沃和诺埃尔、爱丽斯投了赞成票，因此戴西和多拉就成了所谓的没有希望的少数派。我们努力想让她们高兴起来，于是就让她们大声地朗读《善行录》。诺埃尔把脸藏在稻草后面，那样他不注意听而是在作诗的时候我们就看不到他做的鬼脸了，当"想做好孩子"协会通过投票的方式被永久解散掉后，他坐了起来，头上沾着稻草，他说：

> "'想做好孩子'协会已逝去，
> 但他们所做的好事并未逝去。
> 这些将保留在光荣的书页上
> 成为每个年龄的范例，
> 通过这个我们必须懂得
> 如何靠自己去学好。

N代表着诺埃尔，这使得韵律和意思都对。O、W、N，自己的，你们明白了吗？"

我们明白了，于是就说明白了，温柔的诗人得到了满足。会议结束了。奥斯瓦尔德感到一个负担从他宽大的胸怀上被搬掉了，奇怪的是他却从没像现在这样感到如此强烈想去做个好人，做年轻人的榜样。他沿着通向阁楼外面的梯子往下爬，说道：

"不过在回家之前有一件事我们得做，我们应该为阿尔伯特的叔叔找到他失踪已久的祖母。"

爱丽斯的心忠实而坚定地跳着，她说："那正是我和诺埃尔今天早上商量的事。小心，奥斯瓦尔德，你这个坏蛋，你把谷壳踢进我眼睛里了。"她正在我下面从梯子上下去。

爱丽斯的这番话导致我们决定举行另一次会议，但不是在干草阁楼上。我们决定找一个新地方，而没有理会奥斯瓦尔德有关牛奶场和诺埃尔有关地下室的建议。我们在秘密楼梯上召开了新的会议，在那里，我们明确决定了应当干些什么，那和你要去做的事情一模一样，如果你真想做好孩子的话。这是一次非常有趣的会议，当会议结束时，奥斯瓦尔德想到"想做好孩子"协会已经无法挽回地死去了，因此非常高兴，他愉快、顽皮、文雅、亲切、兄弟般地推了一下坐在他下面一级楼梯上的丹尼和诺埃尔，说道："下去吧，到喝茶时间了！"

　　读者如果了解事情的公平与公正，知道应当为什么事去责怪谁的话，就不会认为是奥斯瓦尔德的错使得另外两个男孩你压着我、我压着你地滚下楼去，用他们旋转的身体撞开了楼梯底部的门。而我倒还想知道帕蒂格鲁太太当时恰巧在门的另一侧又是谁的错？门猛然打开，诺埃尔和丹尼猛冲的躯体从门里滚出来，撞在了帕蒂格鲁太太身上，把她和茶盘给打翻了。两个旋转男孩全身都浸透了茶和牛奶，有一两个茶杯还是什么的被摔碎了。帕蒂格鲁太太被撞翻了，但一根骨头也没断。诺埃尔和丹尼要被送到床上去，但奥斯瓦尔德说这全是他的错。他真的是这么说的，好给其他人一个机会去做一件大好事，就是说出真相，说那并不是他的错。但你真的不能指望任何人。他们什么也没说，只是揉着刚刚还在旋转的脑袋上的包。于是奥斯瓦尔德得上床睡觉，他觉得非常不公平。

　　但他坐在床上，读了《最后一个莫干希人》①，然后就开始思考。当奥斯瓦尔德真正思考的时候，他几乎总能想到一些东西。他现在就想出来一些东西，它比我们在秘密楼梯上想出的主意要好得多，那个主意是在《肯特信使报》上登广告，写上要是阿尔伯特的叔叔失散已久的祖母肯拜访莫特府的话，她就会听到一些对她非常有利的消息。

　　奥斯瓦尔德想到的主意是，如果我们到黑兹尔桥去，问问杂货商比·木恩先生，是他驾着马车送我们回家的，他的马最喜欢鞭子的另一端，他应该知道在坎特伯雷的那天晚上戴着红帽子、有着红轮子、付钱让他送我们回家的女士是谁。他当然一定是被

---

　　① 《最后一个莫干希人》是美国作家詹姆斯·费尼莫尔·库柏的小说。

付过钱了，因为就算杂货商也不会慷慨到免费载着完全陌生的人在乡下到处跑，而且还是五个。这样一来，我们就可以知道，即使是不公正和送不该送的人去睡觉也可能结出有用的果实，这对受到不公平待遇的每个人来说都应该是一个很大的安慰。只是事情原本非常可能不会是这样的。因为要是奥斯瓦尔德的弟弟和妹妹们像他所期望的那样豪爽地站在他的一边，那么他就不会独自去思索，最后想出了寻找祖母的绝妙计划。

当然，当其他人上来休息时，他们都蹲在奥斯瓦尔德床上，说着他们有多抱歉。他以高贵的尊严阻止了他们的道歉，因为时间不多了，他说他有一个主意，绝对比会上决定的计划要好，但他不愿告诉他们是什么。他让他们等到第二天早上，这并不是因为生气，而是出于好意。他想让他们去想想其他东西，除了想他们在撞开秘密楼梯的门，撞翻茶盘、牛奶的事情上是怎样没有支持他之外。

第二天早上，奥斯瓦尔德好心地解释了一切，问谁自愿到黑兹尔桥进行一次强行军。年轻的奥斯瓦尔德刚说出"自愿"这个词，心里就一阵悲痛，但我希望他能和任何活人一起来忍受悲痛。"注意，"他又说道，用将军般的严厉将悲痛隐藏起来，"我不会派鞋子里除了脚以外还有任何其他东西的任何人去进行这次远征。"

没有比这种说法更巧妙更得体的了，但奥斯瓦尔德经常被误解，连爱丽斯都说用豌豆来攻击丹尼是刻薄的。当这个小小的不快过去后（这费了一些时间，因为戴西哭了，多拉说："你干的好事，奥斯瓦尔德！"）有七个志愿者，加上奥斯瓦尔德总共八个，实际上就是我们所有人。八个人那天早上出发到黑兹尔桥时，随身并没带摺边或者带子凉鞋，或是拐杖，或纸片，或是传奇性的和虔诚的任何东西。同在那个可恶的"想做好孩子"协会里的那些日子相比，我们更加热切地希望能变成好孩子和做些有用的事，至少奥斯瓦尔德是这样的。天气不错。就像奥斯瓦尔德记得那样，要么是在过去的整个夏天里天气几乎都不错，要么就是我们做的所有有趣的事几乎都是在好天气时发生的。

我们心情轻松、愉快，任何人的鞋里都没有豌豆，坚韧不拔地走上了到黑兹尔桥去的路。我们随身带了午饭，还有亲爱的狗。事后，我们一度希望留下一条在家。但它们那么想来，所有的狗，而且，说实话黑兹尔桥也不像坎特伯雷那么远，因此连玛莎都被允许穿戴整齐（我指的是项圈），和我们一起来了。它走得不快，不过我们有一天的时间，所以用不着匆忙。

在黑兹尔桥，我们走进比·木恩先生的杂货店，要了杜松子酒来喝。他们给了我们，但他们似乎对我们想在那儿喝感到惊奇，杯子是热的，刚刚被洗过。其实，我们这样做只是想和杂货商比·木恩先生搭上话，获取信息，而又不令人起疑。做事再仔细也不过分。然而，当我们说这杜松子酒呱呱叫，并且付了账后，发现从杂货商比·木恩那儿想再获取什么信息并非那么容易。一阵不安的沉默，而他在柜台后面的肉罐头、调料瓶中间捣鼓着，头顶上方吊着一排钉着平头钉的靴子。

赫·沃突然开口了。他这种人连天使不敢去的地方他都敢去，这是丹尼说的（说那是种什么人）。他说："我说，你记得那天送我们回家的事。谁为那马车付的账？"

杂货商比·木恩自然不是个笨人（我喜欢那个字眼儿，它指的是我认识的很多人），傻到马上就回答。他说："有人给过钱了，年轻的先生。你别害怕了。"

肯特郡的人说"害怕"时指的是"担心"，因此多拉温和地加入进来。她说：

"我们想知道那位好心女士的名字和地址，那样我们就能为那天玩得那么高兴而写信感谢她了。"

杂货商比·木恩嘀咕着说那位女士的地址是他经常被人讨要

234

的货物。爱丽斯说："我们忘了问她，但请一定告诉我们。她是我们一个远房叔叔的亲戚，我真的想好好谢谢她。要是你有什么味道特别强烈的一便士一盎司的薄荷糖，我们想要四分之一磅。"

这是巧妙的一招。在称薄荷糖的时候，他的心变软了，就在他折上纸袋的角时，多拉说："多可爱的大薄荷糖啊！一定要告诉我。"

现在，比·木恩的心完全被融化了，他说："她是阿丝蕾小姐，住在雪松府，沿着梅德斯通路向下走一英里。"

我们谢过了他，爱丽斯为薄荷糖付了账。她要了那么一大堆，奥斯瓦尔德有一点担心，但她和诺埃尔有足够的钱。我们来到黑兹尔·格林的外面（其实它大部分是条沟），站着互相看着对方。然后，多拉说道：

"咱们回家，写封优美的信，全体署上名吧。"

奥斯瓦尔德看着其他人。写信是非常不错的，可是要等很长时间以后才会有什么事情发生。

聪明的爱丽斯揣测着他的想法，而牙医揣测着爱丽斯的想法，他还没聪明到能揣测出奥斯瓦尔德的想法。这两个人一起说："为什么不去见她呢？"

"她的确说过希望有一天能再见到我们。"多拉回答，所以我们讨论了一下后就出发了。

我们沿着满是尘土的路走了还不到一百码，玛莎就开始让我们从心底里希望没带它来。开始它一瘸一拐的，像某位朝圣者（这个人的名字我不想说）在拙劣的僧鞋里放上裂开的豌豆时那样。

于是我们停下来，查看它的脚，有一只已经又红又肿了。牛头犬的脚几乎总是会生些毛病来，而且总是在最不适当的时候。它们并非是适于紧急情况的犬类。

除了轮流抱着它外别无他法。它非常肥胖，你想不出它有多

235

么沉重。某一位三心二意没有冒险精神的人（但奥斯瓦尔德、爱丽斯、诺埃尔、赫·沃、迪克、戴西和丹尼会明白我的话）说，为什么不直接回家，再另找一天不带玛莎来呢？但其余的人支持奥斯瓦尔德，他说只有一英里的路，或许我们会带着可怜的伤员搭搭便车回家呢。玛莎非常感激我们的好意。它用自己肥大的白色胳膊搂住抱着它的人的脖子，非常亲热，不过，把它抱得离你很近可以防止它不停地亲你的脸，如爱丽斯所说："牛头犬亲起人来那么大口，湿漉漉的，针扎一般。"

当你不得不轮流抱着玛莎时，一英里就成了好长的路。

终于，我们来到了一道篱笆前，它前面有一条沟，还有在柱子上晃动着的链条，用来防止人们进入草地滑入沟里，还有一扇大门，上面用金色的字写着"雪松府"。一切都干净整齐，清楚地表明有不止一个园丁。我们停在了那儿。爱丽斯把玛莎放下来，筋疲力尽地喘着气，她说：

"听着，多拉和戴西，我根本就不相信那是他的祖母。我肯定多拉是对的，那只是他那讨厌的情人，我坚信是这样。现在，你们真不觉得我们最好应该住手吗？我们一定会因为乱管闲事而受罚的。我们总是这样。"

"真爱的磨难从来都不是一帆风顺的，"牙医说，"我们应该帮助他经受磨难。"

"但要是我们为他找到了她，而她不是他的祖母，他就会娶她。"迪克用沮丧和失望的口吻说。

奥斯瓦尔德也有同感，但他说："别担心。我们都讨厌这个，但没准儿，阿尔伯特的叔叔也许喜欢这个。谁都说不准。要是你想认真地做一件真正无私的事，现在就是时候，我的曾经想学好的孩子们。"

没有人有脸说自己不想做到无私。

但这些无私的寻访者的确是怀着悲哀的心情打开了长长的大

门，踏上了一条石子路，它在杜鹃花和其他灌木丛的掩映下通向房子。

我想我在前面向你解释过，要是老爸不在的话，任何人的长子就被称为全家的代表。这就是为什么奥斯瓦尔德现在走在了最前面。我们到达车道的最后一个转弯处时，大家决定让其他人不出声响地躲在杜鹃花丛里，让奥斯瓦尔德独自一人去房子里找那位从印度来的祖母，我是说阿丝蕾小姐。

于是他去了。但当他来到房子面前，他看到了长着红天竺葵的花圃那么整齐，挂着薄纱窗帘、配有黄铜窗杆的窗户十分明亮，一尘不染，走廊的笼子里有一只绿鹦鹉，门前的台阶刚被粉刷过，在阳光下显得非常洁净，像是从来没被人踩过一样，他站着不动，想起了自己的靴子和路上的尘土有多大，他但愿自己在今天早上出发前，在吃过鸡蛋后没到农家庭院里去过。正当他焦虑地站在那儿不知如何是好的时候，他听到树丛里传来一个低低的声音。"嘘！奥斯瓦尔德，这儿！"那是爱丽斯的声音。

于是他回到待在树丛里的其他人那儿，他们全都围在自己的领袖身旁，有好多消息要告诉他。

"她没在房子里，她在这儿，"爱丽斯低声说道，"就在附近，她刚刚和一位先生走了过去。"

"他们正坐在小草坪上的一棵树下的椅子上，她把脑袋搁在他肩上，他握着她的手。我这辈子还没见过有人看上去会这么傻乎乎的。"迪克说。

"这令人作呕。"丹尼说，他把两腿叉开，想使自己显得很有男子汉气概。

"我不知道，"奥斯瓦尔德低声说，"我想那不是阿尔伯特的叔叔吧？"

"当然不是。"迪克简要地回答。

"那么你们看不出来这样没事了吗？如果她和这个家伙这样

继续下去，她就会想嫁给他，那阿尔伯特的叔叔就安全了。我们也真的做了一件无私的事，过后也不会为此而受罚了。"

奥斯瓦尔德满心欢喜地边说边偷偷地搓手。我们决定最好在被发现之前离开，但没有考虑到玛莎。它一瘸一拐地走开了，在灌木林中四处寻找。

"玛莎在哪儿？"多拉突然问。

"它往那边走了。"赫·沃指着说。

"把它弄回来，你这头小笨驴！你松开它干什么？"奥斯瓦尔德说，"小心点儿。别弄出响声来。"

他去了。一分钟后我们听到玛莎发出一声嘶哑的尖叫，那是它被从背后突然套住时会发出的声音，还有像是女士发出的一小声尖叫，还有一个男人说"喂！"此时，我们知道赫·沃又一次闯进了连天使都不敢贸然闯入的地方了。我们匆忙奔向出事地点，但太晚了，我们正好赶上听到赫·沃说：

"对不起，要是它吓着你的话。但我们一直在找你，你是阿尔伯特的叔叔失踪已久的祖母吗？"

"不是。"我们的女士毫不犹豫地说。

现在正在上演的这场戏就是再加入七个焦急的演员似乎也没用。我们站着没动，那个男人站了起来。他是个牧师，我后来发现他是我们所认识的最好的牧师，除了在莱维沙姆的我们自己的布里斯通以外——他现在是个教士，要么是个主持牧师，或者是没人见过的什么大人物。当时我并不喜欢他。他说："不，这位女士不是任何人的祖母。我可以回问一下你们逃离精神病院多久了吗？我的可怜的孩子，还有你们的监护人在哪里？"

赫·沃对此根本未加理会，他只是说："我认为你非常粗鲁，而且一点也不有趣。"

那位女士说："亲爱的，我现在清清楚楚地记起了你。其他人都好吗，你们今天又是朝圣者吗？"

赫·沃并不总是回答问题。他转过头去对着那个男人说："你要娶这位女士吗？"

"玛格丽特，"牧师说，"我从来没想过会出现这种情况，他在问我是怎么打算的呢。"

"如果你要娶，"赫·沃说，"那很好，因为要是你这样做了，阿尔伯特的叔叔就不能了，至少，到你去世之前都不能，而且我们也不想要他那么做。"

"还会奉承人，真的。"牧师说，紧紧地皱起了眉头，"玛格丽特，为了他对你的不敬之词，我是应该和他决斗呢，还是叫警察来？"

爱丽斯现在看出赫·沃虽然很坚定，但也被搞糊涂了，而且挺害怕。她从藏身的地方站出来，冲到现场的中央。

"不要让他再欺负赫·沃了，"她说，"全是我们的错。你瞧，阿尔伯特的叔叔非常想找到你，我们原以为或许你是他失踪已久的继承人妹妹，或者是唯一知道他出生秘密的老祖母，或者是其他什么人，我们问了他，他说你是他在印度认识的失踪已久的祖母。我们想一定是搞错了，其实你是他失踪已久的情人。我们想做一件真正无私的事，替他找到你。因为我们一点儿也不想让他结婚。"

"那不是因为我们不喜欢你，"奥斯瓦尔德插嘴说，他现在从树丛中出来了，"而且要是他一定得结婚的话，我们宁愿是你而不是其他人。我们真的这样希望。"

"一个慷慨的让步，玛格丽特，"陌生的牧师说道，"最慷慨不过了，但情节越来越复杂了。现在简直像豌豆浓汤，有一两点需要解释。你的这些来访者是谁？为什么用这种印第安人式的方法来做上午拜访？我看到部落的其他人藏在树丛里，为什么他们不说话？你难道不请部落的其他人出来加入到这欢乐的一群中吗？"

这时我有些喜欢他了。我总是喜欢那些像我们一样知道同样的歌、书、曲子等等的人。

其他人出来了。女士似乎非常不安，好像有点要叫出来的意思。但是，当我们一个接一个出来时，她又忍不住要笑出来。

"还有，"牧师继续说，"阿尔伯特是谁？谁是他的叔叔？还有你们在这个园子里做了什么，我指的是花园？"

我们都觉得很愚蠢，我认为我从来都没有像当时那样觉得我们的命运如此糟糕。

"我有3年不在加尔各答或别的地方，这或许能说明为什么我对这些细节完全不知情，但尽管如此……"

"我想我们最好走吧，"多拉说，"对不起，要是我们做了任何无礼或不对的事情，并不是存心的。再见。我希望你和这位先生在一起幸福，我确信。"

"我也这么希望。"诺埃尔说，而我知道他在想阿尔伯特的叔叔要好得多。我们转身要走。与她假装领我们参观坎特伯雷时相比，这女士非常沉默。不过现在她似乎摆脱了某种梦幻一样的糊涂，她抓住了多拉的肩。

"不，亲爱的，不，"她说，"没关系，你们一定得喝些茶，我们在草坪上喝。约翰，不要捉弄他们了。阿尔伯特的叔叔就是那个我告诉过你的那位先生。还有，我亲爱的孩子们，这是我三年没有见面的弟弟。"

"那么他也是个失踪很久的人了？"赫·沃说。

女士说"现在不是了"而且还冲他微笑。

我们其余的人因各种情感交集而一句话都说不出来，奥斯瓦尔德尤其说不出来。他本来可能知道那是她弟弟的，因为在那些破烂的大人书里，要是一个姑娘在灌木丛里亲吻一个男人，而这个男人并非如你想象的那样是她的情人的话，那人总可能是她的弟弟，不过，这弟弟一般都是家族的耻辱，并且也不是来自加尔各答的体面的牧师。

这位女士现在转向她那可敬的让人吃惊的弟弟说："约翰，去告诉他们我们要在草坪上喝茶。"

他走后，她呆立了一会儿，随后说："我要告诉你们一些事，但我想让你们发誓不告诉其他人。你们明白我不会把它告诉每个人的。他，阿尔伯特的叔叔，我指的是，已经告诉了我许多关于你们的事，我知道我能相信你们。"

我们说"是的"，奥斯瓦尔德在沉思着，很清楚接下来要发生什么。

那位女士接着说："尽管我不是阿尔伯特的叔叔的祖母，我从前的确在印度认识他，我们那时都要结婚了，但我们有了一个……一个……误会。"

"争吵？"诺埃尔和赫·沃同时说。

"呃，是的，一次争吵，然后他就走了。他那时在海军里，然后……呃，我们都很后悔，但是，总之，当他的船回来时，我们已经到君士坦丁堡去了，随后到了英国，他找不到我们。他说他从那儿以后就一直在找我。"

"你没有找他？"诺埃尔问。

"呃，也许吧。"女士说。

女孩子们带着极大的兴趣说："呀!"女士更快速地说："然后我找到了你们，随后他找到了我，现在我必须得告诉你们。努力振作起来……"

她停住了。随着一阵树枝的噼啪响声，阿尔伯特的叔叔出现在我们中间。他脱下帽子，"原谅我揪自己的头发，"他对女士说，"但这群家伙真的来找你了。"

"是这样，"她说，然后当她看着他时，她突然变得漂亮多了，"我正在对他们说……"

"不要夺走我自豪的特权，"他说，"孩子们，请允许我把你们介绍给未来的阿尔伯特的叔叔的夫人，或者你们应该说阿尔伯特的新婶子……"

在喝茶前有一大堆事情需要解释，我指的是关于我们是怎么到那儿的，为什么到那儿的。不过，在最初的失望过后，我们远没有预料中那么伤心，因为阿尔伯特的叔叔的夫人对我们非常好，她的弟弟棒得不得了，他特地打开包装，给我们看了许多一流的土著珍品，有兽皮、念珠、黄铜制品和来自除了印度外的各种贝壳。那女士告诉女孩子们她希望她们能喜欢她，而且要是她们想要一个新婶婶的话，她愿尽力在新形势下让我们满意。爱丽斯想到了戴西和丹尼的默德斯通姑妈，想到要是阿尔伯特的叔叔娶了她的话该有多可怕。她后来告诉我说，她认为我们或许应该为情况没有变得更糟而觉得十分幸运。

随后，女士把奥斯瓦尔德领到一边，假装要领他参观那个他早就摸得一清二楚的鹦鹉，告诉他说她不像书里那些人。她结婚后永远也不会把她丈夫同他的单身汉朋友分开，只是想让他们也成为她的朋友。

随后就喝茶，而且一切以和平告终，可敬而友好的牧师用轻便马车送我们回家。要不是玛莎，我们就不会有茶喝，或是说明情况，或搭便车，等等。因此我们给它以礼遇，不去计较它那么重，而且允许它在回家路上不停地在我们腿上走来走去。

那就是所有关于失踪已久的祖母和阿尔伯特的叔叔的全部故事。恐怕这很枯燥，不过它非常重要（对他来说），因此我觉得应该叙述这个故事。关于有情人终成眷属的故事通常都进展缓慢。我喜欢那样一种爱情故事：主人公和姑娘于黄昏时分在花园门边分手，出发去历险，然后你就再也看不到她了，直到书的最后他回家同她结婚。我想人们必须得结婚。阿尔伯特的叔叔年纪很大了，超过 30 岁，女士也上了年纪，下个圣诞就满 26 岁了。

他们当时就要结婚了。女孩子们要穿上带软毛的白色伴娘衣服，这对她们是个极大的安慰。要是奥斯瓦尔德抱怨的话，他也藏在心里。有什么用呢？我们都得面对可怕的命运，阿尔伯特的叔叔也不能逃脱这条可怕的规律。

找到那位失踪已久的人是我们因其高尚而去做的最后一件事，因此也是《想做好孩子》一书的结束，在此之后没有更多章节了。有些书在结束时却不告诉你那些你或许想知道的与书中人物有关的事情，奥斯瓦尔德讨厌这些书，因此现在就来告诉你。

我们回到美丽的布兰克希思府，在莫特府待过一段时间后，它看起来像座大厦一般十分庄严，大家都为能再见到我们而高兴得不得了。

我们离开时，帕蒂格鲁太太哭了。我一生中还没这么震惊过。她为每个女孩子都做了一个厚厚的心型针垫，还用家用钱以外的钱（我指的是管家自己的钱）为每个男孩子买了一把小刀。

比尔·沙姆金很快乐地当着阿尔伯特的叔叔夫人的母亲的助理园丁。他们真的有三个园丁，我早就知道他们有。我们的流浪汉从我们亲爱的买猪人那儿仍然挣着足够睡个好觉的钱①。

我们最后的三天完全被所有朋友的道别拜访占得满满的，他们对和我们分别感到非常难过。我们许诺来年再来看他们，希望我们能做到。

丹尼和戴西回家和他们的老爸一起住在福里斯特·希尔。我不认为他们会再度成为默德斯通姑妈的牺牲品，她其实是姑姥姥，早已人过中年，年龄比我们的新阿尔伯特的婶婶要大一倍。我想他们鼓足了勇气告诉他们老爸说他们并不喜欢她，这是他们以前从来没想要做的。我们自己的强盗说他们在乡下的假期对两人很有好处，他说我们巴斯特布尔们的确教会了戴西和丹尼让家

---

① 这里指足够买酒的钱。

快乐的基本方法。我相信从莫特府回家后，他们完全靠自个儿也会想到几件相当淘气的新把戏，而且也会付诸实施的。

我希望你不要这么快地长大。奥斯瓦尔德能看到不久后，他的年纪就会大到不适合再玩我们都能玩的游戏了，他觉得自己在不知不觉中长得很快。不过，这个就说到这儿了。

现在，文雅的读者们，再见。要是这些想学好的孩子们的大事记能让你也努力去做个好孩子的话，作者当然会非常高兴。但请接受我的建议，不要通过成立一个协会来进行尝试。没有协会反而会更容易得多。

而且，千万要忘掉奥斯瓦尔德除了巴斯特布尔外还有另外一个名字，我是说一个以"C"打头的名字。或许你没有注意到它是什么，要是那样，不要回头去找它。那是个没有哪个有男子汉气概的男孩子喜欢被人叫的名字，要是他说实话的话。奥斯瓦尔德据说是个非常有男子气概的男孩，他蔑视那个名字，永远也不会给他自己的儿子起那么个名字，要是他有儿子的话。就算一个有钱的亲戚会因为他起了这么个名字而给他一笔巨大的财产也不行。奥斯瓦尔德依旧会很坚定。他会的，以巴斯特布尔家族的名誉起誓。